아르센 뤼팽 전집 17

비밀의 저택

Arsène Lupin

아르센 뤼팽 전집 17

비밀의 저택 | 모리스 르블랑

La Demeure Mystérieuse

이주영 옮김

황금가지

차례

서문

모리스가 1927년 12월에 완성한 이 소설은 1928년 6월 25일에서 7월 31일까지 《르 주르날》지에 연재되었다. 1929년 3월 13일, 이 책이 출간되었을 때 당시 여러 신문에 실린 광고 문구는 이러했다. 〈228만 5000부라는 기록적인 수치! 모리스 르블랑의 소설 「비밀의 저택」에서 아르센 뤼팽이 아를레트의 아름다운 눈을 위해 고군분투하다.〉 허위 광고임이 분명하지만(당시에는 허위 광고가 출판계의 관행이었다) 이 소설은 초판 3만 부를 발행한 뒤 뒤이어 1만 부를 발행할 만큼 큰 성공을 거뒀다.

1929년 4월 5일, 당시 작가 협회장이었던 앙리 키스트매케르스는 자신의 옛 친구인 모리스 르블랑에게 이렇게 편지를 썼다.

아! 이렇게 기발한 소재가 생생하게 살아 솟구치며 젊은 시절의 상상력과 창조력을 간직하고 있다니! 모리스 자네는 정말 행운아야. 어제 저녁 내내 「비밀의 저택」을 탐독했다네. 구성이 얼마나 박진감 있고 절묘한지 몰라. 그리고 치밀한 추리와 놀라운 상상력은 말로 설명할 수가 없어. 자네가 쓴 뤼팽 시리즈 중 최고 작품을 읽은 것 같다네.

여배우 레진

인심이 후한 파리에서는 자선 행사에 흔히 오락적인 요소를 가미하곤 한다. 그래서 이런 행사를 돋보이게 하는 기발한 아이디어는 늘 열렬하게 환영받았는데 이번에 나온 아이디어는 두 발레 공연의 막간을 이용해 패션쇼를 하자는 의견이었다. 예술가나 사교계 여성 중 아름답다고 소문난 스무 명을 뽑아 이들에게 최고급 디자이너의 옷을 입혀 출연시키고 공연이 끝난 후에는 관객들의 투표로 그중 가장 아름다운 의상 세 벌을 뽑는다. 그리고 수익금은 그 세 벌을 제작한 의상실에 분배해 여자 모델들을 보름 동안 리비에라(세계 최대 휴양지 프랑스 남부 연안 리비에라는 '코트다쥐르'라는 이름으로 더 친숙하다——옮긴이)로 여행 보낸다는 계획이었다.

이 아이디어에 대한 반응이 즉각 일어났다. 계획이 알려진 지

48시간 만에 공연이 열리는 극장은 3등석까지 완전히 매진됐다. 공연 당일 저녁이 되자 세련된 차림의 관객들이 극장 안으로 밀려들었다. 사람들은 호기심에 가득 찬 목소리로 수다를 떨어 댔고 시간이 지나도 그들의 호기심은 사그라지지 않았다.

실제 사람들의 관심은 오직 한 가지 이야기에 집중되어 있었다. 모두 같은 주제에 대해서만 이야기를 주고받았고 이 주제에 대한 대화의 열기는 식을 줄 몰랐다. 바로 소극장 무대에서 공연하는 무명 가수지만 빼어난 미모를 자랑하는 '눈부신' 레진 오브리가 디자이너 발므네의 옷을 입고 그 위에 세상에서 둘도 없을 완벽한 다이아몬드들로 장식한 화려한 튜닉을 걸친다는 사실을 관객들 모두 알고 있었다.

사람들은 흥미진진한 또 다른 소문의 진상에 더욱 궁금해했다. 레진 오브리가 다이아몬드 튜닉을 입는다면, 몇 달 전부터 〈다이아몬드 황제〉라고 불릴 만큼 부유한 보석상 반 우벵의 구애를 받던 그녀가 결국 반 우벵의 열정에 굴복했다는 뜻일까? 현재 상황으로 봤을 때, 아무래도 그런 것 같았다. 어제 인터뷰에서 아름다운 레진은 이렇게 말했다.

「내일 전 다이아몬드들을 입을 거예요. 반 우벵 씨가 뽑은 기술자 네 명이 제 방에서 코르셋(허리 부분이 꽉 조여지고 가슴을 끈으로 묶는 윗옷—옮긴이)과 은색 튜닉 둘레에 다이아몬드들을 장식하고 있죠. 발므네 선생님께서는 저쪽에서 작업을 지시하고 계세요」

레진은 박스석 발코니에서 앉아 자신이 출연할 차례를 기다리고 있었다. 사람들은 마치 우상 앞을 행진하듯 열렬한 찬사를 퍼부으며 그녀 앞을 지나갔다. 레진은 과연 사람들이 그녀의 이름

앞에 〈눈부신〉이란 수식어를 붙일 만했다. 특별한 순간을 맞아 그녀의 얼굴에는 고귀하고 정숙한 고전적인 아름다움뿐만 아니라 우아하고 매력적이며 생기가 넘치는 현대적인 아름다움이 있었다. 튜닉을 걸친 그 유명한 어깨에는 모피 외투가 얹혀 있었다. 그녀는 행복하고 기분 좋은 미소를 지었다. 관중들은 복도 문 앞에 영국 경찰처럼 건장하고 무뚝뚝하게 생긴 탐정 세 명이 그녀와 의상을 지키고 있다는 사실을 알고 있었다.

박스석에는 남자 두 명이 서 있었다. 한 명은 능글능글한 성격에 몹시 뚱뚱한 보석상, 반 우뱅이었다. 머리 모양을 우스꽝스럽게 단장하고 광대뼈 부근에 어색한 붉은색 볼 터치를 하고 있는 그의 모습은 마치 야수 같았다. 이 〈반 우뱅〉이라는 작자는 막대한 재산을 소유하고 있었는데 그 재산의 출처는 밝혀지지 않았다. 단지 예전에 모조 진주 상인이었던 그가 오랜 여행에서 돌아온 후부터 다이아몬드의 큰손이 되어 영향력을 펼치기 시작했다는 사실만 알려져 있고 그가 어떤 과정을 통해 재산을 얻었는지는 아무도 알지 못했다.

레진과 함께 있는 또 다른 남자는 희미한 어둠 속에 있어서 잘 보이지 않았다. 하지만 윤곽을 봐서는 젊고 호리호리하며 단단한 체격의 사내인 듯했다. 그는 바로 자동 보트를 타고 혼자서 세계 일주를 한 뒤 3개월 전에 돌아온, 그 유명한 장 당느리였다. 지난주에 장 당느리와 알게 된 반 우뱅은 그를 레진에게 소개했다.

첫 번째 발레 공연이 펼쳐졌으나 관객들의 반응은 전반적으로 시큰둥했다.

공연 중간 휴식 시간에, 밖으로 나갈 채비를 한 레진은 박스석에서 두 남자와 이야기를 나눴다. 그녀는 반 우뱅을 대할 때는 다소 차갑고 공격적인 태도를 보이는 반면, 당느리에게는 환심을 사려는 듯 상냥하게 대했다.

「이봐요, 이봐! 레진 양. 당신, 당느리 씨를 사로잡으려는 겁니까? 물위에서 1년을 보낸 남자가 얼마나 쉽게 달아오르는지 알면서 그러느냔 말입니다」

반 우벵은 당느리를 대하는 레진의 상냥한 태도가 못내 거슬린다는 듯이 불평했다. 그리고 상스럽기 짝이 없는 농담을 한 후에는 항상 그러하듯 큰 소리로 웃어 젖혔다.

「반 우벵 씨, 당신이 먼저 웃지 않았다면, 농담을 하려는지 알아차리지 못했을 거예요」

레진이 쏘아붙였다.

반 우벵은 한숨을 쉬고 침울한 표정을 지어 보이며 말했다.

「당느리 씨, 이런 여성에게 마음을 빼앗기지 말라고 충고를 드리고 싶군요. 저는 이미 마음을 빼앗겼고, 그 결과 외롭고 불행하답니다. 마치 한 무더기의 돌처럼요. 그러니까 보석처럼……」

반 우벵은 얼버무리듯 덧붙였다.

무대 위에서는 간이 패션쇼가 시작되었다. 출연자들은 각자 의상실의 모델처럼 약 2분씩 무대 위에서 서 있기도 하고 무대 위를 걷거나 앉기도 하며 움직였다.

레진은 자신의 차례가 돌아오자 일어섰다.

「조금 긴장되네요. 만일 제가 대상을 받지 못한다면, 전 죽어버릴 거예요. 당느리 씨는 누구에게 표를 던지실 거예요?」

「물론 가장 아름다운 여성에게죠」

당느리가 고개를 숙이며 대답했다.

「드레스를 말하는 거예요」

「드레스에는 별 관심이 없습니다. 중요한 것은 아름다운 외모와 매력적인 몸매죠」

「그러시다면, 요즘 사람들의 갈채를 받는 젊은 여성의 아름다움과 매력을 실컷 즐기세요. 바로 셰르니츠 의상실의 모델이죠. 신문에도 실렸죠? 스스로 의상을 기안해 동료들에게 제작을 맡긴 저 모델 말예요. 정말 매력적인 여자죠」

레진이 가리킨 곳에는 날씬하고 유연하며 몸짓과 자세가 조화를 이루어 우아한 인상을 주는 젊은 여성이 서 있었다. 그녀의 볼륨 있는 몸을 감싸고 있는 단순하면서도 상당히 세련된 드레스는 완벽한 안목과 독창적인 상상력을 드러내고 있었다.

「아를레트 마졸 아닙니까?」

장 당느리가 공연 프로그램을 보며 말했다.

「그래요」

레진이 대답했다. 그리고 신랄함과 시샘이 없는 말투로 덧붙였다.

「제가 심사위원이라면 주저하지 않고 아를레트를 1위로 뽑을 거예요」

이때 반 우벵이 분개했다.

「그러면 당신의 튜닉은요, 레진 양? 당신의 튜닉과 비교하면 아를레트 마졸이 입은 괴상한 의상은 정말 싸구려처럼 보이지 않습니까?」

「가격이 뭐가 중요해요?」

「무엇보다도 가격이 중요하죠, 레진 양. 가격이 비싸니까 조심해 주십사 간청하는 겁니다」

「무엇을요?」

「소매치기를 조심하시라는 겁니다. 당신의 튜닉이 복숭아씨로

짜여지지 않았다는 것을 잊지 마십시오」

반 우벵은 자신이 말하고 자신이 웃음을 터뜨렸다. 장 당느리도 이에 맞장구를 쳤다.

「반 우벵 씨의 말씀이 맞습니다. 그러니까 우리들도 당신과 함께 가야겠습니다」

「말도 안 돼요. 두 분은 그냥 여기서 기다리세요. 이따 제 모습이 어떤지 말씀해 주시면 좋겠어요. 무대에서 어설퍼 보이지는 않는지 말씀해 달라는 거죠」

레진이 두 남자의 제안을 거절했다.

「게다가 경찰청의 형사반장인 베슈 반장이 모든 걸 책임 지고 있습니다」

반 우벵이 말했다.

「오호…… 베슈 반장을 아십니까?」

당느리가 흥미 있다는 듯이 말했다.

「베슈 반장이라면, 바르네트 탐정 사무소의 수수께끼 같은 짐 바르네트 탐정과 공조를 해서 유명해진 경찰 아닙니까?」

「아, 당느리 씨! 베슈 반장에게는 가증스러운 바르네트 이야기를 꺼내면 안 됩니다. 베슈 반장이 바르네트의 이야기를 들으면 언짢아할 테니까요. 바르네트가 베슈 반장에게 갖은 고생을 다 시킨 것 같아요!」

「그래요, 저도 그 이야기를 들은 적이 있습니다……. 금니를 한 남자 이야기와 베슈 반장과 아프리카 12주 이야기(모리스 르블랑의 「바르네트 탐정 사무소」에 나오는 이야기를 빗댐 ―옮긴이) 말씀이시군요? 그런데 베슈 반장이 반 우벵 씨의 다이아몬드들을 지키겠다는 계획을 세웠나요?」

「그래요, 베슈 반장은 지금 10여 일간 여행을 떠났습니다. 하지만 그는 매우 비싼 값에 제게 전직 경찰관 세 명을 고용해 주었죠. 바로 문 앞을 지키는 저 건장한 남자들 말이죠.」

「글쎄요. 아무리 호위병들을 고용했다 하더라도 몇 가지 계획된 음모를 꺾기에는 역부족일 겁니다……」

당느리가 지적했다.

레진은 자리에서 일어나 자신의 탐정들을 대동하고 박스석을 나가 무대 뒤로 갔다. 레진은 열한 번째 출연자였는데 전 출연자가 나간 후 그녀가 무대에 나가기 전까지는 잠시 휴식 시간이 있는 관계로 그녀가 등장하기 전까지 관객들은 엄숙하게 기다렸다. 객석에는 침묵이 흘렀다. 관객들은 움직이지 않았다. 그런데 갑자기 열렬한 환호가 쏟아져 나왔고 레진이 무대 앞으로 나왔다. 그녀의 완벽한 아름다움과 나무랄 데 없는 우아함이 어우러진 화려함에 관객들은 감탄했다.

눈부신 레진 오브리와 그녀가 입은 의상의 세련되고 화려한 아름다움 사이에는 관객 누구나 탄성을 내지를 만큼 조화로운 균형미가 있었다. 특히 보석들의 광채가 관객의 시선을 사로잡았다. 치마 위에 은박으로 장식한 튜닉은 허리 부분이 보석 벨트로 꼭 조여져 있었고, 코르셋 안의 가슴을 감싸고 있었다. 코르셋은 오직 다이아몬드로만 만든 듯 다이아몬드가 가득 붙어 있어 눈부시게 빛났다. 그 광채는 한데 어우러져 가슴 주위에서 우아하고 다채로우며 떨리는 불꽃을 형성하고 있었다.

「이럴 수가! 생각했던 것보다 훨씬 아름답군. 저 다이아몬드들 말입니다! 정말 대단하군요. 저 엄청난 다이아몬드들이 이토록 잘 어울리다니……. 꼭 기품 있는 집안 출신 같죠? 마치 여왕 같아요!」

반 우뱅은 약간 냉소적인 표정을 지으며 말을 이었다.

「당느리 씨, 당신께 비밀을 하나 고백하려 합니다. 왜 제가 레진을 저 다이아몬드들로 꾸몄는지 말입니다. 그녀가 제 구혼에 응하는 날, 물론 정부(情夫)가 되겠지만요(그는 웃음을 터뜨렸다), 그녀에게 저 다이아몬드들을 선물하기 위해서죠. 그리고 그녀를 다이아몬드들로 치장함으로써 그녀에게 감시병을 마련해 준 겁니다. 다이아몬드 호위병들이 제게 그녀의 행동거지 하나하나를 알려 주죠. 레진을 쫓아다니는 남자들이 두려운 건 아니지만, 저는 매사에 철저한 사람이라……」

그는 당느리의 어깨를 탁탁 치면서 이렇게 말하는 것 같았다.

〈그러니 레진 양에게 신경 끄시죠.〉

당느리는 그를 안심시켰다.

「반 우뱅 씨, 저에 관해서는 안심하셔도 됩니다. 전 친구들의 여자에게 환심을 사려 애쓰는 사람은 아니니까요」

장 당느리는 평소와 마찬가지로 반 우뱅에게 빈정거리는 투의 낮은 목소리로 이야기했다. 이런 목소리는 다소 무례해 보였기 때문에, 반 우뱅은 심기가 불편하다는 듯한 표정을 지었다. 그래도 반 우뱅은 당느리가 레진에게 관심이 없다는 사실을 다시 확인하고 싶어 당느리의 표정을 유심히 살폈다.

「당느리 씨는 저를 친구로 생각합니까?」

이번에는 당느리가 반 우뱅의 팔을 잡으며 말했다.

「조용히하세요……」

「네? 뭐라고요? 말씀이 무례하시……」

「조용히하시라니까요」

「왜, 무슨 소리라도 들립니까?」

「이상한 소리가 들려요」

「어디에서요?」

「무대 뒤에서」

「대체 무대 뒤에서 소리 날 일이 뭐가 있습니까?」

「그곳에 당신의 다이아몬드들이 있잖습니까」

반 우벵은 자리에서 벌떡 일어났다.

「그래서요?」

「들어 보세요」

반 우벵은 귀를 기울였다.

「아무 소리도 안 들리는데요」

「아마도 제가 잘못 들었을 수 있죠. 하지만 제가 생각하기에는……」

그가 말을 끝맺기도 전에 오케스트라석의 첫 줄과 무대 박스석 첫 줄에 앉은 관객들이 술렁거렸다. 마치 무대 뒤에서 무슨 일이라도 벌어진 듯 몇몇은 일어나서 무대 안쪽을 살펴보았다. 이 정체를 알 수 없는 일이 당느리의 관심을 끌었다.

곧 사람들은 두려운 표정을 지으며 일어섰다. 예복을 입은 신사 두 명이 무대 위를 가로지르며 달려갔다. 그리고 갑자기 고함 소리가 들렸다. 무대 장치 기술자 한 명이 외쳤다.

「불이야! 불이야!」

무대 오른편에서 섬광이 빛난 뒤 뿌연 연기가 무대 주변을 감쌌다.

무대 곳곳에서 출연자들과 무대 장치 담당자들이 모두 같은 방향으로 황급히 달려갔다. 그때 오른쪽에서 갑자기 한 남자가 갑자기 달려 나오더니, 팔을 죽 뻗어 얼굴을 가린 후 모피 외투를 흔들며 무대 장치 담당자들처럼 외쳤다.

「불이야! 불이야!」

레진은 곧바로 달려 나가고 싶었지만, 몸이 따라 주지 않았다. 그녀는 무릎을 꿇고 완전히 실신해서 푹 쓰러졌다. 아까 모피를 흔들던 그 남자가 모피 외투로 그녀를 감싼 후 어깨에 들쳐 업고서는 도망치는 사람들 틈으로 달아났다.

장 당느리는 그 남자가 행동하기 전에, 아마도 그 남자가 나타나기 전부터 이미 박스석에서 일어나 있었다. 그는 두려움에 휩싸여 어쩔 줄 모르던 1층 관객을 내려다보며 큰 소리로 외쳤다.

「여러분, 당황하지 마세요. 그냥 쇼일 뿐입니다」

그리고 레진을 안아 올린 남자를 가리키며 소리쳤다.

「저 사람을 잡아요! 저 사람을 잡아요!」

하지만 때는 늦었다. 이 납치 사건에 관심을 갖는 이는 아무도 없었다. 이미 좌석 쪽은 진정이 되었고 무대 위는 그 누구의 목소리도 들리지 않을 정도로 소란스럽고 어수선했다. 당느리는 2층에서 뛰어 내려와 오케스트라석을 지나 어렵지 않게 무대 위로 올라갔다. 그는 혼비백산해 뛰어 나가는 사람들을 따라 오스만 대로로 통하는 배우 전용 출구 앞에 도착했다.

하지만 레진을 데려간 그 남자를 대체 어디서 찾을 수 있을까? 레진 오브리를 되찾으려면 누구에게 도움을 청해야 하는가? 그는 사람들에게 물었지만 그 남자를 본 사람이 아무도 없었다. 사람들은 혼란 속에서 모두 자신의 안전만을 생각하며 달려왔기 때문에 다른 사람을 유심히 관찰할 여유가 없었다. 이런 틈을 타 납치범은 눈에 띄지 않고 쉽게 레진 오브리를 들쳐 메고 복도와 계단을 지나 밖으로 빠져나갔다.

당느리는 곧 헐떡거리는 반 우벵을 발견했다. 반 우벵의 얼굴에는 광대뼈에 바른 붉은색 화장품이 땀에 번져 연분홍 물을 들이며 볼 위로 흘러내리고 있었다. 당느리가 반 우벵에게 말했다.

「레진 양이 납치되었습니다. 당신의 그 잘난 다이아몬드들 때문에……. 누군가가 이미 대기시켜 놓은 차에 그녀를 던져 넣었을 겁니다」

갑자기 반 우벵이 주머니에서 권총을 꺼냈다. 당느리는 잽싸게 그의 손목을 잡아 비틀었다.

「설마 자살하려는 건 아니겠죠?」

「내가 왜 자살을 합니까? 죽으면 그놈이 죽어야지」

반 우벵이 말했다.

「그 남자라니, 누구 말입니까?」

「그 도둑놈 말입니다. 무슨 짓을 해서라도 그놈을 찾아 아주……」

반 우벵은 넋이 나간 사람처럼 보였다. 그는 웃음을 터뜨리는 사람들 가운데에서 돌고 있는 팽이처럼 빙글빙글 돌며 외쳤다.

「내 다이아몬드……! 내가 가만 놔둘 것 같아! 절대로 안 되지. 이건 국가가 나서서 책임을 져야 해!」

당느리의 추측은 맞아떨어졌다. 실신한 레진을 모피 외투로 감싸 어깨에 들쳐 멘 사람은 오스만 대로를 지나 모가도르가 쪽으로 향했다. 그곳에 차 한 대가 멈춰 서 있었다. 레진을 들쳐 멘 남자가 다가가자 차 문이 열리고 두꺼운 레이스로 머리를 덮은 한 여자가 팔을 내밀었다. 그는 그녀에게 레진을 넘기며 말했다.

「작전은 성공했습니다. 정말 기적 같은 일이죠!」

그리고 뒷문을 닫고 앞으로 가서 운전석에 앉더니 시동을 걸었다. 격렬한 공포에 사로잡혀 기절했던 레진이 조금씩 깨어났다. 잠시 후 레진은 화재 현장, 또는 화재가 일어났다고 생각한 현장에서 멀어졌다는 느낌이 들자 정신이 들었고 제일 먼저 자신을 구해 준 사람, 또는 사람들에게 감사의 인사를 해야겠다는 생각이 들었다. 그러나 곧 그녀는 머리를 감싸고 있는 어떤 것 때문에 갑갑함을 느꼈다. 레진은 마음대로 숨을 쉴 수도, 앞을 볼 수도 없었다.

「뭐지?」

레진이 중얼거렸다.

그러자 아주 낮은 목소리가 그녀의 귓가에 울렸다. 여자 목소리인 듯했다.

「움직이지 말아요. 살려 달라고 소리치면 당신에게 좋지 않아요, 아가씨」

어깨에 격심한 통증이 느껴지자 레진은 소리를 질렀다.

「별 거 아니에요. 칼의 끝부분이죠. 더 깊숙이 찔러 볼까요?」

레진은 더 이상 움직이지 않았다. 그 대신 정신은 완전히 깨어났다. 실제 상황인 것 같았다. 그녀는 어렴풋이 보았던 불꽃과 화재가 일어났던 순간을 기억하며 중얼거렸다.

〈납치된 거구나……. 그 남자는 사람들이 공포에 질려 있는 틈을 타 공범의 도움을 받아 나를 납치한 거야.〉

레진은 자유롭게 움직일 수 있는 손으로 자신의 몸을 더듬어 코르셋에 여전히 다이아몬드들이 붙어 있는 것을 확인했다.

차는 빠른 속도로 질주했다. 어둠 속에서 꼼짝달싹 할 수 없었던 레진은 자신이 어느 길을 지나고 있는지 알 수 없었다.

차가 종종 급커브를 트는 듯한 느낌을 받았는데, 아마도 만일 있을지도 모르는 추적을 따돌리고 레진이 목적지까지 가는 길을 짐작할 수 없도록 하기 위해서인 듯했지만 차가 톨게이트 앞에서 멈춘 적이 있는 것 같지는 않았다.

그래서 레진은 자신이 아직 파리에 있다고 생각했다. 게다가 전기 가로등 불빛이 짧은 간격으로 나타나며 차 안에 강렬한 빛을 비추고 있지 않은가.

잠시 후 옆에 앉아 있던 여자가 레진을 묶고 있던 끈을 풀었고 레진을 덮고 있었던 외투도 조금 걷어 줬다. 레진은 그 틈에 모피 외투 둘레를 잡고 있는 손가락 두 개를 볼 수 있었다. 그 여자는 손가락 중 하나, 즉 검지에 작은 진주 세 개를 삼각형 모양으로 정교하게 배치한 반지를 끼고 있었다.

20분쯤 더 달린 후 차는 속도를 늦추다가 곧 멈췄다. 남자가 차에서 내렸다. 대문 두 짝이 차례로 육중하게 열렸고 범인들은 레진을 데리고 안뜰인 듯한 장소로 들어갔다.

여자는 레진이 앞을 못 보도록 최대한 눈을 가리고 공범과 함께 레진이 차에서 내리도록 도와주었다.

이들은 여섯 단으로 되어 있는 낮은 돌계단을 올라가 타일이 깔린 현관을 지났다. 그리고 가장자리에 낡은 난간이 있고 양탄자가 깔린 계단 스물다섯 단을 ⌜라 2층의 한 방에 도착했다.

이번에는 남자가 아주 낮은 목소리로 레진의 귀에 대고 말했다.

「이제 다 왔습니다. 전 난폭한 행동은 싫어합니다. 만일 아가씨가 다이아몬드들로 장식한 튜닉만 순순히 넘겨준다면 절대로 해치지는 않겠습니다. 그렇게 하시겠습니까?」

「싫어요」

레진이 강하게 저항했다.

「우리는 아가씨의 튜닉을 쉽게 빼앗을 수 있습니다. 마음만 먹었다면 차 안에서 이미 빼앗았을 겁니다」

「싫어요, 싫어요. 이 튜닉은 안 돼요. 안 돼요……」

레진이 극도로 흥분하며 거부하자 남자가 말했다.

「전 이 튜닉을 얻기 위해 모든 위험을 무릅썼습니다. 그리고 이제 이 튜닉을 손에 넣게 되었습니다. 그러니 반항하지 마세요」

레진은 안간힘을 쓰며 완강히 버텼다. 남자는 그녀에게 다가와 속삭였다.

「꼭 제가 직접 튜닉을 벗겨야 되겠습니까?」

레진은 단단한 손이 코르셋을 움켜잡고 자신의 맨 어깨를 스치는 느낌을 받았다. 그녀는 질겁했다.

「내 몸에 손대지 말아요! 손대지 말라고요……. 자……, 당신이 원하는 대로, 뭐든지 시키는 대로 하겠어요……. 그렇지만 내 몸에는 절대로 손대지 말아요!」

남자는 레진에게서 약간 물러섰지만 계속 뒤에 있었다. 모피 외투가 레진의 몸에서 미끄러졌다. 그녀는 이 외투가 자신의 것임을 알았다. 그녀는 기진맥진해서 주저앉았다. 이제 레진은 자신이 있는 방 안 풍경과 자신이 입고 있는 다이아몬드 코르셋과 은색 튜닉을 벗기기 시작하는 여자의 모습도 볼 수 있었다. 그 여자는 베일로 얼굴을 가리고, 검은 벨벳 벨트가 달린 짙은 자줏빛 옷을 입고 있었다.

전깃불을 환하게 밝힌 방은 어마어마하게 넓은 살롱이었다. 방 안은 푸른 비단을 씌운 의자와 고급 태피스트리, 콘솔(벽에 대어

22

장치한 까치발 달린 탁자——옮긴이)들, 가장 화려하고 세련된 루이 16세 스타일의 흰색 내장재로 장식되어 있었다. 도금한 청동잔 두 개와 녹색 대리석 원주 기둥들이 있는 추 시계로 장식한 커다란 벽난로 위에는 장식 거울이 하나 있었으며 벽에는 장식등 네 개가, 천장에는 세공한 크리스털 조각들이 수없이 달린 샹들리에 두 개가 매달려 있었다.

여자가 레진의 튜닉과 코르셋을 끌러 내자, 레진은 팔과 어깨를 드러낸 채 은실로 짠 시드 드레스만을 걸치게 되었다. 그런 와중에도 레진은 방 안의 세부적인 사항을 무의식적으로 머릿속에 담고 있었다. 그녀는 다양한 종류의 나무 판이 서로 교차하고 있는 마루를 주의 깊게 관찰했고 마호가니 목재로 다리를 만든 등받이와 팔걸이가 없는 의자를 살펴보았다.

관찰은 곧 끝났다. 갑자기 불이 꺼졌다. 어둠 속에서 목소리가 들려왔다.

「아주 좋아요. 현명한 판단이었어요. 이제 당신을 데려다 드리겠습니다. 자, 당신의 모피 외투도 돌려드리죠」

납치범들은 레진의 머리에 여자가 쓰고 있던 것과 비슷한 레이스를 덮었다. 그런 다음 레진을 차에 태웠다. 차는 올 때와 마찬가지로 급커브를 꺾으며 달렸다.

「다 왔습니다」

남자가 작은 목소리로 속삭이더니 차 문을 열어 그녀를 내리게 했다.

「아시다시피 심각한 일은 아니었습니다. 상처 하나 없이 돌아왔죠. 하지만 아가씨께 충고 하나 드리겠습니다. 당신이 보고 알게 된 사실에 대해서는 한마디도 발설하지 마십시오. 당신은 가지고 있던 다이아몬드들을 빼앗겼어요. 그뿐입니다. 나머지는 잊어버리십시오. 그러면, 살펴 가십시오」

차는 빠른 속도로 가 버렸다. 베일을 벗은 레진은 트로카데로 광장을 알아보았다. 그녀는 자신의 아파트 근처에 있었지만(레진은 앙리마르탱가 입구에 살고 있었다) 집까지 걸어갈 힘이 남아 있지 않았다. 그녀의 다리는 휘청거렸고 심장은 아플 정도로 콩닥콩닥 뛰었다. 그녀는 현기증이 나서 푹 쓰러질 것만 같았다. 다리에 힘이 풀리며 주저앉는 순간, 그녀는 자신을 향해 달려오는 누군가를 발견했다.

레진은 장 당느리의 품에 그대로 쓰러졌다. 당느리는 사람이 없는 거리의 벤치에 그녀를 앉혔다.

「당신을 기다리고 있었습니다. 납치범이 다이아몬드들을 빼앗자마자 당신을 당신 집 근처까지 데려다 줄 것이라 확신했죠. 범인들이 뭐 하러 위험을 무릅쓰고 당신을 붙잡고 있겠습니까? 자, 좀 쉬세요. 그리고 이제 울지 말아요」

그가 부드럽게 말했다.

레진은 갑자기 긴장이 풀렸다. 그녀는 그제야 겨우 장 당느리의 얼굴을 알아보고 안심한 나머지 흐느꼈다.

「너무 무서웠어요. 지금도 무서워요……. 그리고 다이아몬드들을……」

레진이 말끝을 흐렸다.

잠시 후, 당느리는 레진을 데리고 아파트로 가 엘리베이터를 타고 집까지 데려다 주었다. 질겁한 채로 오페라 극장에서 집 안에 돌아와 있던 가정부와 다른 하인들이 그들을 맞이했다.

곧이어 반 우뱅이 눈알을 부라리며 들어왔다.

「내 다이아몬드……! 레진 양, 제 다이아몬드들을 다시 가져 왔겠죠? 제 다이아몬드들을 끝까지 지켰겠죠?」

반 우벵은 레진이 코르셋과 튜닉을 입고 있지 않다는 사실을 확인하고는 미친 듯이 울부짖었다.

장 당느리가 그에게 지시했다.

「조용히하십시오……. 보시다시피 레진 양은 휴식이 필요합니다」

「내 다이아몬드! 내 다이아몬드들이 없어졌어. 아……! 베슈 반장이 있었더라면……. 내 다이아몬드!」

「제가 그 다이아몬드들을 찾아 드릴 테니 그만 좀 하시죠」

등받이와 팔걸이가 없는 긴 의자에 앉은 레진은 경련을 일으키고 신음소리를 내며 몸을 떨었다. 당느리는 예의를 갖추고 그녀의 이마와 머리에 아주 살짝 입맞춤을 했다.

「아니, 말도 안 돼! 지금 뭐 하는 겁니까?」

극도로 흥분한 반 우벵이 소리쳤다.

「놔두세요, 놔두세요. 그대로 놔두는 것만큼 위안이 되는 일은 없습니다. 마음이 안정되고 혈액 순환이 잘돼 곧 혈관에 따뜻한 기운이 흐를 겁니다. 마치 최면술사의 기술과 같죠」

장 당느리는 이렇게 말한 뒤 반 우벵의 노기등등한 시선 앞에서도 계속 레진을 돌봤다. 그동안 레진은 몸을 추슬렀으나 당느리의 기묘한 치료에 기꺼이 몸을 맡기는 것 같았다.

모델 아를레트

그로부터 여드레 후, 늦은 오후였다. 몽타보르가에 위치한 유명 디자이너 셰르니츠의 넓은 살롱에서 고객들이 빠져나가기 시작했다. 아를레트 마졸과 그녀의 동료 모델들은 패션쇼 후 조금 여유가 생기자 대기실에서 가장 좋아하는 일에 전념할 수 있었다. 가장 좋아하는 일이란 바로 카드를 꺼내서 블롯(카드 놀이의 일종 ─옮긴이)을 하며 초콜릿을 먹는 일이었다.

「아를레트, 확실히 카드는 네게 모험, 행복, 행운만을 예언하고 있어」

모델 중 한 명이 큰 소리로 이야기했다.

「그리고 아를레트의 운은 이미 지난 저녁 오페라 극장에서 열린 대회에서 시작되었으니……. 카드는 정말 진실을 이야기하고 있잖아. 아를레트가 대회에서 1위를 차지했으니 말이야!」

또 한 명이 말했다.

「하지만 난 대상감이 아니었어. 레진 오브리가 나보다 나았으니까」

아를레트가 말했다.

「농담하지 마! 대부분 네게 표를 던졌어」

「사람들은 자신이 무엇을 했는지 알지 못했어. 화재가 발생하자 극장은 거의 비었고. 그러니까 투표 결과는 중요하지 않아」

「언제나 그랬듯이 너는 다른 사람들이 자신보다 더 낫다고 생각하며 네 자리에서 물러나려 하는구나. 어쨌든, 레진 오브리는 신경질을 내고 있을 거야!」

「아냐, 전혀 그렇지 않아. 레진 오브리가 먼저 나를 만나러 왔어. 그리고 진심으로 나를 안아 줬는걸. 정말이야」

「마지못해 너와 포옹을 했겠지」

「무엇 때문에 그녀가 질투를 하겠어? 그렇게 아름다운데 말이야!」

견습 재봉공이 석간신문을 가져왔다. 아를레트는 석간신문을 펼치고 말했다.

「아! 이것 봐. 다이아몬드 도난 사건 수사에 관한 기사가 실렸어……」

「아를레트, 기사 좀 읽어 줘」

「자, 들어 봐.

〈오페라 극장에서 일어났던 불가사의한 사건의 수사가 여전히 제자리걸음만 하고 있다. 단 한 가지, 검찰과 경찰이 모두 인정하는 점은 범인이 레진 오브리의 다이아몬드들을 훔치려는 의도로 사전에 음모를 꾸몄다는 사실이다. 하지만 아름다운 배우 레진 오브리를 납치해 간 남자는 얼굴을 가리고 있었기 때문에 그의 대략적인 인상착의조차 알려지지 않았다. 남자는 꽃다발 배달원으로 가장해 오페라 극장으로 들어간 듯하며, 꽃다발을 문 가까이에 놓은 것 같다. 레진 오브리의 하녀가 그 사람을 어렴풋이 본 것 같다고 주장했는데, 그녀는 범인이 발목까지 오는 밝은 색 장화를 신고 있었다고 증언했다. 꽃다발은 조화였으며 쉽게 불을 붙일 수 있는 특수 인화 물질을 칠한 것 같다. 범인이 계획한 대로 화재가 발생하자 자연히 사람들은 공포에 떨었고, 범인은 그 틈을 이용해 하녀의 손에서 모피 옷을 빼앗아 자신의 계획을 실행했다. 레진 오브리는 이미 여러 차례 조사를 받았지만 범인들의 차에 태워져 지나갔던 길을 자세히 설명할 수 없고 몇 가지 부차적인 사항을 제외하고는 납치범과 공범에 대한 인상착의도 이야기할 수 없으며, 그녀가 값비싼 코르셋을 빼앗겼던 개인 저택에 대해서도 묘사할 수 없기 때문에 본지에서도 더 이상의 소식을 전할 수 없다.〉」

동료 모델 한 명이 말했다.

「그 저택에서 납치범 남녀와 있게 된다면 나는 너무 두려울 것 같아! 넌 어떠니, 아를레트?」

「나도 그래. 하지만 난 열심히 반항했을 거야. 순간적으로는 용기가 생기거든……. 그러고 나서 기절했겠지」

「그런데, 너도 오페라 극장에서 레진을 납치한 범인을 못 봤니?」

「아무것도 보지 못했어. 그림자 하나가 다른 그림자를 들쳐 안고 있는 모습은 봤지만 무슨 일인지 궁금해할 여유가 없었어. 궁지에서 벗어나는 것만으로도 힘들었으니까. 생각해 봐! 불이 났었다고!」

28

「그러니까, 아무것도 보지 못했구나?」

「보긴 봤지. 무대 뒤에서…… 반 우벵의 얼굴을 봤어」

「그럼, 그 사람을 원래 알고 있었다는 말이야?」

「아니, 하지만 그는 〈내 다이아몬드! 천만 개나 되는 다이아몬드! 끔찍해! 큰일 났어!〉라고 고래고래 소리를 질러 댔어. 그러고는 마루바닥이 뜨겁기라도 한듯이 여기저기를 펄쩍 뛰어다녔지. 모두들 배꼽을 잡고 웃었다니까」

아를레트는 일어나서 반 우벵처럼 우스꽝스럽게 뛰어다녔다. 그녀는 허리가 꽉 끼는 검은 사지로 만든 단순한 디자인의 옷을 입고 있었지만, 오페라 극장에서 화려한 옷을 입었을 때와 마찬가지로 우아한 자태가 배어났다. 그녀의 날씬하며 균형 잡힌 몸매는 세상의 무엇과도 비교할 수 없을 정도로 완벽했다. 얼굴선은 가냘프고 섬세했으며 피부는 거무스름했고, 아름다운 금발 머리는 곱실거렸다.

「아를레트, 춤을 춰 봐. 이왕 일어섰으니 춤이라도 춰 봐!」

아를레트는 춤을 잘 추지 못했다. 하지만 곧 춤추는 자세를 취하고 한걸음한걸음 내딛었는데, 마치 가장 환상적인 패션쇼를 선보이는 듯했다. 아를레트가 보여 준 재미있고 우아한 공연에 동료들은 싫증 낼 줄을 몰랐다. 동료들은 모두 그녀에게 감탄했다. 동료들은 모두 아를레트가 화려하고 행복한 운명을 타고난 특별한 존재라고 생각했다.

「브라보, 아를레트. 넌 정말 매력적이야」

동료들이 외쳤다.

「넌 최고야. 네 덕분에 우리 셋이 코트다쥐르 해변으로 가게 되었잖아」

아를레트가 동료 모델들 앞에 앉았다. 그리고 생기 있는 장미빛 뺨에 초롱초롱한 눈을 빛내며 속내를 드러내는 듯한 진실한 말투로 이야기하기 시작했다. 그녀의 목소리에서 약간 흥분에 들떠 있으면서도, 슬프고 냉소적인 느낌이 배어났다.

「아니야. 난 너희들보다 낫지 않아. 이렌, 난 너보다 영리하지도 않아. 샤를로트, 난 너보다 진지하지도 않고. 그리고 난 줄리보다 정직하지도 않지. 내게도 너희들처럼 쫓아다니는 남자들이 있어……. 그들은 내가 주려는 것보다 더 많은 것을 요구하지……. 그러면서도 결국 난 그들에게 마음먹은 것보다 더 많은 것을 주고 말아. 그러다 보면 얼마 안 있어 끝이 좋지 않다는 사실을 알고 있어. 어쩌겠어? 우리와 진심으로 결혼하려는 사람은 없어. 사람들은 우리가 너무도 아름다운 옷을 입고 있는 모습을 보고는 겁먹고 말잖아」

「넌 뭐가 두렵니? 카드가 너에게 행운을 예언하는데」

동료 모델 한 명이 말했다.

「어떻게 행운이 온다는 거지? 부유하고 나이 많은 남자를 통해서? 정말 싫어. 하지만 그래도 이루고 싶어」

「뭘?」

「모르겠어……. 머릿속에서 모든 것이 맴돌기만 해. 난 사랑도 원하고, 돈도 원해」

「동시에 둘을? 와! 뭐 하게?」

「사랑은 행복해지려고 원하지」

「그럼 돈은?」

「잘 모르겠어. 내게는 너희들에게 항상 이야기했던 꿈이 있고, 야심도 있어. 난 부자가 되고 싶지만…… 나를 위해서가 아

니라 다른 사람들을 위해서야……. 사랑스러운 **너희들을 위해**
서…… 내가 원하는 것은……」

「계속해 봐, 아를레트」

아를레트는 미소를 지으며 더욱 목소리를 낮추며 말했다.

「터무니없어……. 어린애 같은 생각이지. 난 돈을 많이 갖고
싶어. 하지만 내 돈이 아니라 내가 쓸 수 있는 돈을 많이 **갖고 싶**
어. 예를 들어 후원을 받는다든지, 사장이 되든지, 큰 의상실의
책임자가 되어 조직도 새로 갖추고 복지를 보장하는 거지…….
그래, 너희들 모두가 원하는 대로 결혼을 할 수 있도록, 특히 여
자 모델들을 위한 지참금이 있는…… 그런 큰 의상실의 책임자가
되든지 말이야」

그녀는 자신의 터무니없는 꿈을 이야기하며 즐겁게 웃었다. 하
지만 다른 동료들은 진지했다. 그중 한 명은 눈물을 훔쳤다.

아를레트는 계속 말을 이었다.

「그래, 지참금, 현금으로 된 진짜 지참금……. 난 교육도 제대
로 받지 못했고…… 졸업장도 없지. 하지만, 숫자와 미숙한 철자
법으로 내 생각을 간단히 적어 봤어. 스무 살에 모두 자신의 지참
금을 갖고…… 첫 아이를 위한 용품들을 갖게 될 거야……. 그러
고 나서……」

「아를레트 양, 전화 왔어요!」

갑자기 의상실 감독관이 문을 열고 아를레트를 불렀다.

갑자기 아를레트는 얼굴이 창백해져 불안해하며 일어섰다.

「어머니께서 편찮으신가 보네……」

아를레트가 중얼거렸다.

셰르니츠 의상실에서는 가족에게 사고가 생겼거나 병이 났을

경우 등 심각하고 급한 소식만을 전해 준다는 사실을 다들 알고 있었다. 동료들은 아를레트가 어머니를 끔찍이 위한다는 점, 아를레트가 실은 사생아로 태어났다는 점과 전직 모델이었던 언니들이 남자와 외국으로 도망쳤다는 사실도 알고 있었다.

아를레트는 전화받으러 갈 용기가 나지 않아 잠시 주저했다.

「빨리 전화받으세요」

감독관이 계속 이야기했다.

전화기는 옆방에 있었다. 반쯤 열린 문에 몸을 바짝 붙인 동료 모델들은 아를레트의 힘없는 목소리를 들었다. 아를레트는 중얼거렸다.

「어머니께서 편찮으시죠? 심장 때문인가요? 그런데 누구시죠? 아, 루뱅 부인이세요? 목소리를 못 알아들었어요. 그럼, 의사는요? 어떤 의사요? 몽타보르가 3-2번지의 브리쿠 박사…… 브리쿠 선생님과 약속이 되어 있나요? 아, 그러면 제가 의사 선생님과 함께 가면 되나요? 그럼, 곧 갈게요」

아를레트는 한마디 말도 없이 떨리는 손으로 벽장에서 모자를 집어서 황급히 나갔다. 동료들은 창문 쪽으로 달려가서 그녀가 가로등 빛으로 각 건물의 번지수를 살펴보며 뛰어가는 모습을 지켜보았다. 뛰어가던 그녀는 왼쪽 끝에서 3-2번지 앞인 듯한 곳에 멈췄다. 그곳에는 차가 한 대 정차해 있었고, 도로 위에는 남자 한 명이 서 있었다. 동료들은 남자의 실루엣과 목이 긴 밝은 색의 장화밖에 보지 못했다. 그가 모자를 벗고 아를레트에게 말을 건넸다. 아를레트는 차에 올랐다. 남자도 차에 탔다. 자동차는 도로의 반대편 끝을 향해 달렸다.

모델 한 명이 이야기했다.

「이상한데. 매일 이 앞을 지나가지만 어떤 건물에서도 의사 간판이라고는 본 적이 없어. 3-2번지의 브리쿠 의사라고 들어 봤니?」

「아니. 정문 앞에 구리로 만들어진 의사 간판이 있을 거야」

「그럼, 전화번호부와…… 투파리(Tout-Paris:인명과 지명이 나와 있는 안내서——옮긴이)를 살펴봅시다」

감독관이 제안했다.

모두 서둘러서 옆방으로 달려갔다. 이들은 몹시 흥분해서 떨리는 손으로 선반 위에서 전화번호부와 투파리 둘을 집어 들고 열심히 훑어보았다.

「3-2번지에 브리쿠 의사인지 어떤 의사가 있는지 몰라도 전화번호는 없어」

모델 한 명이 말했다.

이어서 다른 모델 한 명이 말했다.

「투파리에는 브리쿠 의사도 없고 몽타보르가도 없어. 어디에도 없어」

순간 모여 있던 이들 사이에 불안감이 일었다. 이들은 각자 자신이 생각하는 바를 말했다. 그러다 보니 상황이 가지각색으로 해석되었다. 감독관은 이 사실을 셰르니츠 디자이너에게 알려야겠다고 생각했다. 곧 셰르니츠가 나타났다. 그는 젊은 남자였는데 창백하고 볼품없었으며 옷차림이 상스러웠다. 그는 늘 침착하고자 했고 만일의 가능성에 대비해 즉각적으로 대처 방안을 찾아야 한다고 주장했다.

「생각할 필요도 없어요. 곧장 본론으로 들어갑시다. 그 이상 말하지 맙시다」

셰르니츠는 침착하게 수화기를 들고 전화번호를 물었다.

「여보세요……? 레진 오브리 양 댁이 맞습니까? 레진 오브리 양께 셰르니츠, 셰르니츠 디자이너가 통화를 원한다고 전해 주시겠습니까? 알겠습니다」

그는 기다렸다가 다시 입을 열었다.

「예, 오브리 양. 디자이너 셰르니츠입니다. 비록 오브리 양을 제 고객으로 모시는 영광을 갖지는 못했지만, 현재로서는 오브리 양께 도움을 청할 수밖에 없다고 생각했습니다. 말씀을 드리자면, 제가 고용한 모델 중에 젊은 여자 모델이 한 명 있습니다. 여보세요? 예, 아를레트 마졸입니다……. 아주 친절하시군요, 그런데 전 오브리 양께 표를 던졌다는 말씀을 먼저 드려야겠습니다. 그날 저녁, 오브리 양의 의상은 정말……. 아…… 그러면 바로 본론으로 들어가도 될까요? 아를레트 마졸이 납치되었습니다. 저는 당신을 납치했던 이들의 소행이라는 생각이 듭니다. 그래서 오브리 양과 당신께 조언을 해 준 사람들이 이 사건을 아셔야 한다고 생각했습니다……. 여보세요……? 아, 베슈 반장을 기다리십니까? 좋습니다……. 그러면 오브리 양, 당장 필요한 설명을 모두 드린 거군요……」

셰르니츠 디자이너는 수화기를 다시 제자리에 놓고 나가면서 말했다.

「할 수 있는 일이라곤 이것밖에 없었어요. 다른 방법이 없죠」

아를레트 마졸의 납치는 레진 오브리의 사건과 거의 같은 순서로 전개되고 있었다. 차 안에는 여자 한 명이 있었다. 의사라고 자칭한 남자가 그녀를 소개했다.

「제 아내 브리쿠 부인입니다」

브리쿠 부인이라 불린 여자는 두꺼운 베일을 쓰고 있었다. 날이 저물었고, 아를레트는 어머니 생각에 정신이 팔려 있었기 때문에 그녀를 자세히 관찰할 여유가 없었다. 아를레트는 의사의 얼굴을 쳐다보지도 않고 지체 없이 어머니의 상태에 대해 질문을 해댔다. 그는 쉰 목소리로 고객 중 한 명인 루뱅 부인으로부터 이웃 여자 한 명을 치료하러 급히 와 달라는 부탁과 함께 오는 도중에 환자의 딸도 데리고 와 달라는 전화를 받았다며, 환자의 상태나 자세한 상황은 자신도 잘 모른다고 대답했다.

차는 리볼리가를 따라 콩코르드 광장을 향해 달렸다. 콩코르드 광장을 지나자 여자가 덮개로 아를레트의 얼굴을 덮고 목 주위를 조인 후 단검으로 아를레트의 어깨를 찔렀다.

아를레트는 저항했지만 두려움과 함께 기쁜 마음이 일었다. 지금 자신이 납치를 당하는 것이라면, 어머니가 편찮으시다는 이야기는 자신을 유인하기 위한 구실에 지나지 않았고 자신을 납치하는 데에는 다른 이유가 있을 것이라는 생각이 들었기 때문이다. 그래서 그녀는 얌전히 있었다. 그녀는 범인들이 하는 말을 들으며 주변을 조용히 관찰했다.

레진 오브리가 확인했던 사실과 똑같았다. 차는 빨리 달렸지만, 파리를 벗어나지 않았다. 급커브도 똑같았다. 하지만 아를레트는 자신을 감시하는 여자의 손을 전혀 보지 못한 대신 여자가 신고 있던 굽이 아주 높은 구두 한 짝을 얼핏 보았다.

공범 둘은 서로 아를레트가 듣지 못할 거라고 확신하면서 낮은 목소리로 말을 나누었다. 아를레트는 그중 몇 마디를 들을 수 있었다.

「네 실수야……. 네 실수라고……. 버틴 이상 몇 주를 더 기다려야 했어……. 오페라 극장 사건이 일어난 후에 바로 일을 벌이다니 너무 성급해」

이 말을 들은 아를레트는 상황을 분명히 이해했다. 레진 오브리가 경찰에 신고했던 남녀가 자신을 납치했음이 확실하다. 브리쿠 의사로 위장한 남자가 바로 오페라 극장의 방화범이었다. 하지만 왜 자신을 납치할까? 자신은 가진 것이 아무것도 없고 남들이 탐낼 만한 다이아몬드들로 장식된 코르셋이며 어떠한 보석도 내보인 적이 없는데 말이다. 그녀는 오히려 이 사실에 안심했다. 그리고 크게 두려워하지 않기로 했다. 납치 대상을 잘못 골랐다는 사실을 알게 된다면 범인들이 자신을 곧 풀어 줄 것이라 생각했기 때문이다.

육중한 문소리가 요란하게 울렸다. 레진 오브리가 겪었던 일을 기억하며 주의를 기울이던 아를레트는 포석이 깔린 안뜰로 들어왔음을 짐작했다. 범인들은 그녀를 현관 층계 앞에 내리게 했다. 여섯 단의 계단……. 그녀는 계단 수를 셌다. 곧 현관에 깔린 타일이 보였다.

아를레트는 냉정을 되찾고 강해졌다고 느낀 나머지 감정적인 이끌림에 굴복해 그야말로 경솔하게 행동하고 말았다. 남자가 현관 문을 밀고 공범인 여자가 타일 위를 가볍게 걸어가다가 잠시 아를레트의 어깨에서 손을 뗐다. 아를레트는 갑자기 머리를 덮고 있던 천에서 풀려나자 눈 깜짝할 사이에 빠른 걸음으로 계단을 올라가서 대기실을 지나 살롱으로 들어갔다. 살롱으로 들어간 아를레트는 재치를 발휘해 조심스럽게 문을 닫았다.

두꺼운 전등갓을 씌운 손전등에서 동그란 모양의 빛이 나오며

방 안을 희미하게 비추었다. 이제 무엇을 해야 하지? 이제 어디로 도망쳐야 하나? 아를레트는 방 안쪽에 있는 창문 두 개 중 하나를 열려고 했지만 허사였다. 납치범들이 자신을 찾아 살롱부터 조사를 시작했다면 벌써 들이닥쳤을 시간이다. 그들이 살롱으로 들어와 자신에게 달려드는 상상을 하자 아를레트는 두려워졌다.

실제로 그녀는 문이 삐거덕거리는 소리를 들었다. 무슨 수를 써서라도 몸을 숨겨야 했기에 그녀는 벽에 기대어져 있는 안락의자의 등받이를 밟고 어렵지 않게 큰 벽난로의 대리석 위로 올라갔다. 그녀는 벽난로의 거울을 따라 반대편 끝까지 갔다. 그쪽에는 높은 서가가 있었다. 그녀는 용기를 내서 청동 잔에 발을 올려놓았고 서가의 돌출된 장식 부분을 잡는 데 성공했다. 그러고 나서 서가 위로 올라갔다. 자신도 이해할 수 없을 만큼 민첩한 행동이었다. 두 납치범들이 방에 들이닥치자 아를레트는 대리석 위에 누워 책장의 돌출된 장식 부분 뒤로 몸을 숨겼다.

범인들은 눈만 들면 그녀의 모습을 볼 수 있었다. 그러나 다행히 그런 일은 일어나지 않았다. 그 대신 그들은 살롱 내부를 꼼꼼하게 살펴보았다. 그들이 소파와 안락의자 아래, 커튼 뒤를 살펴보는 동안 아를레트는 맞은편 큰 창문에 비친 범인들의 그림자를 보고 있었다.

범인들의 얼굴은 잘 보이지 않았다. 게다가 그들은 아주 낮은 목소리로 소곤소곤 이야기했기 때문에 말소리도 거의 들리지 않았다.

「여긴 없나 봅니다」

마침내 남자의 목소리가 아를레트의 귀에도 들렸다.

「정원으로 뛰어내렸을까?」

여자가 물었다.

「불가능해요. 창문 두 개가 모두 닫혀 있잖아요」

「그러면 알코브(벽을 움푹하게 만들어 침대를 두는 곳 — 옮긴이)는?」

왼쪽에는 벽난로와 창문 사이에 알코브로 사용하는 골방이 있었다. 예전에는 살롱과 자유로이 통하는 공간이었지만, 현재는 이동 칸막이로 입구를 막아 살롱의 다른 부분과 구분 지어 놓았다. 남자가 이동 칸막이를 당겨서 열었다.

「아무도 없는걸요」

「그래?」

「글쎄, 모르겠어요. 어쨌거나 큰일 났군요」

「왜?」

「만일 여자가 탈출했다면요?」

「어떻게 탈출한단 말이야?」

「그래요, 탈출은 불가능하죠. 아! 깜찍한 여자 같으니라고. 잡히면 가만두지 않을 겁니다!」

범인들은 불을 끄고 밖으로 나갔다.

벽난로의 추 시계가 날카롭고도 낡은 쇳소리로 조용히 7시를 알렸다.

얼마 후 아를레트의 귀에 추 시계가 8시, 9시, 10시를 알리는 소리가 들렸다. 하지만 아를레트는 꼼짝도 하지 못했다. 감히 움직일 엄두가 나지 않았다. 남자가 내뱉었던 위협적인 말이 떠오를 때마다 몸이 떨리고 움츠러들었다.

자정이 지나자 아를레트는 조금 침착함을 되찾아, 이제 움직여도 되겠다는 생각에 서가에서 내려왔다. 그때 청동 잔이 그녀와 부딪혀 기울어지다가 요란한 소리를 내며 마루에 떨어졌다. 아를레트는 너무도 놀란 나머지 몸이 굳었다. 하지만 다행히 아무도 들어오는 사람이 없었다.

그녀는 청동 잔을 다시 제자리에 놓았다.

밖에서 아주 밝은 빛이 들어왔다. 그녀는 창문으로 다가갔다. 환한 달이 비추는 정원은 소관목이 있는 잔디밭을 따라 길게 이어져 있었다. 이번에 그녀는 창문을 여는 데 성공했다. 아를레트는 몸을 숙인 채 창문 밖을 내려다 본 후 땅바닥이 솟아 있어 2층이 그다지 높지 않다는 사실을 확인했다. 그녀는 주저하지 않고 발코니를 뛰어넘어 자갈이 있는 곳으로 뛰어내렸다. 다행히 다친 곳은 없었다.

아를레트는 달빛이 구름에 가려지기를 기다렸다가 재빨리 벌판을 지나 소관목 숲에 도착했다. 몸을 웅크린 채로 소관목 길을 따라 뛰던 아를레트는 달빛에 훤히 드러난 담 앞에 도착했다. 하지만 담이 너무 높아서 뛰어넘을 엄두를 내지 못했다.

담 오른쪽 옆에 사람이 살고 있지 않는 듯한 작은 건물이 있었다. 그녀는 천천히 다가갔다. 작은 건물 앞 벽에 있는 문은 잠겨 있었으나, 자물쇠 안에 큰 열쇠가 꽂혀 있었다. 그녀는 빗장을 끄르고 열쇠를 돌려 뺐다.

그녀에게는 문을 열고 거리로 뛰어나갈 시간밖에 없었다. 뒤를 돌아보던 그녀는 자신을 뒤쫓아 뛰어오는 그림자 하나를 발견했다.

거리는 한산했다. 쉰 걸음 정도 달려가던 아를레트는 뒤를 돌아 보았다. 그때 그 그림자가 더욱 속도를 내며 그녀를 향해 달려오는 모습이 보였다. 두려움이 그녀를 뒤흔들었다. 가슴이 쿵쿵

뛰고 다리에 힘이 빠졌지만, 아를레트는 아무도 자신을 잡을 수 없을 거라는 느낌이 강하게 들었다

하지만 순간적인 자신감일 뿐이었다. 그녀는 갑자기 힘이 빠지고 무릎이 꺾였다. 쓰러지기 일보 직전이었다. 다행히 그녀는 맞은편 거리에 도착했다. 거리에는 사람들이 북적이며 지나 다녔다. 이때 택시 한 대가 와서 섰다. 그녀는 택시에 타서 주소를 일러 줬다. 그때, 창문으로 다른 차에 재빨리 올라타는 범인이 보였다. 차는 곧장 출발했다.

거리……. 아직도 거리……. 범인들이 쫓아올까? 아를레트는 아무것도 알지 못했고 알려고 하지도 않았다. 곧 도착한 작은 광장에는 정차 중인 차들이 일렬로 늘어서 있었다. 그녀는 택시 안의 칸막이 창문을 두드렸다.

「기사 아저씨, 세워 주세요. 여기 20프랑이오. 이제 속도를 내고 계속 가세요. 그래서 저를 쫓아오는 사람을 따돌려 주세요」

아를레트는 서 있던 택시들 중 한 택시에 재빨리 타서는 기사에게 다시 주소를 말했다.

「몽마르트르 베르드렐가 55번지요」

그녀는 위험에서는 벗어났으나 너무도 지친 나머지 정신을 잃었다.

그녀가 눈을 뜬 곳은 자신의 작은 방에 있는 소파 위에서였다. 곁에는 처음 보는 한 남자가 아를레트 곁에 무릎을 굽힌 채 앉아 있었다. 조심스럽고 불안한 모습으로 어머니가 자신을 걱정스럽게 바라보았다. 아를레트는 어머니께 웃어 보이려고 했다. 남자가 그녀의 어머니에게 이야기했다.

「아직은 아를레트 양에게 어떤 질문도 하지 마십시오, 부인.

아뇨, 아를레트 양, 움직이지 마십시오. 우선 제 말을 들으십시오. 당신이 일하고 있는 의상실의 디자이너인 셰르니츠 씨께서 레진 오브리 양에게 당신이 그녀와 똑같은 상황에서 납치되었다는 사실을 알려 주었습니다. 경찰에게도 즉시 알렸죠. 저를 친구로 생각하고 있는 레진 오브리 양으로부터 나중에 사건을 전해 듣고 이곳에 오게 되었습니다. 아를레트 양의 어머니와 저, 이렇게 우리는 저녁 내내 집 앞에서 기다리고 있었죠. 전 레진 오브리 양의 경우처럼 범인들이 당신을 놓아줄지도 모른다고 기대했습니다. 그리고 당신이 타고 있던 택시를 발견해 운전 기사에게 어디서 오는 길이냐고 물었죠. 그랬더니 기사는 빅투아르 광장이라고 하더군요. 그 외에는 아는 것이 없습니다. 흥분하지 마십시오. 자세한 얘기는 내일 들어도 좋습니다」

아를레트는 열이 오르고 악몽처럼 고통스러운 기억이 되살아나 끙끙 신음을 내뱉었다. 그녀는 다시 눈을 감으며 중얼거렸다.

「누가 계단을 올라와요」

진짜로 누군가가 초인종을 눌렀다. 아를레트 어머니가 대기실로 갔다. 남자 두 명의 목소리가 울렸다. 그중 한 남자가 큰 목소리로 이야기했다.

「반 우벵입니다, 부인. 다이아몬드 튜닉을 도난당한 그 반 우벵이죠. 전 부인의 따님께서 납치되었다는 소식을 듣고 여행에서 막 돌아온 베슈 반장과 수사를 벌이고 있습니다. 경찰서를 바쁘게 들락날락한 뒤 이곳에 오는 길이죠. 관리인 아주머니의 말이 아를레트 마졸 양께서 돌아오셨다고 해서, 베슈 반장과 전 아를레트 양에게 여쭤 볼 말이 있어서 곧바로 이곳에 온 겁니다」

「하지만, 선생님……」

「정말로 중요한 일입니다, 부인. 이번 사건은 도난당한 제 다이아몬드들과도 관계된 일입니다. 같은 일당의 소행이죠……. 단 1분도 지체해서는 안 됩니다……」

반 우벵은 베슈 반장과 함께 허락도 받지 않고 작은 방으로 들어왔다. 방에 들어선 반 우벵은 방에서 펼쳐진 광경을 보고 적잖이 놀랐다. 누워 있는 젊은 여자 곁에서 그의 친구 장 당느리가 소파 앞에서 무릎을 꿇고 있었기 때문이다. 장 당느리는 그 여자의 이마, 눈썹, 볼에 부드럽게 입을 맞췄다. 그의 표정은 열성적이고 진지했다.

반 우벵이 더듬거리며 말했다.

「당느리, 당신이……! 당신이 도대체 여기서 뭐 하는 겁니까?」

당느리가 팔을 뻗어서 조용히하라는 신호를 했다.

「쉿! 그렇게 큰 소리 내지 마세요……. 지금 아를레트 양을 안정시키고 있습니다……. 진정시키는 데에는 이 방법이 최고죠. 보세요, 그녀가 얼마나 긴장을 잘 풀어 가는지……」

「하지만……」

「내일…… 내일 봅시다……. 레진 오브리 양의 집에서 만나기로 하죠. 그때까지 이 환자는 휴식이 필요합니다……. 환자의 신경을 자극하지 마십시오……. 내일 아침에 봅시다……」

반 우벵은 어리둥절해했다. 아를레트 마졸의 어머니도 무슨 일인지를 전혀 이해할 수 없었다. 그런데 이들 곁에서 더 놀라고 당황하는 사람이 있었다. 바로 베슈 반장이었다.

늘 정중한 태도를 보이고자 노력하는 베슈 반장은 작은 키에 창백하고 수척한 얼굴, 그리고 엄청나게 긴 두 팔 때문에 묘한 인상을 주는 사내였다. 그는 눈을 크게 뜨고 두려운 존재라도 나타난 듯이 장 당느리를 뚫어지게 쳐다보았다. 베슈 반장은 당느리를 아는 것 같기도 하고 모르는 것 같기도 한 표정을 지었다. 미소를 짓는 젊은 남자의 얼굴 속에 감추어진 다른 모습, 즉 악마 그 자체의 모습이 숨어 있지는 않은지 뚫어지게 살펴봤다.

반 우벵이 소개했다.

「베슈 반장님 그리고 이쪽은 장 당느리 씨입니다……. 베슈 반장님, 그런데 마치 당느리 씨를 아시는 것 같은 표정이시군요」

베슈 반장은 뭐라 말을 하고 질문을 하고 싶었지만, 할 수가 없었다. 하지만 눈을 크게 뜬 그는 묘한 치료를 계속하는 이 침착한 인물에게서 눈을 떼지 않았다.

신사 탐정 당느리

　예정된 회의는 2시에 레진 오브리의 방에서 열렸다. 반 우벵은 도착하자마자 당느리가 마치 자신의 집인 양 레진 오브리의 방에서 아름다운 두 여인과 대화를 나누고 있는 모습을 보았다. 세 사람 모두 아주 즐거워 보였다. 조금 지쳐 있기는 해도 태평하게 기뻐하는 아를레트 마졸의 모습을 보면 그녀가 전날 밤에 아주 불안했던 시간을 경험한 사람이라고는 도저히 생각할 수 없었다. 아를레트는 레진과 마찬가지로 당느리에게서 눈을 떼지 않았고, 그가 하는 말에는 모두 동의를 표했고 그의 재미있는 말투에 웃음을 터뜨리곤 했다.

　반 우벵은 다이아몬드들을 잃어버려 가뜩이나 심기가 불편하고 인생이 고통스럽게 느껴졌던 차에 세 사람이 웃는 모습을 보고는 화가 난 목소리로 소리쳤다.

　「이럴 수가! 당신 셋은 지금 상황이 그렇게 재미있습니까?」

「물론입니다. 재미없을 일은 또 뭡니까. 사실 모든 일이 다 잘 풀렸지 않습니까」

「그렇겠죠! 도둑맞은 다이아몬드들은 당신 게 아니니까요. 그리고 아를레트 마졸 양 역시 덕을 보신 것 같더군요. 오늘 조간신문에서 모두 아를레트 마졸 양이 겪은 일에 대해 떠들고 있고…… 대단한 광고던데요! 결국 이 기분 나쁜 사건에서 저만 손해를 본 셈이군요」

「아를레트, 반 우벵 씨의 말에 기분 나빠하지 말아요. 반 우벵 씨는 교양이라고는 눈곱만큼도 없어요. 그의 말은 들을 필요도 없어요」

레진이 쏘아붙였다.

「그러거나 말거나 레진 양, 들으면 기분 나쁠 말을 한마디 더 해 볼까요」

반 우벵이 툴툴거렸다.

「말씀해 보세요」

「그러니까 간밤에 당신의 그 대단한 당느리 씨가 아를레트 양 앞에 무릎을 꿇고는, 10여일 전에 당신을 낫게 한 알량한 치료법을 아를레트 양에게 그대로 시험해 보고 있더군요. 전 그 모습을 보고는 깜짝 놀랐습니다」

「이미 당느리 씨와 아를레트 양에게 들은 이야긴데요」

「뭐라고요! 뭐라고 했죠? 그러면 질투가 나지 않는단 말입니까?」

「질투라고요?」

「저런! 당느리 씨가 당신의 환심을 사려고 애쓰던 것이 아니었나요?」

「굉장히 애쓴 편이었다고 말씀드릴 수 있죠」

「그렇다면 그 마음을 받아들인다는……」

「당느리 씨에게는 굉장한 기술이 있고 그 기술을 사용하죠. 그가 해야 할 일이니까요」

「그리고 그의 기쁨이기도 하죠」

「그에게는 참 잘된 일이죠」

반 우뻬은 한탄했다.

「아! 당느리란 사람은 정말 행운아군요! 당신을 자신이 원하는 대로 만들다니……. 그리고 다른 모든 여성들도 자신이 원하는 대로 만들고요」

「그리고 남자들도 자신이 원하는 대로 만들죠, 반 우뻬 씨. 당신이 그를 미워한다 해도 당신의 다이아몬드들을 위해서는 그에게 의지할 수밖에 없으니까요」

「그래요, 하지만 전 당느리 씨의 도움 없이 해결하기로 굳은 결심을 했습니다. 왜냐하면 베슈 반장님께서 저를 도와준다고 하셨고, 또……」

반 우뻬은 말끝을 흐렸다. 뒤를 돌아보다 문간에 서 있는 베슈 반장을 발견했기 때문이다.

「반장님, 오셨습니까?」

「조금 전에 왔습니다. 문이 반쯤 열려 있더군요」

베슈 반장이 레진 오브리에게 고개를 숙여 인사하고 말했다.

「제 말을 들으셨습니까?」

「그렇습니다」

「그러면 제 결정을 어떻게 생각하십니까?」

베슈 반장은 언제나와 마찬가지로 얼굴을 찌푸렸다. 그런 모습에서 도전적인 느낌이 풍겼다. 그는 전날과 마찬가지로 당느리를 빤히 쳐다보고는 힘을 주어 또렷하게 말했다.

「반 우벵 씨, 제가 없는 동안에도 반 우벵 씨의 다이아몬드 사건은 제 동료 경찰 중 한 명이 담당하고 있었습니다. 하지만 제가 수사에 참여할 것이라는 사실은 의심의 여지가 없습니다. 그리고 실제로 아를레트 마졸 양의 자택에서 수사를 진행하라는 지시도 받았습니다. 하지만 분명히 말씀드리건대 공개적이든 비공개적이든 반 우벵 씨의 친구 분들 중 그 어느 누구와도 협력하지 않겠습니다」

「단호하시군요」

장 당느리가 웃으면서 말했다.

「아주 단호하죠」

당느리는 상당히 침착했지만 놀라움을 숨기려 들지도 않았다.

「누가 보면 제가 반장님의 마음에 들지 않는다고 생각하겠군요」

「솔직히 말하자면 그렇소이다」

베슈 반장이 무뚝뚝하게 말했다. 그리고 당느리에게 다가가 정면으로 바라보며 말했다.

「우리가 전에 만난 적이 없던가요?」

「만난 적 있습니다. 23년 전, 샹젤리제에서였죠. 함께 굴렁쇠 놀이를 하고 있었는데…… 제가 다리를 거는 바람에 반장님께서 넘어지셨죠. 그때부터 절 용서하지 않으시는 것 같군요. 반 우벵 씨, 베슈 반장님의 말씀이 맞습니다. 우리 둘이 협력한다는 것은 불가능합니다. 그러니 반 우벵 씨 좋으실 대로 하십시오. 전 제일을 할 테니까요. 이제 두 분은 가셔도 좋습니다」

「우리 보고 가라고요?」

반 우벵이 말했다.

「그렇습니다. 여긴 레진 오브리 양의 집이고 오늘 모임을 소집한 사람은 접니다. 우리는 의견이 서로 맞지 않으니 더 이상 볼 필요도 없겠군요. 그만 나가 주십시오」

당느리는 소파 위에 앉아 있는 레진 오브리와 아를레트 마졸 사이로 달려가 아를레트 마졸의 손을 잡았다.

「아름다운 아를레트, 이제는 안정을 되찾았으니 시간 낭비하지 말고 당신에게 일어났던 일을 자세하게 말해 주십시오. 사소한 것이라도 좋으니까」

아를레트가 망설이자 당느리가 말했다.

「저 반 우벵 씨와 베슈 반장이라면 신경 쓰지 마십시오. 두 사람은 여기에 없는 겁니다. 나간 거라구요. 그러니 말해 봐, 사랑스러운 아를레트. 아, 이제부터 네게 말을 놓겠어. 왜냐하면 벨벳보다도 부드러운 너의 볼에 입을 맞췄고, 이 입맞춤으로 네 연인이 될 자격을 얻었기 때문이지」

아를레트는 얼굴을 붉혔다. 레진은 웃으며 아를레트에게 어서 말을 해 보라고 재촉했다. 한편 대화 내용을 들으며 유용한 정보를 얻고 싶었던 반 우벵과 베슈 반장은 밀랍으로 만든 눈사람처럼 바닥에서 한 발짝도 떼지 않고 귀를 기울였다. 아를레트는 물론이고 다른 사람들도 거부할 수 없는 당느리의 부탁대로 아를레트는 자신이 겪었던 일을 모두 이야기했다.

당느리는 조용히 아를레트의 이야기를 들었다. 때때로 레진이 그녀의 말에 맞장구를 쳤다.

「바로 그거예요……. 여섯 계단, 그래요, 검은색과 흰색 타일이 깔린 현관…… 그리고 2층에 올라가니 앞에는 푸른 비단을 씌운 가구들이 있는 살롱이 있었죠」

아를레트가 말을 끝내자 당느리는 뒷짐을 지고 방 안을 왔다 갔다 했다. 그리고 이마를 창문에 댄 채 조금 오랫동안 생각에 잠겼다. 그는 마침내 중얼거리며 결론을 내렸다.

「어렵군요…… 어려워…… 하지만 몇 가지 번뜩이며 지나가는 생각이 있습니다. 섬광처럼 떠오르는 이 밝은 빛이, 터널의 출구를 비춰 주는군요」

그는 다시 소파에 앉아 두 여자에게 말했다.

「그러니까, 레진 양을 납치한 남녀와 아를레트를 납치한 남녀가 같은 사람들임은 분명합니다. 이 경우처럼 동일한 방식으로 동일범이 벌인 두 사건은 눈에 띄게 마련이죠. 이렇게 유사한 두 사건의 경우에는 두 사건이 어떤 점에서 차이가 나는지를 알아야 합니다. 그리고 차이점을 알게 되면 더 이상 주춤거리지 말고 완전한 확신을 갖고 결론을 내려야 합니다. 그래서 곰곰이 생각해 보니, 주목할 만한 점은 레진 양과 아를레트의 납치 사건의 동기가 다르다는 점입니다」

그는 잠시 말을 멈추고 웃기 시작했다.

「제가 한 말은 시시해 보이거나 아니면 당연한 사실에 지나지 않겠죠. 하지만 단언하건대, 정말 설득력이 있는 말입니다. 갑자기 상황이 간단해졌군요. 조금도 의심할 여지없이, 레진 양은 다이아몬드 때문에 납치된 겁니다. 대담한 척하던 반 우벵 씨가 다이아몬드들을 도난당하자 방방 뛰며 오열하고 있죠. 레진 양이 다이아몬드 때문에 납치되었다는 사실에는 이의가 없습니다. 확신하건대, 베슈 반장이 이 자리에 있었다면 그도 저와 같은 의견이었을 겁니다」

베슈 반장은 다음에 이어지는 말을 기다리며 한마디도 하지 않았다. 당느리는 다시 아를레트를 향해 돌아섰다.

「그렇다면, 범인들은 벨벳보다 부드러운 볼을 가진 아름다운 널 왜 굳이 납치하려고 했을까? 네 모든 재산은 네 손안에 겨우 들어갈 텐데 말이야, 안 그래?」

당느리의 말대로 벨벳보다 부드러운 볼을 가진 아를레트는 손바닥을 펴 보였다.

「손에는 아무것도 없군. 그러므로 뭔가 훔칠 목적으로 납치했다는 가정은 제외해야겠지. 그렇다면 사랑, 복수, 또는 계획 실행을 위한 술책이 납치 동기라고 생각해야겠어. 네가 계획 실행을 수월하게 해 줄 수 있거나 반대로 방해가 될 수 있기 때문이지. 내 말이 무례했다면 용서해 줘. 아를레트, 부끄러워하지 말고 대답해 봐. 지금까지 누군가를 사랑해 본 적이 있어?」

「아뇨」

아를레트가 말했다.

「사랑을 받아 본 적은?」

「모르겠어요」

「하지만 네 호감을 사려는 남자들이 있지 않았어? 피에르라든가 필립이라든지……」

아를레트가 솔직하게 말했다.

「피에르와 필립은 아니고, 옥타브와 자크란 사람이 있었어요」

「그 옥타브와 자크란 사람들은 신사였어?」

「예」

「그렇다면 두 사람이 납치에 가담했을 리는 없겠군」

「예」

「그래서?」

「그래서라니, 뭐가요?」

당느리는 아를레트에게 몸을 굽히고는 부드럽게 속삭였다.

「잘 찾아봐, 아를레트. 눈에 보이는 표면적인 네 일상에 관한 사실들 말야. 널 사로잡았고 네가 기억하고 싶거나 기억하고 싶지 않은 남자들이 아니라 겨우 머릿속을 스치는, 말하자면 잊혀진 남자들을 기억해 보라는 거야. 조금 특이하고 이상했던 남자로 기억 나는 사람이 전혀 없어?」

아를레트는 미소를 지었다.

「그래요. 없어요……. 아무도……」

「아니, 아무런 목적도 없이 널 납치했다니 말이 안 돼. 분명히 계획이 있었겠지. 그 와중에 너도 모르는 어떤 움직임이 있었지만 그런 조짐들을 가까스로 피해 왔던 걸 거야. 다시 잘 생각해 봐……」

아를레트는 생각하느라 애썼다. 당느리가 요구하는 대로 사소한 기억까지 생각해 내려고 노력했다. 당느리는 분명하게 말했다.

「알 수 없는 뭔가가 주위를 맴돌고 있다는 느낌을 받아 본 적은 없어? 알 수 없는 뭔가와 접촉할 때처럼 불안감에서 생긴 전율을 경험한 적은? 난 실제적인 위험이 아니라 〈아니, 무슨 일이지? 무슨 일이 일어나고 있는 거지? 무슨 일이 일어날까?〉라고 하는 막연한 위험을 말하는 거야」

아를레트는 얼굴을 약간 찡그렸다. 그녀의 시선이 무언가를 향해 고정된 것 같았다.

당느리가 외쳤다.

「됐어! 생각난 거로군. 아! 베슈 반장과 반 우벵 씨가 여기에 없다니 안타까운 일이야……. 자, 설명해 봐, 아를레트」

아를레트는 생각에 잠긴 듯한 목소리로 말했다.

「예전에 한 남자가 있었어요……」

장 당느리는 아를레트가 꺼낸 첫 마디에 흥분해 소파에 앉아 있는 그녀를 끌어당겨서 춤을 추기 시작했다.

「이제 됐어! 동화처럼 시작되는군! 예전이라……. 아! 넌 너무도 매력적이야, 부드러운 볼을 가진 아를레트! 네가 말한 그 남자는 어떻게 되었지?」

아를레트는 마음을 다시 가다듬고 느릿느릿한 목소리로 계속 이야기했다.

「3개월 전의 일이죠. 자선 패션쇼를 보기 위해 사람들이 많이 몰려들었던 어느 오후에 그 남자가 여동생을 데리고 왔어요. 전 그를 알아보지 못했죠. 하지만 동료 모델 중 한 명이 제게 이렇게 말하더군요. 〈아를레트, 너 알아? 네가 아주 근사하고 세련된 남자를 사로잡았어. 그는 네게서 한시도 눈을 떼지 않던걸. 그 사람은 자선 사업에 전념하는 남자래. 감독관께서 그러셨어. 마침 잘됐어, 아를레트, 넌 돈을 좋아하잖니.〉」

「돈을 좋아한다고, 아를레트 네가?」

당느리가 끼어들었다.

「동료들이 짓궂게 절 놀리는 거예요. 왜냐하면 제가 의상실 동료들을 위한 예비 기금을 만들고 싶어했거든요. 지참금 기금…… 그러니까 꿈 같은 얘기죠. 어쨌거나 한 시간 뒤에 지위가 높은 신사 한 분이 출입구에서 절 기다렸다 따라온다는 사실을 눈치 챘어요. 그래서 전 그를 좋은 말로 돌려보내야겠다고 생각했어요. 그런데 그는 제가 내린 역에서 사라졌죠. 다음날에도 같은 일이 벌어졌고 여러 날 동안 계속 그랬어요. 하지만 별일은 없었어요. 1주일 뒤에는 그가 다시 오지 않았죠. 그러다가 며칠 후 어느 날……」

「어느 날……?」

아를레트가 목소리를 낮췄다.

「그러니까, 전 이따금씩 집에서 저녁을 먹고 청소를 끝낸 후 집에서 나와 몽마르트르 언덕에 살고 있는 친구를 보러 가곤 해요. 친구 집 근처에선 약간 어두운 골목길을 거쳐 가죠. 밤 11시 무렵이면 인적이 끊기는 골목길이에요. 그런데 하루는, 골목길에서 차량이 드나드는 대문 구석에 서 있는 남자의 그림자를 연속해서 세 번이나 보게 되었어요. 첫 번째, 두 번째 그 느낌을 받았을 때 남자는 움직이지 않았어요. 그러다가 세 번째는 숨어 있다가 모습을 드러내고는 제가 가는 길을 막았죠. 전 소리를 지르면서 달리기 시작했어요. 하지만 그 남자는 계속 쫓아오지는 않더군요. 그 일이 있은 후부터는 절대 그 길로 다니지 않아요. 이게 다예요」

아를레트는 말을 멈췄다. 그녀의 이야기는 베슈 반장과 반 우뱅의 관심을 끌지 못한 것 같았다. 당느리가 물었다.

「왜 우리에게 이 두 가지 이야기를 하는 거지? 이 이야기가 납치 사건과 관계가 있다고 생각하는 거야?」

「예」

「어떤 관계가 있는데?」

「전 항상 저를 몰래 엿보던 남자와 저를 쫓아왔던 남자가 같은 사람이라고 생각했어요」

「하지만 무슨 근거로 그렇게 확신을 하는 거지?」

「사흘째 되는 날 저녁에 몽마르트르에서 본 남자가 밝은 색의 각반이나 목이 긴 장화를 신고 있다는 점을 눈여겨 볼 틈이 있었어요.」

「거리에서 널 데려갔던 남자처럼 말이지?」

장 당느리가 크게 외쳤다.

「그래요」

아를레트가 말했다.

반 우뱅과 베슈 반장은 어리둥절했다. 레진이 흥분해서 물었다.

「그러면 아를레트, 당신은 오페라 극장에서 절 납치한 남자 역시 같은 종류의 장화를 신고 있었다는 것을 기억하십니까?」

「글쎄요……. 사실…… 그 점은 생각 못했어요」

아를레트가 말했다.

「당신을 납치했던 남자 역시 그 장화를 신고 있었죠? 아를레트, 어제 당신을 납치했던…… 브리쿠라는 가짜 의사 말이에요」

「그래요, 사실이죠. 하지만 서로 연관시켜서 생각해 보지는 못했어요. 그냥 순간적으로 떠오른 사실일 뿐이라」

아를레트가 똑같은 말을 되풀이했다.

「아를레트, 마지막으로 다시 생각해 봐. 넌 그 남자의 이름을 우리에게 알려 주지 않았어. 그를 알지?」

「예」

「그 남자의 이름은 뭐야?」

「멜라마르 백작이오」

레진과 반 우뱅은 소스라치게 놀랐다. 장 당느리는 치솟는 놀라움을 가라앉혔다. 베슈 반장은 어깨를 으쓱했고 반 우뱅이 소리쳤다.

「참, 터무니없는 소리군! 아드리안 드 멜라마르 백작이라니…….
전 그를 본 적이 있습니다. 자선 위원회에서 백작 옆에 앉을 기회
가 있었죠. 그는 완벽한 신사입니다. 그와 악수라도 한다면 그 사
실을 자랑스러워할 정도로 말이죠. 그런데 멜라마르 백작이 제 다
이아몬드들을 훔쳐 갔다뇨!」

「하지만 전 멜라마르 백작을 고발하자는 게 아녜요. 그의 이름
을 말한 것뿐이죠」

아를레트가 어쩔 줄 몰라했다.

「아를레트 말이 맞아요. 아를레트는 우리가 그 남자의 이름을
묻자 대답한 거죠. 하지만 세간에 멜라마르 백작과 그와 함께 살
고 있는 여동생에 대해 알려진 점을 보면, 백작이 길에서 당신의
일거수일투족을 지켜보았던 남자일 리도 없고 당신과 저를 납치
했던 남자일 리도 없어요」

레진이 말했다.

「그가 밝은 색의 목이 긴 신발을 신고 있었어?」

장 당느리가 물었다.

「모르겠어요……. 보다 정확히 말하자면, 맞아, 가끔……」

「거의 매일이죠」

반 우벵이 분명히 말했다.

잠시 침묵이 흘렀다. 그러자 반 우벵이 말을 이었다.

「오해가 있는 듯하군요. 다시 말하건대 멜라마르 백작은 세상
에 둘도 없는 신사입니다」

당느리가 상황을 정리했다.

「그럼, 멜라마르 백작을 만나러 갑시다. 반 우벵 씨에게는 경
찰 친구가 한 명도 없나요? 있다면…… 아, 베슈 반장님? 베슈 반

장님이라면 우리를 멜라마르 백작 집에 들여보내 주지 않을까
요?」

베슈 반장은 분개했다.

「그런 지위의 사람들 집에 사전 조사나 증거, 영장도 없이 들
어가 바보 같은 이야기에 대해 질문을 할 수 있다고 생각합니까?
그래요, 바보 같은 이야기죠. 30분 전부터 들은 이야기는 모두
바보 같은 이야기의 극치였습니다.」

당느리가 속삭였다.

「저런 멍청한 사람과 굴렁쇠 놀이를 했다니……! 후회가 막심
하군!」

당느리는 레진 쪽을 돌아 봤다.

「레진 양, 전화번호부를 찾아 아드리안 드 멜라마르 백작의 전
화번호를 알아봐 주시겠습니까? 베슈 반장은 빼고 합시다」

당느리가 일어났다. 잠시 후에 레진 오브리가 당느리에게 수화
기를 건네줬다.

「여보세요? 멜라마르 백작님 댁이 맞습니까? 전 당느리 남작입
니다……. 아, 멜라마르 백작님이십니까? 실례합니다만 이삼 주
전에 도둑맞으신 몇 가지 물건을 찾는 광고를 읽은 적이 있습니
다. 도둑맞은 물건이 핀셋의 끝부분, 은으로 된 촛농 받이, 열쇠
구멍, 그리고 푸른 비단으로 된 초인종 리본 반쪽…… 이죠? 모두
값이 나가지는 않지만, 백작님께서 특별한 이유로 아끼시는 물건
일 겁니다. 제 말이 맞죠, 백작님? 그래서 말씀인데요, 저를 만나
주신다면 이와 관련된 유용한 정보를 드릴 수 있습니다. 아……
오늘 2시에요? 좋습니다. 음…… 그리고 한 가지 더 말씀드릴 것
이 있습니다. 제게 동행이 있는데 여성 두 분과 함께 찾아뵈어도

좋을까요? 예, 이 여성 두 분에 대해서는 이따 설명해 드리겠습니다. 아, 정말 친절하시군요, 백작님. 정말 감사드립니다」

당느리가 수화기를 내려놓았다.

「베슈 반장이 있었다면 누구의 집이든 원하기만 하면 들어갈 수 있다는 것을 알게 될 텐데 아쉽군요. 그나저나 레진 양, 전화번호부에서 백작의 주소를 봤습니까?」

「위르페가 13번지네요」

「그렇다면 포부르 생제르맹이군요」

레진이 물었다.

「그런데 백작의 그 물건들은 어디서 구하죠?」

「제가 이미 가지고 있습니다. 기사가 실린 당일, 단돈 13프랑 50상팀에 물건들을 구입했죠」

「그런데 왜 바로 백작에게 돌려주지 않았어요?」

「멜라마르라는 이름을 들으니 이제야 어렴풋이 뭔가가 기억 나서요. 그리고 예전에, 그러니까 19세기에 멜라마르 사건이 있었던 것 같습니다. 지금은 그 사건까지 알아볼 시간은 없으니 나중에 알아보죠. 레진 양, 아를레트, 1시 50분까지 부르봉 궁 앞으로 오십시오. 이것으로 회의는 마치겠습니다」

회의 시간은 정말로 유용했다. 예비 공작을 하고 마침내 두드릴 수 있는 문을 발견하는 데 30분이면 당느리에게는 충분했다. 어둠 속에서 드디어 사건의 윤곽이 잡혔다. 그리고 〈과연 멜라마르 백작은 대체 이 사건에서 어떤 역할을 맡았을까?〉라는 질문이 이들의 머릿속을 휘저었다.

레진은 아를레트더러 점심을 먹고 가라고 하면서 붙잡았다. 당느리는 반 우뱅과 베슈 반장이 나간 뒤 일이 분 후에 나갔지만 여전히 3층 계단참에 서 있는 그들과 다시 만나게 되었다.

베슈 반장은 화를 내며 반 우뱅의 멱살을 잡고 있었다.

「안 됩니다. 당신이 뻔히 실패로 인도하는 길을 가게 더 이상 가만두지 않을 겁니다. 아뇨! 당신이 사기를 당하는 게 싫습니다. 그 남자가 누군 줄 아십니까?」

당느리가 앞으로 다가왔다.

「물론 저를 말씀하시는 거겠죠. 베슈 반장님께서는 참고 있던 말씀을 이제 하고 싶으신 거군요」

당느리는 명함을 내밀고 반 우뱅에게 말했다.

「장 당느리 남작, 항해사입니다」

「허튼 소리! 당신은 당느리 남작도 아니고 당느리라는 항해사 도 아니야」

베슈 반장이 외쳤다.

「정말로 예의가 바르시군요, 베슈 반장님. 그렇다면 저는 누굽 니까?」

「당신은 짐 바르네트야! 바로 짐 바르네트! 아무리 변장을 하고 가발과 오래된 프록코트를 벗어던져도, 사교계의 인사와 스포츠맨 의 가면을 쓰고 있어도 난 가면 속 당신의 얼굴을 알아 볼 수 있 어. 바로 당신! 바르네트 탐정 사무소의 짐 바르네트, 나와 열두 번 함께 일했고 열두 번이나 나를 속인 바로 그 바르네트란 말이 야. 이젠 정말 지겨워. 당신 같은 자에 대해 사람들에게 경계심을 주는 게 내 의무지. 반 우뱅 씨, 이 사람을 믿어서는 안 됩니다」

너무도 당황한 반 우뱅은 조용히 담뱃불을 붙이고 있는 장 당 느리를 쳐다보며 말했다.

「베슈 반장님이 펄펄 뛰면서 하는 말이 사실입니까?」

당느리가 미소 지었다.

「그럴지도 모르죠……. 하지만 아는 것이 전혀 없군요. 장 당느리라고 적힌 제 명함이 공식적이기는 합니다만, 제가 가장 친한 친구인 짐 바르네트의 이름으로 된 명함을 가지고 있는지, 확실하지 않군요」

「그러면 자동 보트를 타고 세계 일주를 한 것은 맞습니까?」

「그럴지도 모르죠. 모든 것이 기억 속에서 가물가물합니다. 하지만 이런 일들이 반 우벵 씨와 무슨 상관이 있겠습니까? 반 우벵 씨에게는 다이아몬드들을 되찾는 일만 중요하지 않습니까? 베슈 반장님께서 주장하시는 대로, 제가 비범한 바르네트라면 반 우벵 씨의 다이아몬드들은 찾은 거나 진배없지 않습니까?」

「다이아몬드들을 도둑맞을 것도 불을 보듯 뻔하지」

베슈가 중얼거렸다.

「그래요, 저자는 다이아몬드들을 찾을 겁니다. 예, 열두 번 함께 일을 해 봤는데 그때마다 사건을 해결하고 범인들을 체포하거나 범인들이 훔친 물건을 되찾았죠. 하지만 또한 열두 번이나 범인들이 훔친 물건을 부분적으로, 또는 전부를 자신의 주머니 속에 슬쩍했습니다. 그렇습니다, 저자는 반 우벵 씨의 다이아몬드들을 찾을 겁니다. 하지만 당신의 면전에서 다이아몬드들을 슬쩍해도 당신은 알아채지 못할 겁니다. 이미 저자는 반 우벵 씨를 사로잡고 있습니다. 당신은 저자에게서 더 이상 벗어날 수 없습니다. 솔직히 저자가 반 우벵 씨를 위해 일하는 것 같습니까? 저자는 자신을 위해서 일합니다. 짐 바르네트든 당느리든, 탐정이든 항해사든 도둑이든 저 사람은 자신의 이익에 따라 행동합니다. 저 사람에게 수사에 참여하도록 허락한다면 반 우벵 씨의 다이아몬드들은 끝장입니다」

「아! 그런 거군요. 절대로 안 되죠! 사정이 그러하다면 그대로 있자고요. 제 다이아몬드들을 찾는다 해도 다른 사람 손에 다시 넘어간다면 일없습니다! 당느리 씨, 본인의 일에나 신경 쓰십시오. 제 일은 제가 해결할 테니까요」

격분한 반 우벵이 항의하듯이 말했다.

당느리가 웃기 시작했다.

「지금은 제 일보다는 반 우벵 씨의 일이 더 관심이 가는데요」

「신경을 끄는 편이……」

「무엇에 신경을 끊으라는 겁니까? 누구나 다이아몬드들에 관심을 가질 수 있습니다. 다이아몬드들은 이미 잃어버렸으니까요. 전 다른 것과 마찬가지로 다이아몬드들을 찾을 권리가 있습니다. 어쩌겠습니까? 저는 이 사건에 전부 관심이 있습니다. 레진, 아를레트, 이번 사건에 연루된 여성들은 너무나도 아름답습니다! 매력적인 여성들이죠……. 반 우벵 씨의 다이아몬드들을 찾기 전에는 정말로 이번 사건을 포기하지 않을 겁니다!」

「나도 마찬가지야. 당신을 교도소로 보내기 전까지는 이번 사건을 포기하지 않겠네, 짐 바르네트」

흥분한 베슈 반장이 이를 갈았다.

「그렇다면 재미있겠군요. 안녕히 가십시오, 여러분. 행운을 빌겠습니다. 혹시 압니까? 조만간에 서로 만나게 될지」

그리고 당느리는 담배를 입에 문 채 걸음을 재촉하며 사라졌다.

아를레트와 레진은 차에서 내려 당느리가 기다리고 있는 조용한 부르봉 궁 앞에 도착했다. 그들의 안색은 창백했다.

「그런데 당느리 씨, 우리를 납치한 남자가 멜라마르 백작이라는 생각은 안 드세요?」

레진이 물었다.

「왜 그렇게 생각하죠, 레진 양?」

「모르겠어요. 예감이 그래요. 전 조금 겁이 나요. 아를레트도 저와 마찬가지일거예요. 그렇죠, 아를레트?」

「예, 가슴이 조마조마해요」

「그래서요? 만일 멜라마르 백작이 두 분을 납치한 남자라면 여러분을 잡아먹기라도 한답니까?」

오래된 위르페가는 그리 멀지 않았다. 위르페가 주변은 18세기의 낡은 저택들로 둘러싸여 있었는데, 낡은 저택의 벽에는 역사적인 이름들이 새겨져 있었다. 라 로슈페르테 저택, 우르므 저택……모두 거의 비슷한 모습이었다. 음산한 외관에 낮은 중이층, 높은 현관과 포석이 제대로 깔리지 않은 안뜰에는 안채가 자리 잡고 있었다. 멜라마르 백작의 저택도 다른 저택들과 비슷했다.

당느리가 초인종을 누르려는 찰나, 택시 한 대가 도착했다. 택시 문이 열리고 반 우뱅과 베슈 반장이 차례로 내렸다. 두 사람 모두 당황했지만 겉으로는 더욱 오만한 표정을 지었다.

당느리는 화를 내며 팔짱을 꼈다.

「아니, 저 두 사람, 정말 뻔뻔하군요! 한 시간 전에는 나를 아주 몹쓸 사람으로 취급하더니 지금은 우리를 졸졸 따라오는군요!」

당느리는 돌아서서 초인종을 눌렀다. 잠시 후, 짧은 바지와 갈색의 긴 프록코트 차림의 노인이 대문 한쪽에 있는 쪽문을 열었다. 노인은 허리와 등이 완전히 굽어 있었다. 당느리는 이름을 말했다. 노인이 대답했다.

「백작님께서 선생님을 기다리고 계십니다. 백작님을 뵙고 싶으시다면⋯⋯」

노인은 손으로 안뜰의 맞은편 쪽으로 차양이 쳐져 있는 중앙의 낮은 층계를 가리켰다. 이때 갑자기 레진이 온몸의 힘이 빠진 듯 중얼거렸다.

「여섯⋯⋯ 계단이 여섯 단이야」

아를레트도 역시 울먹이는 목소리로 레진과 똑같은 말을 중얼거렸다.

「그래, 여섯 계단⋯⋯ 바로 그 계단이야⋯⋯. 그 안뜰이고⋯⋯. 말도 안 돼! 바로 여기야⋯⋯, 바로 여기라고」

형사반장 베슈

당느리는 레진과 아를레트의 팔을 부축해서 일으켜 세웠다.

「진정하십시오. 이런! 기회가 왔는데 이런 식으로 머뭇거리면 아무것도 할 수가 없습니다」

늙은 집사는 약간 떨어져서 앞으로 걸어갔다.

베슈 반장과 함께 막무가내로 안뜰에 들어온 반 우벵은 베슈 반장의 귀에 대고 속삭였다.

「역시 전 눈치가 빠르단 말입니다, 그렇죠? 다행히 이곳까지 왔군요……! 다이아몬드들을 조심하세요. 당느리로부터 눈을 떼지 말고요」

그들은 넓적하고 울퉁불퉁한 포석이 깔린 안뜰을 지났다.

안뜰 좌우 양쪽은 이웃에 있는 다른 저택들의 벽으로 둘러싸여 있었다. 저택들에는 하나같이 창문도 없고 장식도 없었다. 안쪽으로 들어가니 위층에 달린 십자형 창문 덕에 화려한 느낌을 주는 으리으리한 저택이 보였다. 그들은 여섯 계단을 올라갔다.

「만일 현관에 검은색과 흰색의 타일이 깔려 있다면 정말 놀랄 거예요」

레진이 말했다.

「이런, 그러시면 안 되죠!」

당드리가 바로 맞받아쳤다.

현관에는 검은색과 흰색 타일이 깔려 있었다.

레진과 아를레트는 다리가 후들거렸지만 당느리가 양팔로 그녀들의 팔을 거세게 붙잡아 세웠기 때문에 다행히 쓰러지지 않았다.

「이보세요. 아직 아무 일도 일어나지 않았습니다」

당느리가 웃으며 핀잔을 줬다.

「계단에 깔린 양탄자까지…… 똑같아」

레진이 중얼거렸다.

「똑같아……. 그리고 난간도 똑같고……」

레진이 떨리는 목소리로 말했다.

「그리고 또요? 만일 살롱도 똑같다면요……? 중요한 것은 살롱까지 가는 일입니다. 하지만 백작이 범인이라면 우리를 살롱까지 안내하고 싶지 않을 겁니다」

당느리가 말했다.

「그럼 어떻게 하죠?」

「그래도 어떻게 하든지 살롱으로 밀고 들어가야죠. 그러니 아를레트, 무슨 일이 있어도 용기를 내서 침착하게 행동해야 해」

바로 그때 아드리안 드 멜라마르 백작이 당느리 일행을 맞이하러 나왔다. 그리고 그는 곧 이들을 1층에 있는 루이 16세 시대의 멋진 마호가니 가구가 있는 방으로 안내했다. 그는 그 방을 서재로 이용하는 듯했다.

멜라마르 백작은 나이가 마흔다섯 살 정도밖에 되지 않았지만 머리는 이미 반백이었다. 그는 혈색은 좋아 보였지만 불친절해 보이고 별로 호감 가지 않는 인상이었으며, 시선은 또 어찌나 흐리멍덩한지 그의 눈과 마주칠 때면 당혹스러운 느낌이 들 정도였다.

레진에게 인사를 한 백작은 아를레트를 보자 약간 몸을 움찔했다. 그리고 곧 정중한 태도를 취했지만 신사들이 습관적으로 보이는 것처럼 의례적인 모습이었다. 장 당느리는 자신을 소개한 후 레진과 아를레트를 소개했다. 하지만 베슈 반장과 반 우벵에 대해서는 한마디도 하지 않았다.

반 우벵은 필요 이상으로 조금 더 고개를 숙이고 인사한 후 친절한 모습을 보이려 애쓰며 말했다.

「반 우벵입니다. 보석상이죠⋯⋯. 오페라 극장에서 다이아몬드들을 도난당한 그 반 우벵입니다. 그리고 이쪽은 제 동료 베슈 씨입니다」

백작은 이렇게 여러 사람들이 한꺼번에 방문한 데에 대해 조금 놀라기는 했지만 아무런 말도 하지 않았다. 백작은 인사를 하고 다음 말을 기다렸다. 반 우벵, 오페라 극장에서 도난당한 다이아몬드들, 베슈 반장⋯⋯. 백작에게는 도난 사건이나 이들의 방문이 그리 중요하지 않은 듯했다.

당느리는 원래 다른 사람이 어떻든 전혀 개의치 않는 성격이기 때문에 백작의 무관심에도 당황하지 않고 말했다.

「백작님, 우연이란 참⋯⋯ 많은 도움을 주기도 하죠. 사실 전 백작님께 작은 도움을 드리기 위해 오늘 이렇게 방문했습니다. 바로 오늘, 귀족들에 관한 오래된 색인을 보던 중 우리가 먼 친

척뻘이라는 사실을 알게 되었단 말씀이죠. 수르댕에서 태어나셨던 저희 외증조 할머니께서는 멜라마르 가문의 자손인 분과 혼인하셨는데 장자계는 아니지만 멜라마르생통주 가문의 사람이었습니다」

백작의 표정이 조금 밝아졌다. 당느리가 언급한 계보 문제는 확실히 백작의 관심을 끌었다. 백작은 당느리와 함께 이 문제에 대해 더욱 자세하게 이야기를 나눴다. 대화를 통해 이들이 인척 관계라는 사실이 명확해졌다. 그동안 아를레트와 레진은 점차 기운을 차렸다. 반 우벵이 베슈 반장에게 아주 낮은 목소리로 말했다.

「그러니까, 뭐죠? 당느리가 멜라마르 가문과 사돈지간이란 말인가요?」

「저자가 멜라마르 가문과 사돈지간이라면 전 교황과 사돈지간입니다」

베슈 반장이 투덜거렸다.

「아니, 저런 말을 하다니 저 작자는 정말 배짱도 좋군요」

「이제부터 시작일 뿐이죠」

당느리는 점점 더 편하게 다시 말을 꺼냈다.

「그런데 제가 너무 뜸을 들였군요. 백작님, 괜찮으시다면 제가 어떤 우연의 도움을 받았는지 즉시 말씀드리겠습니다」

「말씀해 보시죠」

「그럼, 첫 번째 우연을 말씀드리겠습니다. 어느 날 아침, 지하철에서 저는 백작님께서 신문에 실으신 광고문을 읽게 되었습니다. 그 광고문을 읽으며 백작님께서 돌려 달라고 요청한 물건들이 무엇인지를 알게 되었고, 더구나 그 물건들이 하찮은 것임을 알고는 깜짝 놀랐습니다. 푸른 리본 조각, 열쇠 구멍, 촛농 받

66

이, 핀셋의 둥근 끝부분……. 이런 물건은 아마 신문에까지 찾고 싶다고 광고할 만한 물건은 아닐 겁니다. 그러나 얼마 안 있어 저는 백작님의 기사를 잊었습니다. 아마 더 이상 생각하지도 않았을 겁니다. 만일……」

당느리는 교묘하게 하던 말을 멈추고 잠시 백작의 표정을 살핀 후 입을 열었다.

「백작님께서도 벼룩시장이라는 곳을 아실 겁니다. 잡다한 물건들이 아무렇게나 뒤죽박죽 쌓여 있는 독특한 시장이죠. 저는 벼룩시장에서 종종 매우 쓸 만한 물건을 발견하곤 합니다. 그래서 벼룩시장 돌아다니는 것을 후회해 본 적이 없죠. 예를 들어, 오늘 아침에는 오랜 역사를 지닌 루앙 시장에서 도기 성수반을 찾아냈습니다. 도기 성수반은 비록 깨진 부분을 땜질하고 덧붙인 것이지만 스타일이 참 멋지더군요. 그리고 수프 그릇, 골무……, 간단히 말해 뜻밖의 횡재를 한 거죠. 그런데 갑자기 보도에 널브러져 있던 하찮은 물건들 가운데서 리본 조각 하나가 제 시선을 붙잡았습니다……. 그렇습니다, 백작님. 푸른 비단으로 된, 닳아빠지고 색이 바랜 초인종 리본 조각이었죠. 그리고 옆에는 열쇠 구멍, 은 촛농 받이……」

멜라마르 백작의 태도가 갑자기 바뀌었다. 백작은 극도로 흥분하며 격한 어조로 외쳤다.

「그 물건들! 말도 안 돼! 제가 돌려 달라고 요청한 바로 그 물건들입니다! 어디에 알아보면 됩니까? 그 물건들을 어떻게 돌려받을 수 있습니까?」

「그냥 제게 부탁하시면 됩니다」

「뭐라고요? 그 물건들을 구입하셨다는 말씀이군요! 얼마 주고

구입했습니까? 제가 그 가격의 두 배, 아니 세 배를 드리죠! 전 꼭……」

당느리가 백작을 진정시켰다.

「드리죠, 백작님. 13프랑 50상팀에 이 물건 모두를 구입했습니다!」

「물건들이 댁에 있습니까?」

「바로 여기 있습니다. 제 주머니 속에요. 집에서 가져왔습니다」

아드리안 백작은 체면도 차리지 않고 손을 내밀었다.

「아, 백작님, 잠깐만요. 대신 작은 보답을 받고 싶습니다. 아! 아주 작은 보답이요. 전 호기심이 많습니다. 본래 호기심이 유달리 많죠……. 그래서 전 이 물건들이 원래 있던 자리를 보고 싶습니다. 그리고 왜 백작님께서 이 물건들을 그토록 아끼시는지도 듣고 싶습니다」

당느리가 이런 일이 재미있다는 듯 말했다.

백작은 주저했다. 당느리의 신중한 요구에는 백작에 대한 의심이 드러나 있었다. 당느리가 보기에 이런 상황에서 백작이 망설인다는 것은 얼마나 의미심장한가!

마침내 백작이 대답했다.

「어렵지 않습니다. 2층 살롱으로 저를 따라오시죠」

당느리는 레진과 아를레트를 힐끗 보면서 이렇게 말하는 듯했다.

〈보세요. 항상 우리가 원하는 대로 된답니다.〉

하지만 레진과 아를레트의 얼굴을 보던 당느리는 그녀들이 당황스러운 표정을 짓고 있다는 사실을 알아차렸다. 그녀들에게 살롱은 고통을 당했던 바로 그 장소였다. 살롱으로 다시 돌아가면 두려운 확신을 얻는 것이나 마찬가지였다. 반 우벵도 이제 상황이 새로운 국면으로 접어들었다고 생각했다. 베슈 반장은 흥분해서 백작의 뒤를 바로 따라나섰다.

「제가 안내해 드리죠」

백작이 말했다.

그들은 방을 나가 타일이 깔린 입구를 지났다. 발걸음 소리가 계단에 가득 울려 퍼졌다.

레진은 한 단, 한 단 올라가면서 계단 수를 셌다. 스물다섯 단이었다…… 스물다섯 단! 납치된 곳에서 밟았던 계단의 수와 똑같았다.

그녀는 더욱 힘이 빠져 비틀거렸다.

모두 레진의 곁으로 모여들었다. 무슨 일일까? 몸이 불편한 것일까?

「됐어요, 됐어요……. 그냥 현기증이 나서 그래요……. 죄송해요」

레진이 눈을 감은 채로 조그맣게 말했다.

「어디 앉으셔야겠습니다」

백작이 살롱의 문을 밀며 말했다. 반 우뱅과 당느리가 레진을 소파에 앉히는 동안 살롱에 들어오던 아를레트는 비명을 지르고는 빙글빙글 돌더니 실신해서 의자 위로 쓰러졌다.

마치 연극과도 같은 상황이 벌어졌다.

모두 우왕좌왕하며 어쩔 줄을 몰랐다. 백작이 누군가를 불렀다.

「질베르트! 제르트뤼드……, 빨리 각성제와 알코올을 가져와! 프랑수아, 제르트뤼드를 불러오게」

프랑수아가 먼저 도착했다. 그는 저택을 총괄하는 관리인이었는데, 아내인 제르트뤼드와 함께 이 집에 남아 있는 유일한 하인인 것 같았다. 제르트뤼드는 프랑수아와 마찬가지로 나이가 들었지만 주름살은 더 자글자글했다. 제르트뤼드는 남편을 바짝 붙어 따라 들어왔다. 그리고 백작이 질베르트라고 부른 사람이 들어왔다. 백작은 질베르트에게 급히 말했다.

「질베르트, 여기 두 여성 분이 몸이 불편하시단다」

질베르트 드 멜라마르(이혼 후 그녀는 친정 집안의 성을 다시 사용했다)는 키가 크고 갈색 머리에 도도해 보이는 인상이었다. 그녀는 젊고 균형 잡힌 몸매를 하고 있었지만 옷차림과 맵시는 약간 유행에 뒤처진 듯했다. 그녀는 오빠인 백작보다 침착했다. 상당히 아름다운 그녀의 검은 눈은 진지한 느낌을 풍겼다. 당느리는 그녀가 자줏빛 드레스에 검은색 벨벳 벨트를 둘렀다는 사실에 주목했다. 질베르트는 눈앞에 벌어진 광경이 어리둥절할 텐데도 침착함을 잃지 않았다. 그녀는 아를레트의 이마에 화장수를 뿌리더니 제르트뤼드에게 아를레트를 돌봐 달라고 부탁하고 레진에게 다가갔다. 레진의 주변에선 반 우벵이 분주하게 움직였다. 장 당느리는 예상했던 일이지만 그래도 사태를 좀더 가까이에서 지켜보고자 반 우벵을 밀어 냈다. 질베르트 드 멜라마르는 고개를 숙이고 말했다.

「아가씨, 어떠세요? 심각하진 않죠? 기분이 어떠세요?」

질베르트는 레진의 코에 각성제 병을 갖다 댔다. 레진은 눈을 뜨고 질베르트를 보았다. 레진은 검은 벨트를 두른 자주색 드레스, 그리고 질베르트의 손을 보더니 갑자기 벌떡 일어나며 말할 수 없는 공포감으로 비명을 질렀다.

「저 반지! 진주 세 개! 내 몸에 손대지 말아요! 당신은 지난 밤 바로 그 여자군요! 그래요, 당신이에요…… 당신의 반지가 기억나요…… 당신의 손도 기억 나요……. 그리고 이 살롱…… 푸른 비단을 씌운 이 가구들, 이 마루판, 저 벽난로, 저 양탄자, 저 마호가니 의자……. 아! 나를 내버려둬요, 내 몸에 손대지 마세요」

레진은 여전히 알 수 없는 말들을 중얼거리며 아까처럼 비틀거렸다가 다시 실신해 쓰러졌다. 이번에는 정신이 든 아를레트가 차 안에서 보았던 뾰족 구두를 알아보았고 추 시계가 날카롭게 울리는 소리를 들었다.

「아! 이 종소리, 똑같아. 그리고 그때 그 여자…… 너무 무서워!」

모두들 너무도 깜짝 놀란 나머지 어안이 벙벙해져 그 자리에 그대로 서 있었다. 이 장면은 마치 가벼운 희극 같아서 이 일과 아무런 상관이 없는 제3자가 보았다면 웃음을 터뜨렸을지도 모른다. 당느리의 얇은 입술도 미소로 약간 실룩거렸다. 그는 이 상황을 즐겼다.

반 우벵은 당느리와 베슈 반장이 무슨 생각을 하는지 알아보기 위해 차례로 그들을 살폈다. 베슈 반장은 당황한 백작과 그 여동생을 주의 깊게 관찰하고 있었다.

「무슨 말을 하는 거죠? 무슨 반지를 말하는 겁니까? 이 여성분께서 헛소리를 하시는 것 같군요」

백작이 중얼거렸다.

그때 당느리가 끼어들어서 이 모든 일이 대수롭지 않다는 듯 태연하게 말했다.

「백작님, 맞는 말씀을 하셨습니다. 이 두 여성 분들이 보이는 흥분은 망상과 유사한 일종의 발작 같습니다. 제가 설명을 드려야겠습니다. 그리고 여기 오기 전에 제가 설명을 드리겠다고 이미 말씀드렸습니다. 시간을 더 주시지 않겠습니까? 그리고 제가 얻은 백작님의 물건에 관한 문제를 즉시 해결하도록 해 주시겠습니까?」

아드리안 백작은 즉시 대답하지 않았다. 그의 표정에는 당황스러움과 함께 두려운 빛이 뚜렷이 나타났다. 그는 중얼거리다가 말끝을 흐렸다.

「도대체 어쩌자는 건지, 어떻게 생각해야 하는 건지? 뭐가 뭔지……」

백작은 여동생을 따로 불러 심각한 대화를 나눴다. 그때 당느리가 날개를 펼친 나비 모양이 새겨진 작은 동판을 엄지와 검지로 잡은 채 백작에게 다가갔다.

「여기 열쇠 구멍이 있습니다, 백작님. 이 책상 서랍 중 하나에는 열쇠 구멍이 없을 듯한데요? 이 열쇠 구멍은 다른 것들과 똑같군요」

당느리는 직접 열쇠 구멍인 동판을 원래 있던 자리에 갖다 댔다. 그러자 동판 안쪽의 돌출 부분이 자연스럽게 원래 있던 구멍에 맞아 들어갔다. 그러고 나서 당느리는 주머니에서 푸른 리본을 꺼냈는데, 역시 구리로 만든 종의 손잡이가 리본에 매달려 있었다. 마찬가지로 푸른색의 또 다른 리본 하나가 벽난로를 따라 늘어져 있으며 아래가 닳아빠진 채 매달려 있는 것이 보이자 당느리는 그곳으로 다가갔다. 두 리본의 끝도 정확하게 일치했다.

「모두 잘 맞는군요. 백작님, 그러면 이 촛농 받이는 어디에 놓을까요?」

「이 장식용 촛대에는 촛농 받이가 여섯 개 있었습니다. 그런데 보시는 대로 지금은 다섯 개밖에 없죠……. 당신이 가지고 있는 여섯 번째 촛농 받이는 다른 다섯 개와 똑같습니다. 확인해 보시면 아시겠지만 이제 떨어져 나간 핀셋 끝부분만 찾아 주면 되겠군요」

아드리안 백작이 무뚝뚝하게 말했다.

「자, 그리고 여기 있습니다. 핀셋의 끝부분이오. 이제 저에게 한 약속을 지켜 주셔야죠, 백작님?」

당느리는 마치 무한정 담을 수 있는 주머니에서 계속 물건을 꺼내는 마술사 같았다.

「이 하찮은 물건들이 왜 그렇게 백작님께 소중하며 왜 제자리에 있지 않은지 말씀해 주십시오」

이 여러 가지 일들이 일어나는 동안 백작은 점점 침착한 모습을 되찾았다. 그는 레진이 외쳤던 소리와 아를레트의 비명을 잊은 듯했다. 백작은 갑작스럽게 찾아와 자신에게 시의 적절하지 않은 약속을 받아 냈던 불청객을 쫓아 버리려는 듯 간단하게 대답했다.

「전 조상님들께서 물려주신 모든 것에 애정을 갖고 있습니다. 그래서 말씀하신 것처럼 가장 하찮은 물건이라 할지라도 저와 제 동생에게는 가장 희귀한 물건만큼 소중하거든요」

백작의 설명은 나름대로 그럴듯했다. 장 당느리는 계속 말을 이었다.

「백작님께서 하찮은 물건에 대해서도 애착을 갖고 계시다는 점은 이해가 갑니다. 저도 사람들이 가족에 대한 기억에 얼마나 애착을 갖는지 너무 잘 알고 있습니다. 그런데 백작님께서 아끼시는 이 물건들이 왜 사라졌던 걸까요?」

「그건 모르겠습니다. 어느 날에 보니, 이 촛농 받이가 없어졌더군요. 제 동생과 샅샅이 살펴보았죠. 그러고 보니 열쇠 구멍도 없었어요. 리본 일부와 핀셋의 끝 부분도요」

백작이 말했다.

「그러면 도둑맞은 거군요?」

「도둑맞은 것이 분명합니다. 누가 이 물건들을 모두 한꺼번에 훔쳐 간 듯합니다」

「뭐라고요? 도둑은 여기 사탕 상자와 과자 상자, 이 모형들, 이 추 시계, 이 은 제품들, 값이 나가는 모든 물건을 가져갈 수 있었을 텐데요……. 그런데도 하찮기 짝이 없는 물건들을 가져가다니요. 왜일까요?」

「그건 모르겠습니다」

백작은 무뚝뚝하게 모르겠다는 말만 되풀이했다. 백작은 당느리의 질문들을 성가시게 여기는 듯했다. 이제 물건들을 찾은 이상 이들의 방문 목적에는 더 이상 관심이 없는 듯했다.

「하지만 백작님, 제가 여기에 왜 이 두 여성을 데려왔고 이 여성들이 왜 아까와 같은 반응을 보였는지 설명해 드려도 되겠죠?」

당느리가 말했다.

「싫습니다」

아드리안 백작이 분명히 말했다.

「그건 저와는 상관없는 일입니다」

백작은 서둘러서 말을 끝내고 문 쪽으로 걸어가다 앞에 서 있는 베슈 반장과 마주쳤다. 베슈 반장은 백작에게 다가와서는 진지하게 말했다.

「백작님과 상관이 있는 일입니다. 즉시 몇 가지 의문점들을 밝혀야 합니다. 곧 밝혀질 거고요」

베슈 반장은 명령 투로 말하고는 그 긴 팔을 벌려 문을 막아섰다.

「도대체 댁은 누굽니까?」

백작이 소리를 높여 큰 소리로 말했다.

「경찰청의 베슈 반장입니다」

멜라마르 백작이 그 자리에서 펄쩍 뛰었다.

「댁이 경찰이라고? 무슨 권리로 내 집에 들어온 겁니까? 내 집에 경찰이라니! 이 멜라마르 가문의 저택에!」

「이곳에 도착할 때 저를 베슈라고만 소개했습니다만, 지금까지 보고 들은 사실 때문에 이제 제 직함을 밝혀야겠습니다」

「보고…… 들은 것? 하지만 사실 난 당신의 방문을 허락하지 않……. 」

멜라마르 백작이 중얼거렸다. 그의 얼굴은 점점 일그러졌다.

「그런 건 아무래도 좋습니다」

예의에 신경 쓰지 않는 베슈 반장이 툴툴거리며 이야기했다.

백작은 다시 누이동생에게로 가서 서로 격렬하고 빠르게 이야기를 나눴다. 질베르트 드 멜라마르도 오빠인 백작만큼 흥분했다. 그들은 함께 서서 다음 말을 기다렸다. 백작과 동생은 대단한 공격을 당했다고 느끼는 사람들처럼 적대적인 태도를 취했다.

「베슈 반장이 흥분한 모양인데요」

반 우벵이 당느리에게 아주 나지막한 목소리로 말했다.

「그래요, 점점 흥분하더니만……. 쯧쯧, 전 베슈 반장을 잘 압니다. 잠자코 있다가 갑자기 폭발하곤 하죠」

아를레트와 레진도 일어나 당느리의 뒤로 가서 섰다.

베슈 반장이 말했다.

「그리 오래 걸리진 않을 겁니다, 백작님, 몇 가지 질문에 솔직하게 대답해 주시기 바랍니다. 어제 몇 시에 나가서 몇 시에 들어오셨습니까? 질베르트 멜라마르 백작 부인은요?」

백작은 어깨를 으쓱할 뿐 대답하지 않았다. 하지만 좀더 융통성 있는 백작의 여동생은 대답하는 편이 더 낫겠다고 판단했다.

「오빠와 저는 2시에 나갔다가 4시 30분에 들어와 차를 마셨습니다」

「그러고는요?」

「집에서 꼼짝도 하지 않았죠. 저녁에는 절대로 밖에 나가지 않습니다」

「그건 관심 없습니다. 제가 알고 싶은 것은, 어제 8시와 자정 사이에 두 분께서 여기 이 살롱에서 무엇을 하셨냐는 겁니다」

베슈 반장이 빈정거리듯 말했다.

멜라마르 백작은 격분해 발을 구르며 여동생에게 가만히 있으라고 명령했다. 베슈 반장은 어떤 수를 써도 백작과 백작의 여동생으로부터 대답을 듣지 못하리라는 사실을 알았다. 베슈 반장은 너무도 흥분한 나머지 백작 남매가 범인이라는 확신에 차서 더이상 질문을 하지 않고 죄목을 낱낱이 열거했다. 그의 목소리는 자제하는 듯하다가도 갑자기 신랄한 투가 섞여 나오고 갑자기 냉정해졌다가 다시 떨리곤 했다.

「백작님과 부인은 어제 오후에 댁에 계시지 않고 몽타보르가 3-2번지 앞에 있었습니다. 브리쿠 의사로 꾸민 백장님은 젊은 여성 한 명을 기다리고 있었고요. 당신들은 함정을 꾸며 그녀를 차에 태웠고 부인께서 천을 그녀의 머리에 씌워서 이곳 저택으로 데려왔습니다. 하지만 그녀는 도망쳤죠. 백작님은 그녀를 쫓아갔지만 거리에서 그녀를 놓쳤고요. 그녀가 바로 여기에 있습니다」

백작은 입술을 꽉 다물고 주먹을 꼭 쥔 채로 힘주어 말했다.

「당신들은 미쳤습니다! 미쳤다고요! 이 미친 사람들이 지금 뭐하고 있는 거요?」

「전 미치지 않았습니다!」

베슈 반장이 소리쳤다. 그의 말은 점점 과격해지고 과장되게 변해 당느리는 웃음이 나왔다.

「백작님, 전 사실만을 말하고 있습니다. 증거요? 증거야 아주 많죠. 여기 아를레트 마졸 씨가 증인이 될 겁니다. 백작님께서는 이미 마졸 씨를 알고 있을 뿐 아니라 셰르니츠 의상실 출입문에서도 기다리신 적도 있죠. 그녀는 납치되었을 당시, 이 저택에 있는 벽난로 위로 올라갔습니다. 그러고는 이 책장 위에 누웠다가 내려오며 이 큰 청동 잔을 쓰러뜨렸습니다. 그런 뒤에 다시 창문을 열고 이 정원을 가로질러 갔고요. 그녀는 어머니의 머리에 대고 맹세합니다. 그렇죠, 아를레트 마졸 씨, 어머니의 머리에 대고 맹세하죠?」

당느리는 반 우뱅의 귀에 대고 말했다.

「베슈 반장님께서 머리가 어떻게 되셨나 봅니다. 무슨 권리로 자기가 예심판사 노릇까지 하려는 건지……. 그나저나 정말 보기 딱한 예심판사로군요. 혼자 떠들어 대는 꼴이란……. 자, 보세요!」

실제로 베슈 반장은 백작 앞에서 혼자 소리를 지르고 있었다. 어안이 벙벙해진 백작의 눈에는 끝없는 혼란이 내비치고 있었다.

「이게 다가 아닙니다, 백작님! 이게 다가 아니죠. 이건 아무것도 아닙니다. 또 다른 것이 있습니다! 이 여성…… 이 여성(그는 레진 오브리를 가리켰다)을 알고 계시지 않습니까? 어느 날 저녁, 오페라 극장에서 납치당했던 여성이죠. 그녀는 누구에게 납치되었을까요? 누가 그녀를 여기 살롱으로 데려왔을까요? 그녀는 살롱의 가구를 기억합니다. 레진 오브리 양, 그렇죠? 이 안락의자, 의자, 이 마루판…… 누가 레진 오브리 양을 이리로 데려왔을까요, 백작님? 누가 그녀에게서 다이아몬드들이 박힌 코르셋을 빼앗아 간 것일까요? 멜라마르 백작님이 아니겠습니까? 그리고 동생인 질베르트 드 멜라마르 백작 부인이 함께! 증거요? 바로 진주 세 개가 박힌 이 반지죠……. 하지만 그 외에 증거들이라면 얼마든지 있습니다. 이에 대해 검찰에서 조사할 겁니다, 백작님. 그리고 제 상관이……」

베슈 반장은 말을 끝맺지 못했다. 흥분한 멜라마르 백작이 욕설을 내뱉으며 베슈 반장의 멱살을 잡았기 때문이다. 베슈 반장은 백작의 손에서 빠져나와 주먹을 들이대며 위협했다. 그러고는 백작의 혐의를 다시 밝히기 시작했다. 베슈 반장은 사실에 대한 확신과 이번 사건에서 자신이 중요한 역할, 특히 상부와 대중에게 막대한 영향을 끼치는 역할을 맡았다는 사실에 흥분한 나머지 당느리가 말한 대로 이성을 잃었다. 베슈 반장 자신도 이를 느꼈는지 갑자기 말을 멈추고는 이마에 맺힌 땀을 닦았다. 그러고는 갑자기 침착하게 또박또박 말했다.

「아, 제가 실례를 했군요. 인정합니다. 제 권한을 넘어섰습니다. 지금 경찰청에 전화를 할 테니 제가 지시를 받을 때까지 기다려 주십시오」

백작은 털썩 주저앉아 손으로 머리를 감쌌다. 모든 것을 포기하고 더 이상 자신을 방어하지 않으려는 사람 같았다. 하지만 질베르트 멜라마르는 베슈가 가는 길을 막으며 씩씩거렸다.

「경찰이라고요! 경찰이 여기에 온다는 말인가요……? 이 저택

에? 절대로 안 돼요……. 절대 안 돼요……. 보세요, 말도 안 돼
요……. 사태가 이렇게까지 되다니요……. 반장님은 경찰을 이곳
으로 불러들일 권리가 없어요. 이건 범죄 행위라고요」

「죄송합니다, 부인」

베슈가 말했다. 승리를 거둔 베슈 반장은 느닷없이 정중해졌다.

질베르트 드 멜라마르는 베슈 반장의 팔에 매달려 애원했다.

「제발요, 반장님. 오빠와 전 끔찍한 오해의 희생자입니다. 오
빠는 나쁜 짓을 할 사람이 아니에요……. 제발요……」

하지만 베슈 반장은 단호했다. 그는 대기실에 놓여 있던 전화
기를 향해 걸어가 전화를 걸고 돌아왔다.

상황이 빠르게 전개되었다. 베슈 반장이 점점 흥분해서 당느리
와 반 우벵 앞에서 거드름을 피우며 이야기를 늘어놓는 사이, 레
진과 아를레트는 백작과 백작의 여동생을 연민이 섞인 시선으로
바라봤다. 30분 후, 경찰청장이 경찰관들과 함께 도착했다. 곧이
어 예심판사와 서기관, 검사도 도착했다.

수사 과장은 간략했다. 우선 나이 든 하인 부부가 심문을 당했
다. 별채에 사는 하인 부부는 조용히 식사 시중만 들 뿐이며 일이
끝나면 대개 정원 앞과 통하는 방 또는 부엌으로 돌아갔다고 했다.

레진과 아를레트의 증언은 결정적이었다. 그녀들은 증언하지
위해 기억을 더듬기만 하면 됐다. 특히 아를레트는 당시 탈출했던
방법을 재연했는데 정원, 소관목, 담, 외딴 작은 건물, 문, 사람
이 조금 더 붐비는 길로 통하는 한산한 거리를 다시 보지 않고도
정확히 묘사했다. 두 여자가 납치되었던 곳이 여기라는 사실은 조
금도 의심할 여지가 없었다.

게다가 베슈 반장은 결정적인 물증을 발견했다. 책장 안을 조

사하던 베슈 반장은 예전에 제본된 4절판 고서적들을 눈여겨보다가 수상쩍은 책 한 권 한 권을 자세히 살펴보았다. 책들은 속이 빈 비밀 상자였으며 그중 하나에 은색 튜닉이, 또 하나에는 코르셋이 들어 있었다.

레진은 소리 질렀다.

「내 튜닉…… 내 코르셋……!」

「하지만 다이아몬드들은 없지 않습니까. 내 다이아몬드들은 어떻게 된 겁니까, 백작님? 아! 하지만 내 다이아몬드들을 도로 토해 내게……」

반 우뱅은 마치 한번 더 다이아몬드들을 도난당한 것처럼 고래고래 소리를 질렀다.

멜라마르 백작은 알 수 없는 표정으로 태연하게 상황을 지켜보았다. 판사가 백작에게로 돌아와 튜닉과 다이아몬드들이 뜯겨져 나간 코르셋을 보여 주자 백작은 고개를 저으며 입술을 움직여 처연한 미소를 지었다.

「내 동생은 어디 갔나?」

백작이 둘러보며 말했다.

늙은 하녀가 대답했다.

「마님께서는 침실에 계신 것 같습니다」

「마님께 내 대신 안부 전하고 내 뒤를 따라오라고 전해 주게」

갑자기 백작은 주머니에서 총을 꺼내어 자신의 관자놀이에 댄 다음 방아쇠를 당겼다.

백작을 지켜보던 당느리가 재빨리 백작의 팔꿈치를 밀었다.

빗나간 총알에 창문 유리 하나가 박살 났다. 경찰관들이 멜라마르 백작에게로 달려갔다. 예심판사가 말했다.

「백작, 당신을 체포합니다. 또한 당신의 누이동생도 연행해……」

하지만 질베르트는 침실에도, 방에도 없었다. 모두 저택 구석 구석을 뒤졌다. 그녀는 어디로 도망친 것일까? 그리고 누구의 도움을 받아 도망칠 수 있었을까?

당느리는 혹여 그녀가 자살을 하지 않을까 걱정하며 샅샅이 살펴보았지만 헛수고였다.

베슈 반장이 퉁명스럽게 말했다.

「상관없습니다. 이제 다이아몬드들을 다시 찾을 순간이 멀지 않았군요, 반 우벵 씨. 우리의 상황은 아주 유리하게 돌아가고 있고 전 훌륭하게 업무를 수행했습니다」

「우리끼리 얘기지만, 장 당느리도 훌륭했죠」

반 우벵이 말했다.

「하지만 당느리 그자는 대담성이 부족해 일을 제대로 마무리하지 못했습니다. 제가 백작의 혐의 사실을 지적하며 밀어붙여서 일이 빠르게 돌아간 거죠」

베슈 반장이 반박했다.

몇 시간 후, 반 우벵은 오스만 대로에 있는 자신의 고급 아파트로 돌아왔다. 그는 베슈 반장과 레스토랑에서 저녁 식사를 한 후 이 사건에 대해 더 이야기를 나누기 위해 함께 돌아오는 길이었다.

「그런데요 반장님……. 아, 잠깐만요. 아파트 안쪽에서 소리가 난 것 같습니다. 저쪽에는 아무것도 없는데, 하인들의 침실도 저쪽이 아닌데 이상한 일이군요」

반 우벵이 하던 얘기를 멈추고 놀란 듯 말했다.

반 우벵은 베슈 반장과 함께 긴 복도를 따라 들어갔다. 복도 끝에는 별도의 출입구가 있는 작은 방이 하나 있었다.

「이곳은 침실이 두 개 마련되어 있는, 완전히 분리된 공간이죠. 가끔 제 친구들이 묵어 가는 곳입니다」

베슈 반장이 귀를 기울였다.

「사람이 있나 봅니다」

「이상하군요. 열쇠를 가진 사람이 아무도 없을 텐데……」

반 우벵과 베슈 반장은 권총을 손에 쥐고 곧장 방으로 뛰어 들어갔다. 곧 반 우벵이 소리를 질렀다.

「이런 빌어먹을……!」

베슈 반장도 반 우벵의 외침에 또 다른 외침으로 대답했다.

「이런 제기랄!」

당느리가 소파에 누워 있는 여성 앞에서 무릎을 꿇고 앉아 심신을 진정시키는 치료법에 따라 부드럽게 그녀의 이마와 머리카락에 입을 맞추고 있었다.

반 우벵과 베슈 반장은 앞으로 다가가 질베르트 드 멜라마르를 알아보았다. 창백한 얼굴로 두 눈을 감은 채 가쁜 숨을 헐떡이고 있었다. 당느리는 화를 내며 반 우벵 앞에 섰다.

「또 당신들이군요! 이런, 제길! 대체 조용히 있을 곳이 없어. 두 사람, 도대체 여긴 뭐 하러 온 겁니까?」

「뭐라고요, 우리가 뭘 하냐니요? 여긴 제 집이란 말입니다!」

반 우벵이 소리쳤다.

베슈 반장도 화가 나서 큰 소리로 말했다.

「아니, 정말 뻔뻔하기 이를 데 없군! 그런데 자네가 백작 부인을 저택에서 탈출시킨 건가?」

화를 가라앉힌 당느리가 베슈를 향해 돌아섰다.

「아무것도 숨길 수 없군, 베슈 반장. 이런, 그래. 바로 내가 백작 부인을 탈출시켰지」

「이렇게 뻔뻔스러울 수가!」

「저런, 반장은 정원에 경찰관을 배치하는 것을 잊으셨더군. 그래서 난 백작 부인과 인근 거리에서 만날 약속을 하고 그녀를 정원으로 탈출시켰지. 그녀는 나가자마자 차를 잡아탔어. 난 번거로운 수사 절차가 끝나자 그녀와 다시 만나 이리로 데려온 후 그때부터 그녀를 돌보고 있는 거지」

「그런데 누가 당신들을 여기에 들어오게 한 겁니까? 제기랄, 이 방 열쇠가 있어야 하는데 말입니다!」

반 우벵은 말했다.

「그런 건 필요 없습니다. 전 핀셋만 있으면 힘들이지 않고 모든 문을 열 수 있습니다. 이런 식으로 반 우벵 씨의 집에 들어온 게 처음도 아니고요. 뭐, 백작 부인이 숨어 있기에는 외진 곳에 있는 이 구석진 방이 안성맞춤이라는 생각이 들어 이곳으로 온 것뿐입니다. 반 우벵 씨가 멜라마르 백작 부인을 이곳에 끌어들이라고 누가 상상이나 하겠습니까? 아무도 못하죠. 베슈 반장조차도요! 백작 부인은 사건의 전모가 밝혀질 때까지 반 우벵 씨의 보호 속에서 조용하게 이곳에 살게 될 겁니다. 그녀를 돌봐 줄 하녀는 그녀가 반 우벵 씨의 새로운 애인이라고 생각하겠죠. 레진 양는 이미 당신을 떠났으니 말입니다」

「저 여자를 체포하겠어! 경찰에 알리겠어!」

베슈 반장이 외쳤다.

당느리가 웃음을 터뜨렸다.

「아! 재미있군! 이봐. 누구도 백작 부인에게 손을 댈 수 없다는 사실은 이미 잘 알고 있을 텐데. 누구도 부인에게 손댈 수 없어」

「왜지?」

「참 나, 내가 그녀를 보호하고 있으니까」

베슈 반장은 흥분했다.

「그러면 자네는 도둑을 보호하고 있는 셈이군?」

「도둑이라니! 뭘 알기나 하고 하는 소린가?」

「뭐라고! 저 여잔 자네가 체포하도록 한 백작의 동생인데도?」

「이런, 중상모략도 유분수지! 백작을 체포하도록 한 것은 내가 아니라 바로 베슈 반장 자네야」

「바로 자네가 제시한 증거로 체포한 거야. 백작이 범인이란 사실이 반박할 여지도 없었기 때문이지」

「정말 그럴까?」

「뭐라고! 그럼 이제 와서 사실이 아니라는 말이야?」

「아니고말고. 이 모든 일에는 정말로 석연치 않은 점들이 많지. 귀족인 그 백작이 도둑이라고? 내가 머리카락 외에는 입을 맞출 수 없을 정도로 자존심이 강한 이 백작 부인이 도둑이라고? 베슈 반장, 내 보기에는 반장이 너무 서둘러 이 고약한 사건에 경솔하게 뛰어든 것이 아닌가 하는 생각이 드는군. 그나저나 이 사태를 어떻게 책임질 건가, 반장?」

장 당느리가 베슈 반장의 신경을 긁을 정도의 빈정거리는 말투로 말했다.

이야기를 들으며 점점 굳어 가던 베슈 반장의 얼굴이 창백해졌다. 불안감으로 가슴이 죄어들던 반 우뱅은 자신의 다이아몬드들이 다시 한번 어둠 속으로 사라지는 듯한 느낌을 받았다.

장 당느리는 백작 부인 앞에 공손히 무릎을 꿇고는 속삭였다.

「부인은 범인이 아닙니다, 그렇죠? 부인 같은 여성이 다이아몬드들을 훔쳤을 리가 없습니다. 이제 백작님과 당신에 대한 진실을 제게 말씀해 주십시오……」

적인가?

예심 과정을 자세히 기술하는 것보다 지루한 이야기는 없다. 특히 모든 사람들의 입에 오르내리고 각자가 비교적 정확한 의견을 내놓은 사건의 경우에는 더욱 그렇다. 따라서 이번 장에서는 사람들에게 알려지지 않고 재판에서 밝히지 못한 사실만을 기술하려 한다. 요컨대 장 당느리, 즉 아르센 뤼팽의 행적에 초점을 맞추고자 한다.

지루했던 수사는 헛고생으로 끝났다. 늙은 하인 부부는 자신들이 20년 동안 모셔 온 백작과 백작 부인이 의심받는다는 사실에 분개했지만 주인님과 주인 아씨의 결백을 밝히는 결정적인 증언은 단 한마디도 못했다. 제르트뤼드는 오전 장을 볼 때를 빼고는 부엌을 떠나지 않았으며 프랑수아는 누군가 초인종을 누를 때만 옷을 입고 문을 열러 갔다. 하지만 사실, 저택을 찾아오는 방문객이 거의 없었기 때문에 초인종이 울리는 경우는 드물었다.

집중 조사를 통해 비밀 출구가 전혀 없다는 사실이 밝혀졌다. 살롱과 인접한 작은 골방은 예전엔 침실이 있는 알코브였으나 지금은 다락으로 사용하고 있었다. 하지만 어느 곳에서도 수상쩍은 구석과 위장된 흔적은 찾아 볼 수 없었다.

안뜰에는 구조물이라고는 전혀 없었으며 차를 주차할 곳도 없었다. 백작이 운전을 할 수 있다는 사실은 밝혀졌다. 하지만 백작에게 차가 있다면 어디에 차를 주차시킨다는 말인가? 그러니까 주차장은 어디 있는 것일까? 모든 의문에 대한 해답이 없었다.

한편, 백작 부인은 온데간데없이 자취를 감췄다. 백작은 자신의 혐의에 대한 변명은커녕 사생활과 관련한 조그마한 정보 제공도 거부하며 입에 자물쇠를 굳게 채운 듯 침묵을 지켰다.

하지만 한 가지 사실은 기억하고 있어야 한다. 왜냐하면 이 사실이야말로 이번 사건 전체뿐만 아니라 모든 사람들이 언론을 통해서 공개적으로, 그리고 재판 과정에서 순식간에 떠올리게 되는 일반적인 생각보다도 훨씬 중요하기 때문이다. 바로 장 당느리가 처음부터 냄새를 맡고 밝혀 내고 싶어했던 사실이다. 이 사실에 주관적인 해석은 일절 들어가지 않았다. 사실은 이러하다. 1840년에 현재 백작인 아드리안 드 멜라마르의 증조할아버지, 즉 멜라마르 가문에서 가장 유명한 인물로 나폴레옹 시대에 장군이었고 왕정복고 시대에 대사를 지낸 쥘 드 멜라마르가 절도와 살인 혐의로 체포되었다. 그는 독방에서 울화병으로 사망했다.

이 문제를 좀더 집중적으로 조사하고 예전 자료들을 샅샅이 뒤지자 몇 가지 사실이 더 드러났다. 그리고 대단히 중요한 자료가 발견됐다. 1868년에 쥘 드 멜라마르의 아들이자 아드리안 백작의 할아버지인 알퐁스 드 멜라마르는 나폴레옹 3세 시절에 부관을 지냈는데, 어느 날 절도와 살인 혐의로 체포되었다. 그는 위르페가에 있는 자신의 저택에서 머리에 권총을 쏴 자살했다. 황제는 이 사건을 은폐했다.

물의를 일으켰던 이 두 가지 사건이 밝혀지면서 커다란 충격을 주었다. 그러자 현재의 사건을 명확히 밝히고 상황을 요약하는 단어가 즉각 떠올랐다. 바로 〈유전〉이다. 백작 남매는 큰 재산은 없었지만 파리에 저택을 소유하고 투렌에 성을 소유하면서 꽤 여유 있는 생활을 누렸고 인도주의적 사업이나 자선 사업에 몰두했다. 따라서 〈탐욕〉이라는 말만으로는 오페라 극장의 사건과 다이아몬드 도난을 설명할 수 없었다. 아니, 바로 유전이었다. 멜라마르 가문 사람들은 절도의 본능을 타고났다. 백작 남매도 조상으로부터 절도의 본능을 물려받았다. 아마도 백작 남매는 자신들의 형편보다 높은 현재의 생활 수준을 감당하고자, 아니면 아마도 거부할 수 없는 유혹 때문에 다이아몬드들을 훔쳤을 수도 있지만, 피할 수 없는 유전적인 요인 때문에 다이아몬드들을 훔쳤을지도 모른다.

그리고 할아버지인 알퐁스 드 멜라마르처럼 아드리안 백작도 궁지에 몰리자 자살을 시도했다. 이 역시 유전이다.

백작은 다이아몬드들, 레진과 아를레트의 납치, 두 여성이 납치되었을 당시 자신의 행적, 서재에서 발견된 튜닉, 이번 사건을 미궁 속으로 몰고 가는 모든 점에 대해 아무것도 모른다고 했다. 그리고 이 일은 자신과 상관없는 일이라고 말했다. 그에게 이 사건은 다른 혹성에서 일어난 일처럼 보였다.

하지만 백작은 아를레트 마졸에 대해서는 해명을 하고 싶어했다. 백작에 따르면 그는 유부녀 한 명과 잠시 관계를 가진 적이 있고 그녀와 사이에 딸이 하나 있었다. 백작은 딸아이를 끔찍이도 사랑했지만 아이는 몇 년 전에 저 세상으로 가 버렸다. 백작은 딸아이가 죽자 깊은 슬픔을 느꼈다. 그런데 놀랍게도 아를레트가 딸아이를 닮았던 것이다. 그래서 백작은 자신의 곁을 떠난 딸아이를 떠올리며 자신도 모르게 두세 번 아를레트의 뒤를 미행했다. 하지만 그는 아를레트의 증언처럼 인적이 드문 거리에서 그녀에게 접근하고자 했다는 사실은 완강하게 부인했다.

이렇게 보름이 지났다. 보름 동안 성미 급하고 고집 센 베슈 반장은 허풍은 있는 대로 다 떨면서도 성과라고는 전혀 없는 일을 벌였다. 그의 뒤를 따라다니던 반 우벵이 드디어 한탄하기 시작했다.

「끝났어! 이제 내 다이아몬드들을 찾는 일은 물 건너갔어」

베슈 반장은 꽉 움켜진 주먹을 내보이며 말했다.

「반 우벵 씨의 다이아몬드들이요? 다이아몬드들은 제 손아귀에 들어온 것이나 다름없습니다. 멜라마르 백작을 체포했으니 곧 반 우벵 씨의 다이아몬드들도 찾게 될 겁니다」

「정말로 당느리 씨의 도움은 더 이상 필요 없습니까?」

「전혀요! 모든 일을 망치면 망쳤지, 그에게 도움을 청하고 싶지는 않습니다」

반 우벵이 딱 잘라 말했다.

「농담이시겠죠! 제 다이아몬드들이 반장님의 자존심보다 중요합니다」

반 우벵은 매일 마주치는 장 당느리를 격려하는 일을 잊지 않았다. 반 우벵은 질베르트 드 멜라마르가 몸을 숨기고 있는 별채에 들어갈 때마다 그녀 발밑에 앉아 있는 당느리를 보았다. 당느리는 그녀에게 위로를 아끼지 않고 백작을 죽음과 불명예에서 구하겠다고 약속했지만 정작 도움이 되는 정보는 하나도 얻지 못했고, 도움이 되는 말 한마디도 듣지 못했다.

반 우벵이 레진 오브리에게 도움을 청하고자 그녀를 레스토랑으로 데려가려고 하면, 먼저 와서 그녀의 기분을 맞추는 당느리를 보게 될 것이 뻔했다.

「우리를 내버려두세요, 반 우벵 씨! 이번 사건이 있은 이후로 당신 모습은 두 번 다시 보고 싶지 않아요」

레진 오브리가 말했다.

반 우벵은 씩씩대면서 당느리를 따로 불렀다.

「이봐요. 제 다이아몬드들은요?」

「제 머릿속은 다른 생각으로 차 있습니다. 요즘 레진 양과 질베르트 부인 때문에 시간이 없습니다. 한 명은 오후에, 또 한 명은 저녁에 만나야 하거든요」

「그러면 오전에는요?」

「아를레트와 지내야죠. 아, 그녀는 대단해요. 섬세하고 지적이며 직관적일 뿐만 아니라 낙천적이고 연민을 일으킬 정도로 단순하죠. 아이처럼 순진하고 성숙한 여인처럼 신비하기도 하고요. 그리고 너무도 정직하답니다! 첫날 저녁, 엉겁결에 그녀의 볼에 입을 맞췄지만, 이제 마음을 정했어요. 반 우벵 씨, 제가 제일 마음에 두고 있는 사람은 아를레트입니다」

당느리는 진실을 말하고 있었다. 레진에 대한 그의 일시적인 열정은 좋은 감정으로 변했다. 당느리는 질베르트 백작 부인에게 혹시나 비밀 이야기를 듣게 되지 않을까 하고 그녀를 만났지만 아무런 소득도 얻지 못했다. 하지만 그는 아침나절에 아를레트 곁에서 황홀한 시간을 보냈다. 그녀에게는 특별한 매력이 있었다. 그녀의 특별한 매력은 꾸밈없는 솔직함과 삶에 갖고 있는 확고한 애정에서 나왔다. 친구들을 도우려는 그녀의 비현실적인 꿈도 미소를 머금은 그녀의 입을 통해 나오면 실현 가능한 일 같았다.

「아를레트, 아를레트. 너만큼 밝고 알 수 없는 사람은 본 적이 없어」

당느리가 말했다.

「제가 알 수 없는 사람이라고요?」

아를레트가 말했다.

「그래, 가끔. 널 완전히 이해한다고 해도 이해할 수 없는 야릇한 점이 몇 가지 있어. 처음에 너에게 다가갔을 때는 미처 알지 못했던 점이지. 매일 수수께끼는 커져 가. 감상적인 수수께끼라고 생각해」

「말도 안 돼요」

그녀가 웃으면서 말했다.

「그래, 감상적인……. 너 혹시 누군가를 사랑하는 것 아냐?」

「제가 누군가를 사랑한다고요? 전 모두를 사랑하죠!」

「아니, 아니. 네 삶에는 새로운 것이 있어」

「당신 말씀대로 새로운 것이 있죠! 납치, 흥분, 수사, 취조, 저에 대한 글을 쓰는 사람들, 소문, 저를 둘러싼 소문이죠! 평범한 모델을 정신없게 만드는 뭔가가 있죠!」

아를레트가 말했다.

당느리는 고개를 저었고 아를레트를 점점 더 부드러운 시선으로 쳐다보았다.

한편, 검찰이 벌이는 수사는 진전이 없었다. 멜라마르 백작을 체포한 지 20일이 지났지만 여전히 쓸데없는 증거뿐이었고 가택 수사를 벌였으나 아무런 성과가 없었다. 모든 실마리는 아무런 관련도 없었고 모든 가정은 잘못된 것으로 판명 났다. 심지어는 맨 처음 아를레트를 멜라마르 백작의 저택에서 빅투아르 광장까지 태워 준 택시 기사조차 다시 찾아내지 못했다.

반 우벵은 여위어 갔다. 그는 백작의 체포와 다이아몬드 도난 사이에 더 이상 어떤 관계도 없다고 보고는 공공연히 베슈 반장의 자질이 의심스럽다는 발언을 했다.

어느 날 오후, 몽소 공원 근처에 있는 당느리의 거처 1층에 두 남자가 찾아와 초인종을 눌렀다. 하인이 문을 열고 두 남자를 맞이했다.

「돌아가십시오, 반 우벵 씨, 베슈 반장! 그래, 정말 두 사람 참, 용기가 가상하군요!」

당느리가 두 남자를 보자 외쳤다.

반 우벵과 베슈 반장은 궁지에 몰렸음을 시인했다.

「일이 썩 풀리지 않는 사건 중 하나요. 운이 없는 거야」

베슈 반장이 애처롭게 말했다.

「반장처럼 생각이 없는 사람에게는 운이 따를 리가 없지. 좋아. 내가 아량을 베풀지. 하지만 두 분은 제 말을 절대적으로 따라야 합니다, 아시겠죠? 절대 복종하세요」

당느리가 말했다.

「그렇게 하죠」

당느리의 기분이 풀어지자 반 우벵은 벌써부터 기운이 나서 말했다.

「그럼, 베슈 반장은?」

「지시만 내리시죠」

베슈 반장이 침울한 목소리로 대답했다.

「반장은 경찰과 검찰이 사건에서 손을 떼도록 조치를 취하고, 백작 남매가 범인이 아니라고 발표하고는 내게 증거를 보여 주게」

「무슨 증거 말이야?」

「성실히 협력하겠다는 증거지. 그쪽 상황은 어떤가?」

「내일 백작, 레진 오브리 양, 그리고 아를레트 마졸 씨와 대질이 있을 거야」

「저런! 빨리 서둘러야겠군. 내게 숨긴 사실이 있나?」

「조금 있지」

「말해 보게」

「멜라마르 백작이 편지 한 장을 받았어. 그 편지는 그의 독방에서 발견됐지. 편지에는 다음과 같은 내용이 씌어 있었지. 〈보장하건대 모든 일이 해결될 겁니다. 용기를 가지십시오.〉 난 조사를 했지. 조사를 벌인 후 이 편지가 식사를 나른 식당의 종업원이 백작에게 전달했다는 사실이 밝혀졌어. 그 종업원에 따르면 이 편지에 대한 답신은 없었다고 하더군」

「서신 전달하도록 시킨 자의 정확한 인상착의를 알고 있나?」

「정확히 알고 있지」

「좋았어! 반 우벵 씨, 차 가지고 있죠?」

「예」

「갑시다」

「어디 말입니까?」

「알게 됩니다」

그리고 나서 셋은 차에 올랐고 차에서 당느리가 말을 꺼냈다.

「베슈 반장, 자네가 간과하고 있지만 내가 보기에는 아주 중요한 점이 있어. 다이아몬드 사건이 발생하기 며칠 전에 신문에 실린 백작의 광고문은 무슨 뜻일까? 백작이 어떤 목적으로 그런 자질구레한 물건들을 돌려 달라고 요청했을까? 어째서 위르페가의 백작 저택에 쌓여 있는 다른 값나가는 물건을 놔두고 그런 하찮은 물건을 훔쳐 갔을까? 이 문제를 밝히는 유일한 방법은 내게 촛농 받이, 초인종 끈, 그 외의 다른 자질구레한 물건들을 단돈 13프랑 50상팀에 판 노파를 찾아가 물어보는 거지. 안 그런가? 난 그 노파에게 이미 물어봤네」

「결과는?」

「지금까지는 성과가 없지만 이제야 뭔가가 풀리는군. 내 희망 사항이지만 말일세. 사건 다음날, 벼룩시장에서 내게 물건을 판 노파를 보았는데, 그 노파는 자신에게 10수(1수는 5상팀에 해당함 ─ 옮긴이)의 가격에 물건들을 판 사람을 정확히 기억하고 있더군. 고물 장수였는데 가끔 그 노파에게 와서 비슷한 물건들을 판다고 해. 하지만 노파는 고물 장수의 이름이며 주소를 대답하지는 못했다네. 그 노파 말이, 고물 장수를 자신에게 데려온 골동품 상인인 그라댕이라는 사람을 찾아가면 그 고물 장수의 이름과 주소를 알려 줄 거라는 거야. 그래서 센 강의 좌안(센 강의 아래쪽에 위치한 지역을 가리킴 ─ 옮긴이)에 있는 그라댕 씨의 집으로 달려갔지만 그는 여행 중이었다네. 그런데 오늘 그가 여행에서 돌아오지」

셋은 곧 노파가 말한 그라댕이라는 사람의 집에 도착했다. 그라댕은 주저하지 않고 대답했다.

「트리아농 할멈이 틀림없습니다. 생드니에 위치한 〈르 프티 트리아농〉이라는 가게 이름을 따서 그 할멈을 그렇게 **부르죠.** 이상한 여자입니다. 마음을 터놓지 않는 특이한 할멈이죠. 자질구레한 물건들을 팔지만 그거 말고도 제게 상당히 흥미로운 가구를 팔았습니다. 누구로부터 얻었는지는 모르겠지만, 18세기의 유명한 고급 가구 세공인이었던 샤퓌의 서명이 있는 완벽한 루이 16세의 마호가니 가구였죠」

「그라댕 씨가 다시 팔아 버린 가구군요?」

「예. 미국으로 보냈죠」

세 사람은 몹시 당황한 채 가게를 나왔다. 샤퓌의 서명은 멜라마르 백작이 소유한 가구 대부분에 새겨져 있었기 때문이다.

반 우벵은 만족해했다.

「우연한 사건 덕분에 상황이 우리에게 유리하게 돌아가는군요. 제 다이아몬드들이 그 〈프티 트리아농〉의 어떤 비밀 서랍 속에 있다는 것이 확실해졌습니다. 당느리 씨는 이 경우에도 확실히 신중한 배려로……」

「제가 그 다이아몬드들을 당신에게 선물로 드릴 거라고요……? 물론 그렇죠, 반 우벵 씨」

차는 〈프티 트리아농〉에서 얼마 떨어진 곳에 멈췄다. 당느리와 반 우벵은 베슈 반장을 문 앞에 남겨 놓은 채 가게로 들어갔다. 좁고 긴 가게에는 골동품, 금이 간 꽃병, 이가 빠진 자기, 낡은 모피, 찢어진 레이스, 고물 장수의 가게를 연상케 하는 모든 물건이 가득 있었다. 가게 뒷방에서 회색 머리에 뚱뚱한 트리아농 할멈이 한 남자와 이야기를 하고 있었다. 그 남자는 뚜껑이 없는 물병을 쥐고 있었다.

반 우벵과 당느리는 중고품을 찾는 수집가처럼 천천히 선반 사이를 돌아다녔다. 그러는 와중에 당느리는 할멈과 이야기하는 남자를 몰래 관찰했다. 그 남자는 물건을 사러 온 손님 같지는 않았다. 금발에 키가 큰 그 남자는 서른 살 정도로 보였는데 세련된 차림새였으며 정직해 보였다. 그 남자는 잠시 이야기를 한 후 뚜껑이 없는 물병을 다시 갖다 놓고는 문 쪽으로 갔다. 그러고는 여러 골동품을 살펴보면서 가게를 처음 방문한 당느리와 반 우벵을 몰래 관찰했다. 당느리는 남자가 자신들을 몰래 관찰하고 있다는 사실을 눈치 챘다.

당느리와 남자의 서로 탐색전을 펴는 것을 눈치 채지 못한 반 우벵은 당느리가 먼저 말을 꺼내지 않자 자신이 직접 할멈에게 다가가 말을 걸기로 했다. 그래서 반 우벵은 할멈에게 작은 소리로 말을 건넸다.

「혹시 누군가가 제 물건들을 훔쳐서 아주머니께 다시 판 것은 아닐까요? 예를 들자면……」

당느리는 반 우벵의 경솔한 행동을 눈치 채고 신호를 보냈지만 반 우벵은 계속 말했다.

「예를 들면 열쇠 구멍, 푸른 비단으로 된 초인종 끈 반쪽……」

고물 장수는 귀를 기울이며 젊은 남자와 시선을 교환했다. 그 남자는 문 쪽으로 가던 발걸음을 돌려 급히 돌아오더니 눈살을 찌푸렸다.

「절대 그런 일 없습니다. 여기저기 잘 찾아보세요. 아마도 손님께서 찾으시는 물건이 있을 겁니다」

할멈이 말했다.

남자는 다음 말을 기다리다가 다시 한번 노파에게 감시하는 듯한 시선을 보냈다. 그러고는 가게를 나갔다.

96

당느리도 서둘러서 문 쪽으로 갔다. 그 남자는 택시를 불러 탄 후 택시 내 칸막이 창 너머로 몸을 내밀고는 아주 낮은 목소리로 운전 기사에게 주소를 말했다. 바로 이 순간에 베슈 반장은 택시에 가까이 다가가서는 택시 옆을 지나갔다.

　당느리는 그 낯선 남자의 눈에 띄기라도 할까 봐 그동안 움직이지 않았다. 차가 방향을 바꾸자마자 베슈 반장과 당느리는 다시 만났다.

「그래! 들었나?」

「그럼. 포부르 생토노레에 위치한 콩코르디아 호텔이라고 하더군」

「그런데 확실하지 않은가 보지?」

「창문으로 그 남자를 알아봤어. 바로 그 남자야」

「누구 말인가?」

「독방에 있는 멜라마르 백작에게 편지를 건네주도록 한 남자 말일세」

「백작과 서신을 교환하던 사람 말인가? 그는 멜라마르 백작의 저택에서 훔친 물건을 판 여자와 이야기를 했어. 이럴 수가! 역시 우연한 사건들의 덕을 보게 되는군!」

　하지만 당느리의 기쁨도 오래가지 않았다. 콩코르디아 호텔에서는 아무도 그 남자의 인상착의와 일치하는 남자가 들어온 것을 보지 못했다. 세 사람은 기다렸다. 당느리는 초조해졌다.

「그 남자가 운전 기사에게 알려 주었던 주소는 가짜일 수도 있어. 아마 우리를 프티 트리아농에서 쫓아 버리려고 했겠지」

　당느리가 마침내 말했다.

「뭐 때문에?」

「시간을 벌기 위해서겠지……. 그 가게로 다시 가자고」

당느리의 말이 틀리지 않았다. 그들이 생드니가에 도착하자 고물 장수의 가게는 이미 문을 닫은 후였다. 문에는 빗장과 쇠막대까지 걸려 있었다.

이들은 이웃에 있는 사람들에게서도 아무런 정보를 얻지 못했다. 모두 트리아농 할멈을 본 적은 있지만 이야기를 나눠 보지는 못했다고 했다. 단지 10분 전에 할멈이 평일 저녁처럼, 하지만 평소보다 두 시간 일찍 가게 문을 닫는 것을 본 사람들이 있었다. 그렇다면 할멈은 어디로 간 것일까? 안타깝게도 할멈이 사는 곳을 아는 사람은 아무도 없었다.

「그 노인네의 주소를 반드시 알아내고 말 거야」

베슈 반장이 투덜댔다.

「아무것도 알아내지 못할걸. 트리아농 할멈은 분명 그 남자의 명령을 따르고 있지. 내가 보기에 그 남자는 자신이 해야 할 일을 아는 사람 같았어. 공격을 피할 뿐만 아니라 당황하지 않고 상대방을 속여 넘기는 능력까지! 어때, 반장은 그의 공격이 느껴지나?」

당느리가 말했다.

「그래. 하지만 그 역시 방어를 해야 할걸」

「최선의 방어책은 역시 공격이지」

「그나저나 그가 우리에게 반감을 가질 리는 없고……. 대관절 누구를 공격한다는 건가?」

「누구를…… 공격하느냐고?」

당느리는 잠시 생각을 한 후 갑자기 차에 올라타서 반 우벵의 운전사를 밀어 내고 핸들을 잡은 후 빠른 속도로 차를 출발시켰다. 그는 반 우벵과 베슈 반장에게 문에 매달릴 시간만을 마련해 준 채 황급히 출발했다. 당느리는 놀라운 솜씨로 정체된 차들 사이를 교묘히 빠져나갔다. 그는 신호를 무시하고 전속력으로 차를 몰아 외곽 도로에 다다랐다. 차는 레픽 도로 위로 달리다가 아를레트의 집 앞에 멈췄다. 당느리는 차에서 내려 아를레트 집의 관리실로 갔다.

「아를레트 마졸 양은?」

「아가씨는 외출했습니다, 당느리 씨」

「언제……?」

「15분 됐습니다. 15분 이상 되지는 않았습니다」

「혼자?」

「아뇨」

「그러면 어머니와 함께?」

「차를 타고 아가씨를 찾아온 어떤 남자와 함께요」

「키가 크고 금발이던가?」

「예」

「본 적이 있는 사람이었나?」

「그 남자는 이번 주 내내 저녁 식사 후 마님과 아가씨를 보러 왔어요」

「그 남자의 이름은?」

「예. 파주로 씨, 앙투안 파주로 씨입니다」

「고맙군」

당느리는 실망과 분노를 감추지 않았다.

「역시 공격을 예상했어」

〈아! 그에게 한방 먹었군, 제기랄! 그는 게임을 벌이고 있는 거야. 그런데 이런, 아를레트에게까지 손을 대지 못하도록 해야 하는데!〉

당느리는 관리실을 나오면서 중얼거렸다.

배슈 반장이 다른 의견을 내놓았다.

「아를레트 양을 해치는 일이 그의 목적은 아닐 거야. 이미 그녀를 만나러 온 적이 있고, 그녀도 스스로 그 남자를 따라간 거니까」

「그렇지. 하지만 거기엔 어떤 함정이 있는 걸까? 왜 아를레트는 그 남자가 여러 번 찾아왔다는 말을 내게 하지 않았을까? 그리고 그 파주로라는 사람은 무엇을 원하는 걸까?」

당느리는 갑자기 무슨 생각이 떠오른 듯 차에게 내리자마자 우체국을 향해 달려갔다. 우체국 안으로 들어가자마자 그는 레진에게 전화를 연결해 달라고 부탁했다.

「아, 레진 양 계십니까? 당느리입니다」

「마님께서는 잠시 외출 중이십니다, 당느리 씨」

하녀가 대답했다.

「혼자서 외출했나?」

「아뇨, 아를레트 양과 함께요. 마님을 찾아오셨거든요」

「원래 외출하기로 되어 있었던 건가?」

「아닙니다. 마님께서는 갑자기 외출하시기로 결정하셨습니다. 그런데 아를레트 양이 오늘 아침 마님에게 전화를 하셨죠」

「마님과 아를레트 양이 어디로 가셨는지 혹시 아나?」

「아뇨, 당느리 씨」

이렇게 이미 납치된 적이 있었던 두 여성은 새로운 함정과 여전히 더욱 무시무시한 위협을 예고하는 듯한 상황 속에서 20분 만에 사라져 버렸다.

멜라마르 가문의 비밀

이번에도 장 당느리는 침착함을 잃지 않았다. 적어도 겉보기에는 그랬다. 화도 내지 않았고 욕설을 내뱉지도 않았다. 하지만 사실 그의 마음은 분노 때문에 걷잡을 수 없이 어지러웠다.

당느리는 시계를 보았다.

「7시군. 저녁이나 먹자고. 자, 저기 작은 카페가 있군. 8시에 행동에 들어가세」

「왜 당장 행동을 하지 않는 건가?」

베슈 반장이 물었다.

그들은 일꾼들과 몇몇 택시 운전 기사들 사이로 들어가 구석진 곳에 있는 탁자에 앉았다.

당느리는 베슈 반장에게 대답했다.

「왜냐고? 어디로 가야 할지 몰라서지. 공격을 한다고 하면서 막무가내로 행동했으니까. 그때는 공격이 가능하다고 생각했지. 하지만 너무 늦었던 거야. 범인들 때문에 기운이 빠졌으니 이제라도 기운을 차리고 상황을 파악해야지. 대체 왜 파주로라는 사람이 레진 양과 아를레트를 집 밖으로 불러냈을까? 흠…… 그 남자를 생각하면 안심이 되지 않아」

「그렇다면 한 시간 후에는 뭘 할 수 있는데……?」

「항상 시간을 정해야 하네, 베슈 반장. 그래야 레진 양과 아를레트를 찾을 수 있지」

하지만 당느리는 전혀 걱정이 되지 않는 듯했다. 그는 왕성한 식욕으로 식사를 했고 심지어는 이번 사건과 무관한 이야기를 나누며 시간을 보냈다. 하지만 그의 마음은 초조했고 그의 머릿속은 불안과 긴장감에 휩싸여 있었다. 사실 당느리는 사태를 무척 심각하게 받아들였다. 8시가 되어, 막 출발하려고 하려는 찰나 당느리가 반 우뱅에게 말했다.

「전화로 질베르트 드 멜라마르 백작 부인이 어떻게 하고 있는지 알아봐 주세요」

1분 뒤, 반 우뱅이 카페에 있는 공중전화에서 돌아왔다.

「제 하녀 말로는 특별한 일은 없다고 합니다. 부인은 잘 있고, 저녁 식사를 하고 있다고 하는군요」

「가세」

「어디로 말인가?」

베슈 반장이 물었다.

「모르겠어. 일단 걷자고. 움직여야 하니까. 레진 양과 아를레트가 그자의 손아귀에 있다고 생각하면 지금이라도 행동에 나서야 하네, 베슈 반장」

당느리가 힘을 주어 반복해 말했다.

그들은 몽마르트르 언덕을 걸어 내려와 오페라 광장으로 향했다. 당느리는 분통이 터지는 듯 내뱉었다.

「그 앙투안 파주로라는 사람은 만만치 않은 상대군! 어디 두고 보자! 우리가 노력을 했는데도 그자는 행동에 들어갔어. 그자는…… 그것도 강력하게 말이야! 그자가 원하는 것은 뭘까? 그자는 누굴까? 가로챈 편지에서 알게 된 사실처럼 백작의 친구일까? 아니면 적일까? 우리와 뜻을 같이하는 사람일까, 아니면 경쟁자일까? 어쨌든 레진 양과 아를레트를 집 밖으로 끌어낸 그자의 목적은 무엇일까? 두 여성은 이미 차례로 납치된 적이 있어……. 두 여성을 데려간 그자는 무슨 짓을 하려는 걸까? 그리고 왜 아를레트는 내게 숨겼을까?」

당느리는 오랫동안 침묵을 지켰다. 그는 생각에 잠겨 간혹 발로 땅을 찼고 비켜서지 않는 행인들과 부딪쳤다.

갑자기 베슈 반장이 당느리에게 말했다.

「여기가 어디인지 아는가?」

「물론, 콩코르드 다리 위지」

「그렇다면 위르페가와 멜라마르 가문의 저택에서도 멀지 않군」

「그래서?」

당느리가 베슈 반장의 팔을 잡았다.

「베슈 반장, 이번 사건에는 평소와 마찬가지로 자네에게 실마리를 제공하는 상황 증거도 없고 범인의 지문도, 신체적 특징도, 발자국 흔적도 없어……. 우리에게는 오로지 두뇌와 직관만이 있을 뿐이야. 그런데 말하자면 난 내 직관에 이끌려 이쪽으로 오게 되었지. 이쪽에서 모든 일이 일어났던 걸세. 우선 레진 양이, 그리고 아를레트가 이쪽으로 끌려왔지. 그런데 나도 모르게 타일을 깐 입구, 스물다섯 단짜리 계단, 살롱…… 이 생각나는 군……」

그들은 프랑스 하원 건물을 따라 걸었다. 베슈 반장이 외쳤다.

「말도 안 돼! 보게나. 왜 그자가 이미 다른 사람이 했던 행동을 그대로 따라한단 말인가? 그자에게는 훨씬 위험한 상황에서 말이야」

「그 점 때문에 나도 혼란스러워, 베슈 반장! 만일 그자가 계획을 성공시키기 위해 위험마저도 감수해야 한다면 계획은 대단히 위협적이라는 얘기지」

「하지만 백작의 저택에는 마음대로 들어갈 수가 없어!」

베슈 반장이 이의를 제기했다.

「내가 보기에는 전혀 걱정할 일이 아닐세, 베슈 반장. 내가 그 저택을 밤낮으로 찾아가 구석구석 살펴보기도 했으니까. 그런데도 그 늙은 프랑수아의 눈에 띄지 않았지」

「하지만 앙투안 파주로, 그자는? 그는 어떻게 백작의 저택에 들어갔을까? 더구나 아를레트와 레진 양을 데리고 그곳에 어떻게 들어간단 말이야?」

「그거야 프랑수아의 도움으로 들어갔겠지!」

당느리가 비웃었다.

당느리는 저택이 가까워 오자 걸음을 재촉했다. 마치 상황이 어떻게 전개될지 더욱 분명해지고 부딪혀야 할 상황이 더욱 불안하게 생각되는 듯했다.

당느리는 위르페가를 피해서 저택을 둘러싸고 있는 가옥들을 우회해 저택 뒤쪽 정원 가장자리를 따라 뻗어 있는 한산한 거리에 이르렀다. 한적한 작은 건물 너머로 아를레트가 도망쳤던 바로 그 작은 문이 있었다. 놀랍게도 당느리는 이 문의 열쇠를 갖고 있었다. 자물쇠 열쇠와 안전 덧문의 열쇠였다. 당느리가 문을 열자 반쯤 어둠에 잠긴 정원이 그들 눈앞에 펼쳐졌다. 저택이 보였지만 불빛이라고는 전혀 보이지 않았다. 블라인드도 닫혀 있었다. 그들은 아를레트가 했던 대로, 하지만 반대 방향으로 더욱 어두운 소관목 숲을 따라가다가 저택에서 열 걸음 떨어져 있는 곳에 도착했다. 그때 누군가 당느리의 어깨를 거칠게 붙잡았다.

「아니, 뭐야!」

당느리가 즉각 방어 태세를 갖추며 중얼거렸다.

「접니다」

목소리가 들렸다.

「누굽니까? 아! 반 우벵 씨……. 이런, 뭐 하는 겁니까?」

「제 다이아몬드들……」

「당신 다이아몬드들이오?」

「모든 상황을 볼 때 당느리 씨가 제 다이아몬드들을 찾을 것 같습니다. 아니면 맹세라도……」

「귀찮게 하지 마십시오」

당느리가 짜증을 내며 낮게 말했다. 그러고는 머뭇거리는 반 우벵을 덤불 속으로 떠밀었다.

「그러면 여기 계십시오. 방해가 됩니다. 망 좀 봐 주십시……」

「찾아 주시겠다고 맹세를 해……」

당느리는 베슈 반장과 다시 달렸다. 살롱의 블라인드는 닫혀 있었다. 당느리는 곧장 발코니까지 올라가서 살롱 안을 흘끔 보고 그 안의 소리를 듣더니 아래로 내려왔다.

「불이 켜져 있어. 그런데 안은 전혀 보이지가 않아. 아무런 소리도 들리지 않고」

「그러면 잘못 판단한 건가?」

「어리석기는」

정원에서 지하실로 들어가는 쪽문 하나가 보였다. 당느리는 문을 열고 몇 걸음 내려가다가 손전등을 켜고 꽃병과 상자가 가득한 방을 지나 조심스럽게 전구 불이 켜져 있는 또 다른 입구에 다다랐다. 아무도 없었다. 그는 난간을 따라 조심스럽게 올라가며 베슈 반장에게 조용히하라고 지시했다. 층계참 맞은편에는 살롱이 있었고 오른쪽에는 규방이 있었다. 규방은 전혀 사용되고 있지 않지만 당느리는 구석구석을 뒤질 정도로 이 규방을 훤히 알고 있었다.

당느리는 규방으로 들어가 어둠 속에서 방 두 개를 나누는 벽을 따라가서는 위조한 열쇠로 소리 없이 평소에 사용하지 않는 문을 열었다. 문에는 문짝이 두 개 달려 있었다. 그는 반대편에 태피스트리가 걸려 있으며 구멍 뚫린 몇 군데에 천을 댄 이 태피스트리가 숨을 공간을 마련해 준다는 것과 태피스트리의 씨실 격자무늬 사이로 밖이 보인다는 사실을 알고 있었다.

당느리와 베슈 반장은 마루판을 왔다갔다 하는 발소리를 들었다. 하지만 목소리는 전혀 들리지 않았다.

당느리는 베슈 반장의 어깨를 잡았다. 마치 베슈 반장에게 할 말이 있고 자신의 느낌을 알리려는 것 같았다.

태피스트리가 바깥에서 불어오는 바람으로 조금 흔들렸다. 당느리와 베슈 반장은 태피스트리가 움직이지 않을 때까지 기다렸다. 그러고는 태피스트리에 얼굴을 바싹 붙이고 살롱 안을 엿봤다.

놀랍게도 당느리와 베슈 반장이 엿본 방 안의 광경은 굳이 뛰어 들어가 결투를 벌일 필요도 없이 고요한 상황이었다.

아를레트와 레진은 소파에 서로 붙어 앉아 키가 크고 금발인 한 남자를 바라보고 있었다. 그는 살롱 이쪽저쪽을 왔다갔다 했다. 그 남자는 바로 당느리와 베슈 반장이 〈프티 트리아농〉에서 만났던 남자였고, 멜라마르 백작에게 편지를 보낸 사람이었다.

레진과 아를레트, 그리고 그 남자는 서로 아무런 말도 나누지 않았다. 레진과 아를레트는 불안한 표정이 아니었고 앙투안 파주로도 전혀 위험하거나 위협적이거나 험상궂어 보이지 않았다. 셋은 누군가를 기다리는 듯 귀를 기울이고 있었다. 때때로 시선이 층계참으로 통하는 문 쪽을 향하는 일이 많았다. 분명히 앙투안 파주로일 그 남자는 다시 문을 열고 귀를 기울였다.

「전혀 걱정되지 않나요?」

레진이 앙투안에게 말했다.

「전혀요」

그가 말했다.

그리고 아를레트가 한마디 했다.

「분명히 약속했어요. 제가 더 이상 말할 필요 없이 분명히 약속했어요. 그런데 프랑수아가 초인종을 들을까요?」

「프랑수아는 우리가 누른 초인종 소리도 잘 들었는걸요. 게다가 제르트뤼드도 함께 있고요. 제가 문을 조금 열어 놓기도 했습니다」

당느리는 베슈 반장의 어깨를 꽉 쥐었다. 둘은 어떤 일이 일어날지, 그리고 아를레트와 레진이 오기를 기다리는 사람이 도대체 누구일지 점점 궁금해졌다.

앙투안 파주로는 아를레트 옆에 앉아 아주 낮은 소리로 열심히 이야기했다. 두 사람은 정말 친밀해 보였다. 남자가 친절한 태도를 보이며 아를레트 쪽으로 필요 이상 몸을 숙였는데도 그녀는 불쾌해하지 않았다. 그러다가 갑자기 가까이 있던 앙투안과 아를레트 사이가 멀어졌다. 초인종 소리를 들은 파주로가 자리에서 일어났기 때문이다. 초인종은 연속 두 번 울렸다. 잠시 후에 초인종이 다시 두 번 울렸다.

「드디어 신호를 보내는군요」

파주로가 말했다. 그는 서둘러서 층계참으로 갔다.

1분이 지났다. 말을 주고받는 목소리가 들린 뒤 파주로가 여자한 명을 데리고 다시 돌아왔다. 당느리와 베슈 반장은 그 여자를 단번에 알아보았다. 바로 질베르트 드 멜라마르였다.

당느리가 베슈 반장의 어깨를 너무 세게 누른 나머지 베슈 반장의 입에서는 신음소리가 흘러나왔다. 당느리와 베슈 반장은 질베르트 드 멜라마르의 등장에 깜짝 놀랐다. 당느리는 모든 것을 예상하고 있었지만, 질베르트 드 멜라마르가 은신처를 나와 앙투안이 소집한 모임에 참석하리라고는 예상하지 못했다.

질베르트 드 멜라마르는 창백한 얼굴로 가쁜 숨을 내쉬었다. 그녀의 손이 약간 떨렸다. 그녀는 오빠가 체포되고 자신이 달아난 날 이후 처음 와 보는 살롱을 불안한 눈길로 바라보았다. 바로 이 살롱에서 레진과 아를레트가 놀라운 증언을 했으며 그 증언 때문에 질베르트 자신은 달아나야 했고 오빠를 잃었다. 질베르트는 앙투안에게 말했다.

「호의에 감사드립니다, 앙투안 씨. 우리의 옛 우정을 생각해서 받아들이죠……. 하지만 많은 것을 기대하지는 않습니다」

「부인, 믿으십시오. 이렇게 보시다시피 제가 부인을 다시 찾아

내지 않습니까」

「어떻게요?」

「마졸 부인을 통해서요. 마졸 부인의 집에서 아를레트 마졸 양을 만났습니다. 전 마졸 양을 질베르트 부인의 편으로 만들었지요. 제 간청으로 아를레트 양이, 반 우뱅 씨에게서 부인의 은신처에 대해 들은 레진 양에게 물었죠. 그리고 오늘 아침, 아를레트 양이 저 대신 부인에게 전화를 걸어 이곳으로 와 달라고 부탁드린 거고요」

질베르트는 감사의 뜻을 전하기 위해 머리를 숙여 인사했다.

「앙투안 씨, 전 몰래 이곳에 왔어요. 지금까지 저를 보호해 준 분 몰래 말이죠. 그 남자 분께는 절대로 몰래 행동하지 않겠다고 약속을 했습니다. 혹시 그분을 아시나요?」

「장 당느리 씨요? 예. 아를레트 마졸 양에게 얘기를 들어서 알죠. 마졸 양도 당느리 씨에게 말하지 않고 행동한 것을 후회하더군요. 하지만 잘하신 겁니다. 전 모든 사람을 경계합니다.」

「당느리 씨를 의심해서는 안 됩니다, 앙투안 씨」

「하지만 그자가 특히 의심스럽습니다. 몇 주 전부터 찾아다닌 끝에 백작님께서 도난당한 물건을 갖고 있던 고물 장수 할멈을 찾아냈는데, 조금 전 그 할멈의 가게에서 장 당느리를 만났습니다. 장 당느리는 반 우뱅과 베슈 반장과 함께 있더군요. 전 장 당느리의 적의와 의심에 찬 시선을 느꼈습니다. 그는 절 미행하려고 했죠. 어떤 목적에서일까요?」

「당느리 씨는 앙투안 씨를 도울 수 있을 거예요……」

「말도 안 됩니다! 출신도 모르는 그런 협잡꾼에, 당신을 꼼짝못하게 하는 음흉하고 느끼한 그 바람둥이와 협력하라고요? 아뇨, 아뇨, 말도 안 돼요. 게다가 그자와 저는 목적도 다릅니다. 제 목적은 진실을 밝히는 것이지만, 그 남자의 목적은 다이아몬드들을 도중에 가로채는 것입니다」

「그걸 어떻게 알죠?」

「추측입니다. 그의 행동에서 분명히 드러나니까요. 게다가 제 개별적인 정보에 따르면, 당느리가 다이아몬드들을 중간에 가로채려 한다는 것은 베슈 반장과 반 우벵의 의견이기도 합니다」

「잘못된 의견이에요」

아를레트가 말했다.

「그럴지도 모르죠. 하지만 저도 그 의견이 맞다고 생각하고 행동할 겁니다」

당느리는 정신을 집중해서 들었다. 당느리도 앙투안에게 즉각적이며 본능적으로 반감을 품었다. 당느리는 앙투안의 얼굴에 나타나는 정직함과 그의 진실한 헌신을 부인할 수 없었기 때문에 더 더욱 그가 미웠다. 도대체 과거에 질베르트와 앙투안 사이에는 어떤 일이 있었던 것일까? 앙투안이 질베르트를 사랑한 것일까? 그리고 현재 앙투안은 어떤 방법으로 아를레트의 호의를 얻었으며, 그녀가 그의 말을 따르도록 한 것일까?

질베르트 드 멜라마르는 잠시 침묵을 지켰다. 마침내 그녀가 중얼거렸다.

「전 무엇을 해야 하죠?」

앙투안은 아를레트와 레진을 가리켰다.

「아를레트 양과 레진 양을 설득하십시오. 두 사람이 당신을 고발했으니까요. 전 제 신념만으로 두 사람이 자신의 증언에 의심을 불러일으키게 하고 이 모임을 준비했습니다. 이제 부인이 확신을 줄 차례입니다」

「어떻게요?」

「대화로요. 이해할 수 없는 이번 사건에는 사건을 더욱 이해하기 어렵게 하는 사실이 있습니다. 하지만 법정은 이 사실을 바탕으로 가차 없는 결정을 내렸죠. 그리고 또…… 부인이 알고 있는 진실이 있지 않습니까」

「전 아무것도 모릅니다」

「부인께서는 알고 계십니다……. 비록 부인과 백작이 결백하지만 어떤 이유에서 자신을 변호하지 않았는지 그 이유만이라도 말이죠」

질베르트는 의욕을 잃은 듯 말했다.

「변호를 해 봐야 소용이 없으니까요」

「하지만 질베르트 부인, 전 부인께 변호를 해 달라고 부탁드린 것이 아닙니다. 전 어떤 이유로 스스로를 변호하지 않았는지 묻는 겁니다. 최근의 일에 대해서는 한마디도 하지 않으셔도 됩니다. 다시 말해 부인, 부인의 마음 상태, 속마음, 당느리가 부인께 물었지만 알아내지 못했던 모든 일들……. 전 이 모든 일을 추측해서 알고 있습니다, 질베르트 부인. 바로 여기, 아늑한 이 저택에서 당신 가까이에 살았던 제게도 멜라마르 집안의 비밀이 조금씩 드러나고 있습니다. 제가 말을 할 수도 있지만 부인, 당신이 직접 이야기해야 합니다. 당신의 말만으로도 아를레트 마졸 양과 레진 오브리 양을 설득할 수 있기 때문입니다」

앙투안이 소리 높여 말했다.

질베르트는 무릎에 팔꿈치를 괴고 손으로 머리를 잡으며 중얼거렸다.

「그래 봤자 무슨 소용이 있어요!」

「그래 봤자 무슨 소용이 있냐고요, 부인? 믿을 만한 소식통으로 알게 된 일이지만, 경찰에서는 내일 아를레트 양과 레진 양을 백작님과 대질시킬 예정입니다. 만일 두 사람의 증언이 확실하지 않고 조금이라도 엇갈리는 부분이 있다면 법정에서는 다른 어떤 증거를 제시할 수 있을까요?」

질베르트는 의기소침했다. 그녀에게는 모든 논리가 무의미하고 헛되어 보였다. 질베르트는 자신의 이런 생각을 말했고 한마디 덧붙였다.

「아뇨, 아뇨……. 아무 소용이 없을 거예요……. 침묵할 수밖에 없어요」

「그리고 죽음이죠」

앙투안이 말했다.

질베르트가 고개를 들었다.

「죽음이요?」

앙투안은 질베르트 쪽으로 몸을 기울이고 심각하게 말했다.

「부인, 오빠인 백작님과 연락을 했습니다. 당신과 백작님, 두 사람을 모두 구하겠다고 백작님께 편지를 썼습니다. 그리고 백작님으로부터 답장을 받았습니다」

「앙투안 씨, 오빠가 답장을 했다고요?」

질베르트는 흥분으로 눈을 빛내며 말했다.

「여기 백작님의 편지가 있습니다. 몇 마디가 씌어 있죠……. 읽어 보십시오」

질베르트는 백작의 필적을 보고 읽었다.

감사합니다. 화요일 저녁까지 기다리겠습니다. 그렇지 않으면…….

그러자 질베르트는 기력을 잃으면서 중얼거렸다.
「화요일이라…… 내일이군요」
「예, 내일입니다. 내일 저녁, 아드리안 드 멜라마르 백작님은 대질 후에 석방되시지 않을 수도 있고 또는 석방 결정이 내려지더라도 그 말을 듣기 전에 독방에서 스스로 목숨을 끊으실지 모릅니다. 부인, 백작님을 구하기 위해 뭔가 시도라도 해야 하지 않을까요?」

질베르트는 부들부들 떨며 얼굴을 감싼 채 다시 한번 진지하게 생각에 잠겼다. 아를레트와 레진은 한없는 연민의 시선으로 질베르트를 바라보았다. 당느리는 가슴이 죄어 오는 듯한 느낌을 받았다. 당느리는 여러 번 질베르트의 마음속에 있는 저항감과 단호한 의사를 꺾고자 했다. 그러나 지금 질베르트는 굴복했다. 비록 너무 낮아서 거의 들리지는 않았지만, 질베르트가 비통하게 흐느끼는 소리마저 들려왔다.

「멜라마르 가문에 비밀은 없습니다……. 비밀이 있다고 한다면 우리의 조상은 물론 오빠와 제가 저질렀을 것이라고 사람들이 의심하는 죄를 은폐하려고 애쓰는 셈이 될 테니까요. 하지만 우리는 아무런 죄도 저지른 적이 없습니다……. 오빠와 저, 둘 다 결백합니다. 쥘 드 멜라마르 증조할아버지와 알퐁스 드 멜라마르 할아버지도 우리처럼 죄가 없어요……. 증거는 제시하지는 않겠어요. 증거를 제시할 수도 없고요. 모든 증거가 우리의 유죄를 입증하고 있어요. 우리에게 유리한 증거는 하나도 없죠. 하지만 우리는 알아요. 우리는 훔치지 않았어요…… 이 점에 대해서는 우리 자신이 알아요, 안 그래요? 오빠도 저도 레진 양과 아를레트 양을 이 저택으로 데려온 적이 없습니다……. 다이아몬드와 튜닉도 빼앗아 가지 않았고요……. 우리는 알고 있어요. 증조할아버지와 할아버지도 우리와 마찬가지로 죄가 없다는 사실을요. 우리 가족 모두는 증조할아버지와 할아버지가 결백하다는 사실을 언제나 알고 있었죠. 이것이 바로 우리 아버지께서 말씀해 주신, 비운의 조상에게서 아버지가 알아낸 불변의 진실입니다……. 정직과 명예는 멜라마르 집안의 가풍입니다……. 우리 집안의 역사에는 흠이 될 만한 일이라고는 하나도 없었어요. 그런데 왜 갑자기 증조할아버지와 할아버지께서 이유도 없이 그런 행동을 하셨을까요? 그들은 부유하고 명예도 있었죠. 그리고 왜 오빠와 제가 아무런 이유도 없이 우리의 과거에 먹칠을 하고…… 우리 조상들의 과거를 더럽히겠어요?」

질베르트는 말을 멈췄다. 그녀는 비통한 감정을 드러내며 절망적인 말투로 이야기했다. 레진과 아를레트는 그런 질베르트의 감정과 말투에 마음이 흔들렸다. 아를레트는 질베르트에게 다가갔고 침울한 표정으로 이야기했다.

「그래서요, 부인……. 그래서요?」

그녀가 대답했다.

「그래서 우리는 알 수 없는 뭔가에 희생당한 겁니다. 비밀이 있다면 바로 우리를 괴롭히는 비밀이죠. 마치 극장에서 공연되는 비극 작품에 등장하는 가문, 여러 세대 동안 끔찍한 운명 때문에 괴로워하는 가문의 이야기와 같아요. 이렇게 75년 동안 우리 가문은 몹쓸 운명 때문에 계속 괴로워했습니다. 아마도 처음에 줼

드 멜라마르 증조할아버지께서도 자신을 짓누르는 빠져나가기 힘든 불리한 증거가 있긴 했지만 자신을 변호하셨을 것이고, 그렇게 할 수 있었을 겁니다. 하지만 불행히도 분노와 화를 못 이긴 할아버지께서는 독방에서 울화병으로 돌아가셨죠. 그리고 25년 후, 그 아들인 알퐁스도 여러 가지 빠져나가기 힘든 증거가 자신에게 불리하게 쌓여만 가자 역시 견디지 못했습니다. 알퐁스 드 멜라마르 할아버지도 진퇴양난에 빠지고 자신이 무력하다는 느낌이 들자 두려워한 나머지 부친이 받았을 고통을 되새기며 자살하셨습니다」

질베르트 드 멜라마르는 다시 한번 침묵을 지켰다. 그리고 또다시 아를레트는 질베르트 앞에서 몸을 떨며 말했다.

「그래서요, 부인? 제발요, 계속해 보세요」

질베르트가 다시 입을 열었다.

「그리고 전설이 우리에게도 이어졌어요……. 할아버지와 아버지가 사셨고, 두 분 다 증거의 압박으로 꼼짝달싹하지 못했던 이 음산한 저택에 얽혀 있는 불행의 전설 말이죠. 낙심한 저희 할머니께서는 과부로 남아 남편을 기억하는 대신 시골에 있는 친정집으로 가서 아들, 그러니까 저희 아버지를 기르셨습니다. 할머니께서는 파리가 무서운 곳이라는 사실을 깨우치시고 아버지께 멜라마르 가문의 저택 문을 다시는 열지 않겠다는 맹세를 받아 내셨고, 결혼도 지방에서 시키셨죠. 그래서 이번엔 아들을 짓누르는 재앙으로부터 아들을 구하셨어요」

「무엇이 짓눌렀다는 거죠? 무슨 말씀이세요?」

아를레트가 말했다.

「그래요, 아버지께서도 다른 조상님들과 마찬가지로 짓눌림 때문에 괴로워하셨죠. 여기 이 저택에는 죽음이 도사리고 있기 때문입니다. 우리가 여기로 온 뒤에는 멜라마르 집안의 고약한 유전이 우리와도 관계되고 우리를 어리둥절하게 만들었죠. 부모님께서 돌아가신 후 고약한 유전과 맞서려고 했으나 결국 오빠와 저도 운명의 법칙에 순응하고 말았어요. 시골에서 희망을 안고 과거를 잊은 채 위르페가의 입구를 지나 즐겁게 우리 조상이 살던 저택으로 들어왔을 때, 첫날부터 우리는 알 수 없는 죽음의 위협을 느꼈어요. 특히 오빠가 그랬죠. 전 결혼을 하고 이혼을 했으며 행복하기도 하고 불행하기도 했어요. 하지만 오빠 아드리안은 곧장 어두워졌죠. 아드리안 오빠는 죽음이 다가올 거라는 확신이 너무 큰 데다 그 생각으로 고통스러워한 나머지 결혼을 하지 않기로 결심했어요. 오빠는 멜라마르의 대를 끊음으로써 악운을 쫓아내고 계속되는 불행을 막기로 했죠. 오빠가 마지막으로 멜라마르 가문의 대를 잇는 사람일 거예요. 오빠는 항상 두려워했거든요」

「무엇을 두려워했다는 건가요?」

아를레트가 흥분으로 변한 목소리로 말했다.

「앞으로 일어날 일과, 15년 후가 지나 드디어 일어난 일을 두려워했죠」

「하지만 아무것도 예상 못했잖아요?」

「예, 하지만 음모가 은밀하게 진행되었어요. 적들은 우리 주위를 어슬렁거렸죠. 우리 저택을 둘러싼 포위는 계속됐고 포위망은 좁혀졌어요. 그리고 공격은 갑작스럽게 일어났죠」

「어떤 공격이오?」

「몇 주 전에 이미 일어난 공격이오. 겉으로 보기에는 아무렇지

116

도 않은 일 같지만 그것은 끔찍한 경고였어요. 어느 날 아침, 오빠는 몇 가지 물건이 없어졌다는 사실을 알았어요. 그것도 초인종 리본, 촛농 받이같이 하찮은 물건들 말이죠! 하지만 그 하찮은 물건이야말로, 우리에게 그 시간이 다가왔음을 확실히 알리기 위해 가장 귀중한 물건 중에 선택한 물건이라는 것을 눈치 챘습니다」

질베르트는 잠시 말을 멈추고는 끝맺었다.

「때가 되었다는…… 그리고 징벌이 내릴 거라는」

질베르트는 마치 정신이 나간 듯 격렬한 공포에 차서 이야기했다. 그녀의 눈빛은 초점을 잃었다. 그녀의 말과 태도에서 자신과 오빠가 어떤 일을 겪어 왔는지 그대로 느낄 수 있었다.

질베르트는 계속 이야기했다. 그녀가 말한 징벌이 자신과 백작에게 갑자기 내렸다는 말을 하면서 비탄과 의기소침한 마음을 드러냈다.

「아드리안 오빠는 맞서려고 했어요. 오빠는 사라진 물건들을 돌려 달라고 요구하는 광고문을 실었죠. 그는 자신이 말한 대로 불행한 운명을 달래고자 했어요. 오빠가 도둑맞은 물건들이 저택에 다시 돌아와 한 세기 반 전부터 차지하고 있었던 원래의 성스런 자리로 돌아온다면 멜라마르 가문을 괴롭히는 신비한 힘이 더 이상 우리에게 엄습하지 않을 것 같았어요. 하지만 헛된 희망이었죠. 이미 죽음을 피할 수 없다면 무엇을 할 수 있을까요? 어느 날 오빠와 제가 본 적도 없는 레진 양과 아를레트 양이 이곳으로 들어왔고 우리 남매가 전혀 이해하지 못하는 사실을 거론하며 우리를 범인으로 몰고 갔죠……. 그래서 이젠 모두 끝났어요. 우린 변호할 것도 없으니까요. 때가 왔음을 알기 때문에 오빠와 전 무력해져 굴레를 벗어날 수 없었습니다. 벌써 세 번째로 멜라마르 가문은 영문도 모른 채 고난받고 있어요. 증조할아버지와 할아버지를 에워싼 어둠이 다시 우리를 둘러쌌죠. 하지만 우리의 고통도 증조할아버지와 할아버지 때와 같은 결말로 끝나겠죠. 자살, 죽음……. 이것이 우리의 이야기에요. 상황이 이러니 체념과 기도밖에 남는 것이 없군요. 이미 정해졌으니 저항은 불경한 행위죠. 하지만 너무도 괴로워요! 100년 전부터 우리 가문은 너무 무거운 짐을 지고 있다고요!」

질베르트는 이상한 고백을 마치고는 곧 다시 기운을 잃었다. 질베르트는 사건이 일어난 순간부터 무기력한 상태에 빠져 있었다. 하지만 그녀의 이야기에서 풍기던 이상하면서, 일종의 병적인 분위기는 그녀의 불행한 이야기를 듣고 생겨난 한없는 연민과 경건한 마음 덕분에 모두 약해졌다. 한마디도 하지 않던 앙투안 파주로는 질베르트에게 다가와 존경하듯 그녀의 손에 입을 맞췄다. 아를레트는 눈물을 흘렸다. 아를레트보다는 감수성이 풍부하지 않은 레진 역시 감동을 받았다.

구원자 파주로

태피스트리 뒤에 있던 장 당느리와 베슈 반장은 동요하지 않았다. 베슈 반장은 그저 당느리의 힘센 손가락이 간간이 자신의 어깨를 짓누르는 바람에 고통스러워했을 뿐이다. 손가락 힘이 이렇게 셀 수도 있을까? 당느리가 잠시 틈을 이용해서 베슈 반장의 귀에 대고 속삭였다.

「어떻게 생각하나? 분명해지지 않았나?」

베슈 반장이 속삭였다.

「분명해지면서도 또한 모든 것이 복잡해. 멜라마르 가문의 비밀은 알게 되었지만, 사건의 진실이나 레진과 아를레트의 납치, 다이아몬드들에 대해서는 새로운 게 없군」

「바로 맞았어. 반 우뱅 씨는 참 운도 없군. 하지만 좀더 기다려 보지. 저 파주로라는 사람이 분주하게 움직이고 있으니까 말야」

앙투안 파주로는 질베르트에게서 물러나 레진과 아를레트를 향해 돌아섰다. 앙투안 파주로는 자신의 계획을 이야기하면서 동시에 이야기의 결론을 내려야 했다.

파주로가 물었다.

「아를레트 양, 질베르트 드 멜라마르 부인이 한 이야기를 모두 믿죠, 그렇죠?」

「예」

「레진 양도요?」

파주로가 레진에게 말했다.

「예」

「그러면 두 분 모두 신념에 따라 행동할 준비가 되신 거군요?」

「예」

파주로가 다시 말을 꺼냈다.

「이 경우에는 오직 성공을 목표로, 다시 말하면 멜라마르 백작이 풀려나도록 하기 위해 신중하게 행동해야 합니다. 여러분은 할 수 있습니다」

「어떻게요?」

아를레트가 물었다.

「아주 간단합니다. 우선 레진 양과 아를레트 양, 두 분께서 하신 증언이 확실하지 않다고 진술하세요. 백작님과 백작 부인의 혐의가 확실하지 않다고 말하면서 모호한 점을 드러내면 됩니다」

「하지만 범인들은 분명히 저를 이 살롱으로 데려왔어요. 이 사실은 부인할 수 없어요」

레진이 이의를 제기했다.

「아뇨. 당신을 이곳으로 데려온 사람이 분명히 멜라마르 백작과 백작 부인이라고 확신하십니까?」

「전 질베르트 부인의 반지를 알아봤어요」

「어떻게 그 사실을 증명하죠? 현재 법정은 여러분의 추측만을 근거로 삼고 있습니다. 그리고 예심에선 처음 증언을 증명할 어떤 증거도 드러나지 않았고요. 아시는 대로 판사 역시 확신하지 못하고 있습니다. 그러니 〈이 반지는 제가 봤던 반지랑 아주 비슷하지만 진주가 다르게 박혀 있는 것 같아요.〉라고 처음 증언에 확신이 없는 듯 말씀해 주셔야 합니다」

그러자 상황이 180도 바뀌었다.

「그렇지만 이렇게 하려면 질베르트 멜라마르 부인이 대질 심문에 참석해야 하는데요」

「부인은 참석할 겁니다」

앙투안 파주로가 말했다.

상황이 급작스럽게 변했다. 질베르트는 놀라 일어났다.

「제가 참석한다고요? 제가 꼭 참석해야 한다고요?」

「참석하셔야 합니다. 더 이상 망설이거나 도망칠 일이 아닙니다. 고소에 맞서 필사적으로 스스로를 변호해야 합니다. 백작과 당신을 옭아매는 두려움과 완전한 체념이라는 수동적인 입장에서 벗어나야 하고 백작님께도 이 상황과 맞서 싸울 수 있도록 힘을 북돋아 주셔야 합니다. 오늘은 이 저택에서 주무시고 당느리 몰래 빠져나왔다는 사실이 들키지 않도록 다시 원래 있던 자리로 돌아가시면 됩니다. 그리고 대질 심문이 열리면 출두하는 거죠. 승리는 불 보듯 뻔합니다. 하지만 승리를 원해야 승리하죠」

파주로가 명령하는 투로 말했다.

「하지만 전 체포될 거예요……」

질베르트가 말했다.

「그럴 리 없습니다!」

앙투안 파주로의 말이 너무도 강하고 그의 표정에 확신이 분명히 나타나자 질베르트 드 멜라마르는 앙투안의 말대로 하겠다는 뜻으로 고개를 숙였다.

「저희가 도울게요, 부인」

이번에는 아를레트가 흥분해 말을 거들었다. 이 상황에서 아를레트의 논리적인 생각과 통찰력이 분명히 드러났다.

「그런데 우리의 열의만으로 될까요? 레진과 전 차례로 이곳에 끌려왔고, 이 살롱을 알아보았어요. 더구나 서가에서 은색 튜닉이 발견되었기 때문에 법정에서는 부인과 오빠인 백작님을 범인으로 여기지 않는다 하더라도 최소한 공범으로 혐의를 두려고 하지 않을까요? 두 분은 이 저택에 살고 계시고 그 시간에 저택을 떠나지 않았기 때문에 저희들이 이곳으로 끌려온 장면을 봤을 거예요. 그 장면을 봤던 거죠」

「질베르트 부인과 백작님은 아무것도 보지 못했고, 아무것도 몰랐습니다. 저택의 구조를 잘 생각해야 합니다. 왼쪽 3층에 백작과 질베르트 부인의 거처가 있습니다. 그곳에서 두 분이 저녁 식사를 하고 저녁 시간을 보냅니다. 오른쪽 정원에 하인들의 방이 있습니다. 아래 중간 공간에는 아무도 없습니다. 안뜰과 부속 건물에도 사람이 없습니다. 그리고 여기 사람이 전혀 드나들지 않는 공간이 있습니다. 레진 양과 아를레트 양을 납치한 범인들이 이곳을 마음껏 돌아다녔죠. 범인들은 두 분을 이리로 데려왔으며 아를레트 양이 이곳으로 도망쳤죠」

앙투안 파주로가 말했다.

아를레트는 의문이 풀리지 않는 듯했다.

「믿을 수 없는데요」

「사실, 믿어지지 않지만 가능합니다. 가능한 데다가 더욱 이해가 가는 이유는 같은 상황에서 세 번이나 수수께끼 같은 상황이 발생했기 때문입니다. 그리고 멜라마르 가문의 저택의 구조 때문에 쥘 드 멜라마르, 알퐁스 드 멜라마르, 아드리안 멜라마르 모두 누명을 썼을 가능성이 있습니다」

아를레트는 어깨를 으쓱했다.

「그럼, 앙투안 씨의 가정에 따르면 범인은 매번 바뀌면서 세 번이나 똑같은 음모가 다시 시작되었다는 말씀이군요. 범인들마다 저택의 구조를 꿰뚫고 있단 말인가요?」

「범인들은 바뀌었지만 범인들마다 상황을 알고 있었던 거죠. 멜라마르 가문에는 비밀이 있습니다. 몇 세대에 걸쳐 내려오는 두려움과 패배라는 비밀입니다. 하지만 솔직히 말해 상대 가문을 통해 탐욕, 절도, 들키지 않는 공격이 계속되었다는 비밀도 있습니다」

「하지만 상대 가문 사람들이 왜 이 저택으로 오는 거죠? 경솔하게 이 저택에 레진 오브리 양을 데리고 올 필요도 없이 차 안에서 레진 오브리 양으로부터 다이아몬드들이 박힌 코르셋을 빼앗을 수 있었을 텐데요」

「경솔한 것이 아니라 신중한 거죠. 다른 사람에게 혐의를 씌우고 자신은 처벌을 받지 않으니까요」

「하지만 전 빼앗긴 물건이 없는걸요. 제겐 아무것도 없으니까 빼앗아 갈 물건이 없잖아요」

「범인인 남자는 아마도 사랑하기 때문에 아를레트 양을 따라다녔던 것 같습니다」

「그렇다면 사랑하기 때문에 저도 이곳으로 데려왔단 말인가요?」

「예, 의심의 눈초리를 다른 사람에게로 돌리기 위해서죠」

「그것이 충분한 동기가 되나요?」

「아뇨」

「그러면요?」

「그렇다면 두 집안 간에 알 수 없는 이유로 증오와 경쟁이 있었다고 보는 거죠. 한 집안이 더 나은 집안을 계속 괴롭혀 왔던 겁니다」

「아드리안 드 멜라마르 백작과 질베르트 드 멜라마르 백작 부인은 그 사실을 알았을 텐데요」

「아뇨. 그것이 바로 백작 남매의 약점이고 운명적으로 패배를 불러일으키는 점입니다. 그러는 동안 동시에 상대방은 100년 동안 음모를 실행하고 있습니다. 한쪽은 상대방을 모르는데 다른 한쪽은 상대를 알고 있고 행동에 들어가 음모를 꾸미죠. 결과적으로 멜라마르 가문은 모든 일이 집안을 괴롭히는 유전 때문이라고 주장하게 됩니다. 반면 상대방 사람들은 조상 대대로 으레 그래 왔듯이 유혹을 이기지 못하고 음모를 꾸며 이곳에서 범행을 저지르고, 일부러 자신들이 다녀갔다는 증거까지 남깁니다. 예를 들면 은색 튜닉이 그렇죠. 이렇게 해서 멜라마르 가문 사람들이 죄를 뒤집어쓰게 되었습니다. 그리고 아를레트 마졸 양과 레진 오브리 양처럼 희생자들은 자신들이 감금되었던 장소를 알아보게 되는 거죠」

아를레트는 만족스럽지 않은 것 같았다. 앙투안은 능수능란하게 질베르트가 처한 묘한 상황을 설명했지만 뭔가 꾸며낸 것 같았고 중요한 사실을 숨기고 있는 듯해, 그 말을 모두 받아들이기는 어려웠다. 그래도 진실에 꽤 접근한 듯했다.

「좋아요. 앙투안 씨가 생각하는 것은……」

앙투안이 말을 바로 잡았다.

「제가 확신하는 거죠」

「앙투안 씨가 확신하는 것을 법원이 인정하거나 기각하려면, 지금 이 사실을 법원에 알릴 수밖에 없다는 말씀이시군요. 그런데 누가 이야기하겠어요? 그러니까, 법정이 신뢰할 만한 사람이 누가 있을까요?」

「접니다. 저만이 할 수 있습니다. 내일 멜라마르 백작 부인과 함께 법원에 출두하겠습니다. 예전 친구의 지위로 말이죠. 고백하건대 이 친구라는 지위를, 제가 백작 부인에게 갖는 감정에 더욱 가까운 지위로 바꾼다면 행복할 겁니다. 부인에게 거절을 당한 후 몇 년간 여행을 다니다 다시 파리로 돌아온 저는, 마침 백작 부인께서 시련에 봉착했다는 것을 알았습니다. 그래서 전 부인의 결백과 오빠인 백작님의 결백을 밝히겠다고 맹세를 했습니다. 그래서 부인이 은신한 장소를 알아내 저택으로 다시 돌아와 달라고 설득했던 겁니다」

앙투안이 단호하게 말했다.

「그리고 아를레트 양이 자신의 첫 번째 증언에 확신이 없다고 다시 증언을 하시고, 레진 양 역시 자신의 첫 증언에 확신이 안 선다고 말씀하시면, 그래서 재판관이 동요할 때 제가 질베르트 백작 부인께 들은 비밀 이야기를 말씀드리겠습니다. 멜라마르 집안의 비밀을 밝히겠습니다. 하지만 아를레트 양, 아시다시피 당신과 레진 양이 첫 테이프를 끊어야 합니다. 솔직히 아직 결심이 서지 않았다거나 제 설명을 이해할 수 없더라도, 제 설명이 조금 불충분하더라도 질베르트 드 멜라마르 백작 부인을 한번 보십시오. 백작 부인 같은 여성이 도둑이 될 수 있는지 자문해 보시란 말씀입니다」

아를레트는 주저하지 않고 말했다.

「앙투안 씨가 시키는 대로 내일 출두하겠어요」

「저도요」

레진이 말했다.

「하지만 두려워요, 앙투안 씨. 결과가 앙투안 씨의 기대에……
우리 모두의 기대에 미치지 못할까 봐요」

아를레트가 말했다.

앙투안이 침착하게 결론을 말했다.

「제가 조금이나마 안심을 시켜 드리죠. 아드리안 드 멜라마르
백작님은 아마 내일 저녁까지는 교도소에서 풀려나시지 못할 겁니다. 하지만 여러분의 증언 덕에 상황이 바뀌면 법정은 멜라마르 백작님의 기소를 취하할 것이고, 백작님도 희망을 품게 되어 석방 때까지 생명을 유지하실 겁니다」

질베르트는 다시 한번 앙투안에게 손을 내밀었다.

「다시 한번 감사드립니다. 예전에는 당신을 알아보지 못했어요, 앙투안 씨. 절 원망하지 말아 주세요」

「전 당신을 한번도 원망한 적이 없습니다, 질베르트 부인. 그리고 당신을 위해 애쓸 수 있어서 너무나 행복합니다. 전 과거를 생각해서 당신을 위해 애썼습니다. 또한 이렇게 애쓰는 이유는 그것이 정당하기 때문이죠. 그리고……」

앙투안은 심각한 표정을 지으며 더욱 목소리를 낮추며 이야기

했다.

「어떤 사람들 앞에서라면 더욱 열정적으로 하게 되는 행동들이 있습니다. 아주 당연하다고 볼 수 있는 이런 행동들은 대부분 그 목적을 이루는 것 같습니다. 그리고 이 행동을 지켜보는 사람들에게서 존경과 애정을 얻을 수 있도록 해 줄 겁니다. 전 그렇게 생각합니다」

앙투안은 아를레트를 향한 이 말을 거리낌 없이 강조했다. 하지만 이때 당느리는 살롱 안에서 사람들이 자리를 잡고 있는 방향 때문에 그들 각자의 표정을 볼 수 없었다. 그래서 당느리는 앙투안이 이처럼 자신의 열정을 고백하는 상대가 질베르트 드 멜라마르 백작 부인일 것이라고 생각했다.

당느리는 잠시 동안만 진실을 의심했다. 그러는 동안 베슈 반장의 어깨를 잡고 있는 당느리의 두 손가락에 힘이 들어가는 바람에 베슈 반장은 참을 수 없는 고통을 느꼈다. 베슈 반장은 손가락이 이처럼 집게 같을 수도 있다고는 한번도 생각해 보지 못했다. 다행히 이 고통은 오래가지 않았다. 앙투안 파주로는 더 이상 말하지 않았다. 앙투안은 종을 쳐서 늙은 하인 부부를 부른 후 다음날 그들이 해야 할 일과 대답에 대해 세심하게 지시를 내렸다. 당느리의 의심은 사라졌다.

당느리와 베슈 반장은 몇 분간 더 귀를 기울였지만 이들의 대화는 끝난 듯했다. 레진은 아를레트에게 데려다 주겠다고 말했다.

「가세. 저 사람들은 더 이상 주고받을 이야기가 없나 보군」

당느리가 중얼거렸다.

당느리는 앙투안 파주로와 아를레트에게 화가 난 채로 자리를 떴다.

당느리는 규방과 입구를 지나갈 때 차라리 다른 사람들이 들었으면 좋겠다고 생각한 듯 소리를 내며 지나갔다. 그러면 자신의 기분이 얼마나 불쾌한지 보여 줄 수 있기 때문이다.

어쨌든 당느리는 밖으로 나와 자신의 불쾌한 감정을 반 우뱅에게 풀었다. 반 우뱅은 덤불에서 갑자기 나타나 자신의 다이아몬드들을 돌려 달라고 요구했다. 하지만 그의 요구는 곧바로 당느리의 단호한 비난에 묻혀 버렸다.

베슈 반장은 지지리도 운이 없었다. 그는 의견을 제시하려다 당느리에게 면박만 당했다.

「어쨌든 앙투안이란 사람은 그리 나쁜 자는 아니었나 봐」

「어리석기는!」

당느리가 이를 갈았다.

「왜 내가 어리석다는 거야? 앙투안이 어느 정도 진실하다는 것을 인정하지 않는 겐가. 그의 가정은……」

「다시 말하지만, 정말 어리석기 짝이 없군!」

베슈 반장은 당느리의 비난에 머뭇거렸다.

「그래, 앙투안의 말대로 트리아농 가게에서 앙투안과 우리가 만난 적이 있지. 앙투안과 고물 장수 할멈이 눈길을 주고받았고 고물 장수 할멈이 달아났어. 모든 것이 착착 들어맞는다고 생각하지 않나……?」

당느리는 대답하지 않았다. 당느리는 정원에서 나오자 베슈 반장과 반 우뱅을 두고 성큼성큼 걸어 택시가 정차한 곳으로 달려갔다. 반 우뱅은 당느리가 자신의 다이아몬드들을 가져갔다고 확신하며 그를 붙잡으려고 했지만 소용이 없었다. 일단 말다툼은 끝났다. 2분 뒤 장 당느리는 긴 의자에 누워 있었다.

장 당느리는 스스로 억제할 수 없을 만큼 흥분해서 바보 같은 행동을 할까 두려워질 때면 이런 방법을 썼다. 기분대로라면 몰래 아를레트 마졸 집에 들어가 설명을 해 달라고 요구한 다음 그녀에게 앙투안 파주로를 조심하라고 일러 주었을 것이다. 하지만 소용없는 일이었다. 우선 중요한 것은 아까 보았던 대화 장면의 모든 과정을 기억하고 의견을 내놓는 일이다. 유치한 자존심과 알 수 없는 질투가 섞인 의견이 아닌 제대로 된 의견 말이다.

　「앙투안은 모두를 지배하고 있어. 트리아농 일이 아니었다면 그 작자는 다른 사람들을 속인 것처럼 나도 속였겠지…… 하지만 아냐, 아니고말고. 그 작자의 이야기는 정말 바보 같아……! 그래도 법정은 속겠지만 난 아냐! 어림도 없지. 그런데 그가 원하는 것은 무엇일까? 왜 그는 멜라마르 가문을 위해 애쓰는 것일까……? 그리고 전혀 위태로운 것이 없는 듯이 밖에 나와 공공연히 자신을 드러내는 그의 용기는 어디서 나오는 것일까? 검찰에서 그를 조사해 보고 그의 행적을 샅샅이 밝혀 낼 텐데 말야. 그래도 그는 아랑곳하지 않겠지……?」

　당느리가 화를 내며 중얼거렸다.

　또한 당느리는 앙투안 파주로가 교묘하게 아를레트에게 잘 보이려 행동하고 이해할 수 없는 방식으로 그녀에게 야릇한 영향력까지 행사한 것을 생각하면 화가 머리끝까지 치밀었다. 파주로의 영향력은 당느리의 영향력보다 강했다. 파주로의 영향력이 너무도 강해 아를레트는 당느리의 눈을 피해서, 심지어는 당느리의 뜻과는 반대로 행동했다. 당느리는 모욕을 당한 것처럼 몹시 괴로웠다.

　다음날 저녁, 베슈 반장이 들뜬 모습으로 도착했다

「됐어」

「뭐가 말인가?」

「법정이 속아 넘어갔어」

「반장처럼?」

「나처럼! 나처럼이라고? 아니…… 하지만 고백컨대……」

「반장도 다른 사람들처럼 속아 넘어갔고 파주로의 터무니없는 말을 믿게 되었다는 말이지. 어쨌든 한번 들어 보지」

「모든 일이 그가 꾸민 대로 벌어졌어. 대질 심문과 취조 말이야. 그런데 아를레트 양과 레진 양이 대질 심문과 취조에 응하는데 주저하다 거부하는 바람에 예심판사가 당황해하고 있지. 백작부인과 파주로가 불시에 나타나 계획은 계속 진행되고 있고」

「배우 같은 파주로와 함께」

「그렇지. 마음을 사로잡는 배우야. 그 유창한 말과 호소력은 대단하던데」

「넘어가세. 내 그자를 아는데 대단한 3류 배우지!」

「확신하건대……」

「결론은 기소가 취하되는 건가? 백작이 석방되는 건가?」

「내일 아니면 모레지」

「베슈 반장, 정말 운도 없군! 당신이 백작을 체포한 것 아닌가. 백작의 석방에 아를레트는 어떻게 행동하던가? 여전히 파주로의 뜻에 따르고 있던가?」

「아를레트 양이 질베르트 부인에게 떠난다고 이야기하는 것을 들었네」

베슈 반장이 말했다.

「아를레트가 떠난다고?」

「그래. 시골에 있는 친구 집에서 얼마간 쉰다고 하던데」

「아주 좋은 소식이군」

당느리는 이 소식을 듣고 기쁜 듯이 말했다.

「잘 가게, 베슈. 난 앙투안 파주로와 트리아농 할멈에 대한 정보를 얻어야 하니까. 그리고 잠 좀 자야겠어」

1주일간 당느리는 담배를 피면서 휴식을 취했다. 그동안에도 그는 여러 사람에게 방해를 받았다.

우선 반 우벵은 당느리에게 자신의 다이아몬드들을 내놓으라며 요구했고, 그를 죽이겠다며 위협했다. 그리고 당느리는 레진에게도 방해를 받았다. 그는 곁에 앉은 레진에게 자신의 명상을 방해하지 말라는 한마디 말만을 했다. 베슈 반장은 당느리에게 전화를 걸어서 다음과 같은 인적 사항을 읽어 주었다.

파주로. 여권에 따르면 29세. 부에노스아이레스 출생으로 부모님은 모두 프랑스 인이며 사망했음. 3개월 전부터 파리에 와서 샤토댕의 몽디알 호텔에 묵고 있음. 무직. 자동차 경주 분야와 자동차 분야의 사람들과 어느 정도 친분이 있음. 사생활과 과거에 대해서는 전혀 알려진 바 없음.

1주일이 지났지만 당느리는 여전히 집에서 꼼짝도 하지 않았다. 그는 생각에 잠겼다. 이따금 그는 환희에 찬 듯이 기뻐하거나 걱정스러운 표정을 지으며 걸어 다녔다. 그러던 어느 날 전화벨이 또 울렸다.

베슈 반장이 급한 목소리로 당느리에게 전화했다.

「빨리 오게. 꾸물거릴 시간이 없어. 라파예트가 언덕에 위치한 로샹보 카페에서 만나기로 하지. 아주 급해」

싸움이 시작되었다. 당느리는 머릿속이 말끔하게 정리되고 상황을 더 명확히 이해한 사람처럼 기쁜 마음으로 베슈 반장과 약속한 카페로 갔다. 당느리는 로샹보 카페에 들어가 안쪽에서 창문에 기대앉아 거리를 지켜보고 있는 베슈 반장 가까이에 앉았다.

「아무것도 아닌 일로 날 방해한 건 아니겠지?」

베슈 반장은 일이 잘될 경우에는 거드름을 잔뜩 피우고 거창하게 자신의 이야기를 했다. 이와 같이 말이다.

「내 수사와 동시에……」

「허풍이라면 됐어, 반장. 사실만 말해 보게」

「그러니까, 트리아농 할멈의 가게가 고집스레 닫혀 있어서……」

「가게가 고집을 피우는 건 아니지. 엉터리 불어라도 좋으니 전보문과 같이 요점만 말해 보라니까」

「그러니까 가게는……」

「이미 했던 말이고」

「아! 정말 성가시게 하는군」

「하려는 말이 도대체 뭐야?」

「그 가게가 로랑스 마르탱의 이름으로 임대차 계약이 되어 있다는 말을 하려고 했어」

「봐, 그렇게 간단하게 말하면 될 것을. 그 로랑스 마르탱이란 사람이 우리가 찾는 고물상 할멈인가?」

「아니. 공증인을 만났는데 로랑스 마르탱은 50세가 채 안 됐다네」

「그렇다면 트리아농 할멈이 가게를 세놓거나 아니면 대신 다른 사람 이름으로 가게를 낸 거군?」

「정확히 말하면 로랑스 마르탱이 트리아농 할멈을 대신 앉힌

132

거고……. 내 생각으로는 트리아농 할멈이 로랑스 마르탱의 언니인 것 같아……」

「로랑스 마르탱이 사는 주소는?」

「알 길이 없지. 임대차 계약은 12년 전에 이루어졌으니까. 그리고 적혀 있는 주소도 정확하지가 않아」

「로랑스 마르탱은 가게 세를 어떻게 지불하지?」

「다리를 저는 아주 나이 든 신사의 도움을 받아 지불한다네. 그런데 오늘 아침 뜻밖에도 놀라운 소식을 들었어」

「반장에게는 잘된 일이군. 간단히 말해 보게」

「간단히 말해, 경찰청을 통해서 들은 얘기인데, 어떤 여성이 르쿠르쇠 시의원에게 곧 제출해야 하는 보고서의 결론을 바꿔 주면 5만 프랑을 주겠다고 했다네. 하지만 르쿠르쇠 의원은 다소 평판이 좋지 않은 데다가 최근에 있었던 스캔들 때문에 실추된 명예를 회복하고자 즉각 이 사실을 경찰에게 알렸던 거야. 그 여자는 얼마 전에 의원이 매일 유권자들을 접견하는 사무실에서 돈을 건네준 것 같아. 경찰관 두 명이 이미 옆방에 숨어 있었는데 거기서 여자가 뇌물을 제공하려는 장면을 확실하게 본 거지」

「그 여자가 이름을 밝혔나?」

「이름을 밝히지는 않았지만, 우연히도 옛날에 의원이 관계를 맺었던 여자였지. 여자는 기억을 하지 못했지만」

「그러면 그 여자가 로랑스 마르탱인가?」

「로랑스 마르탱이지」

당느리는 기뻐했다.

「아주 좋아. 파주로와 트리아농 할멈의 의심스러운 관계가 로랑스 마르탱까지 이어졌군. 파주로라는 작자의 교활함을 증명하

는 것은 이것으로도 충분하지. 그런데 그 시의원 사무실의 위치
는 알아냈나?」

「맞은편 건물, 중이층. 창문 두 개밖에 없어. 뒤편에는 사무실
과 마찬가지로 입구로 통하는 작은 대기실이 있고」

「내게 말하려고 했던 것이 이게 단가?」

「아니. 하지만 시간이 없어. 1시 55분이군. 그리고……」

「어서 말해 보게. 아를레트에 관한 건가?」

「그래」

「뭐라고? 무슨 일이 있는 거야?」

「어제 자네의 아를레트를 봤지」

베슈 반장이 비꼬는 투로 말했다.

「뭐라고! 하지만 아까는 아를레트가 파리를 떠났다고 하지 않
았나!」

「아를레트 양은 파리를 떠나지 않았어」

「그녀를 만났다는 건가? 확실한 거야?」

베슈 반장은 대답하지 않았다. 갑자기 그는 반쯤 일어나서는
창가에 바짝 붙었다.

「조심해! 마르탱이란 여자는……」

이때 길 맞은편에서 여자 한 명이 택시에서 내려 운전 기사에
게 돈을 지불했다. 그녀는 키가 컸고 옷차림이 천박했다. 표정은
굳었고 피부는 축 처진 것 같았다. 나이는 쉰 살 정도로 보였다.

그녀는 출입구 통로 속으로 사라졌다. 문은 활짝 열려 있었다.

「분명 그 여자야」

이 말을 하며 베슈 반장은 따라나설 준비를 했다.

당느리가 베슈 반장의 손목을 잡았다.

「뭣 때문에 장난을 치는 건가?」

「자네 미쳤나? 난 장난 친 적 없어」

「아니, 방금 아를레트의 일 가지고 장난을 쳤잖나」

「어쨌든 지금 당장 달려 나가야 돼, 제기랄!」

「대답을 해 주기 전까지는 절대 못 놔 줘」

「그럼, 좋아. 말하지. 아를레트 양은 집과 인접한 거리에서 누군가를 기다리고 있었어」

「누구를 말인가?」

「파주로」

「거짓말!」

「내가 봤어. 아를레트와 파주로가 함께 가더군」

베슈는 당느리의 손아귀에서 빠져나와 도로를 건넜다. 하지만 베슈 반장은 건물로 들어가지 않고 망설였다.

「아니, 여기에 있자고. 마르탱이란 여자가 위쪽에서 함정을 피할 경우, 그 여자를 뒤쫓아 가는 게 좋겠어. 자네 생각은?」

「그 따위 일은 안중에도 없어. 마졸 부인 댁에는 가 봤나?」

당느리가 점점 흥분해서 말했다.

「제기랄!」

「잘 듣게, 반장. 대답을 해 주지 않는다면 로랑스 마르탱에게 알릴 테니까. 아를레트 어머니를 만났냐고?」

「아를레트 양은 파리를 떠나지 않았어. 아를레트는 매일 외출을 하고 저녁때만 집에 돌아오지」

「거짓말! 날 난처하게 만들려고 그렇게 말하는군……. 난 아를레트를 알아. 그녀가 그럴 리가 없어……」

칠팔 분이 지났다. 당느리는 아무 말도 하지 않았지만 보도를 성큼성큼 걷다가 발을 구르며, 지나가는 사람들을 밀쳤다. 베슈 반장은 입구 쪽에 시선을 고정한 채 건물을 감시했다. 그때 아까 보았던 여자가 입구에서 나왔다. 불안한 표정을 짓던 그녀는 당느리와 베슈 반장을 힐끗 보더니 빠르게 다른 방향으로 달아났다.

베슈 반장은 그녀를 따라갔다. 그 여자는 지하철역 계단 앞에 다다르자 역으로 재빨리 들어가서는 표를 끊었다. 그때 역에서 전철 한 대가 들어오고 있었다.

베슈 반장과 여자의 거리가 벌어졌다. 그는 가까운 역에 전화를 할 생각이었으나 괜한 시간을 낭비할까 봐 그만두었다.

「놓쳤어!」

베슈 반장이 당느리에게 돌아와 말했다.

「당연하지! 반장은 반드시 했어야 하는 일은 안 하고 하지 말았어야 하는 일을 했으니까」

당느리가 베슈 반장의 실망하는 모습에 다소 고소해하며 비웃었다.

「무엇을 해야 한다는 건가?」

「처음부터 르쿠르쇠 의원 사무실로 들어가서 직접 마르탱이란 여자를 체포했어야 했어. 하지만 반장은 아를레트 일로 날 난처하게 한 후 내 질문에 대답하느라 머뭇거렸지. 요컨대 위층 시의원 사무실에서 발생한 일은 다 자네 책임이야」

「무슨 일이 있다는 건가?」

「가 보자고. 그렇게 꾸물거리지 좀 말게!」

베슈 반장은 시의원이 있는 중이층까지 올라갔다. 베슈 반장은 그곳에서 소란스러운 일이 벌어졌다는 사실을 알았다. 감시를 하고 있던 수사관 두 명이 사람들을 불렀는데, 그들은 미친 사람처럼 흥분한 상태였다. 건물 관리인이 올라와 소리를 질렀다. 입주자들이 나타났다.

르쿠르쇠 의원은 사무실 가운데 있는 소파에 누워 있었다. 그는 이마에 구멍에 뚫리고 얼굴은 피범벅이 된 채 죽어 가고 있었다. 결국 그는 말 한마디 못하고 숨을 거뒀다.

수사관들은 베슈 반장에게 간단히 설명했다. 수사관들은 마르탱이라는 여자가 어떤 보고서에 대해 다시 한번 제안하고 수표 세는 소리를 들었다고 했다. 그래서 사무실을 급습할 준비를 하고 있었는데 르쿠르쇠 의원이 너무 서두른 나머지 수사관들을 부르는 실수를 저지르고 말았다. 즉각 위험을 직감한 여자는 빗장을 닫았던 듯하다. 수사관들이 닫혀 있는 문에 부딪혔기 때문이다.

그들은 입구로 가서 여자의 도주로를 차단하려고 했다. 하지만 두 번째 문도 꼼짝하지 않았다. 밖에서 열쇠나 빗장으로 잠그지 않았는데도 말이다. 수사관들은 있는 힘을 다해 문을 밀었다. 이 순간 총성이 울렸다고 했다.

「하지만 마르탱이란 여자는 이미 밖으로 나갔지 않았습니까?」

베슈 반장이 따졌다.

「그 여자가 죽인 것이 아닐 수도 있지 않을까요?」

수사관 중 한 명이 말했다.

「그렇다면 누가 죽였다는 말입니까?」

「아마도 우리가 아까 봤던 입구 의자에 앉아 있었던 남자겠죠. 수척해 보이던 남자였는데……. 그 남자도 의원과 면담을 요청했습니다. 그런데 르쿠르쇠 의원은 여자가 다녀간 뒤에야 그를 만났던 것 같고……」

「아마도 공범인 것 같군요. 하지만 그자가 두 번째 문을 어떻게 잠갔단 말입니까?」

베슈 반장이 말했다.

「갈고리 쇳조각을 문짝 아래에 밀어 넣어서 잠갔겠죠. 안에서 밀 수 없도록」

「그자는 어떻게 됐습니까? 아무도 그 남자를 본 사람이 없습니까?」

「아뇨, 제가 봤습니다. 총소리가 들려서 관리실에서 뛰어나왔습니다. 한 나이 든 남자가 내려오더니 제게 〈위에서 싸우고 있습니다. 빨리 올라가 보세요.〉라고 나지막이 말했습니다. 아마도 그 남자가 총을 쏜 것 같습니다. 그러나 제가 어떻게 그 남자가 의원을 살해한 범인일 거라고 생각했겠습니까? 허리가 굽고 몸도 좋지 않은 데다…… 다리를 저는 남자인데 말이죠」

관리인이 말했다

「다리를 전다고요? 확실합니까?」

베슈 반장이 소리쳤다.

「확실하고말고요. 다리를 심하게 절던걸요」

베슈가 낮게 말했다.

「로랑스 마르탱과 공범이군. 그녀가 위험에 처한 것을 보자 르 쿠르쇠 의원을 제거한 거고」

여태껏 당느리는 듣고만 있었다. 그러면서 그는 책상 위에 쌓인 서류 파일을 흘깃 살펴보았다.

드디어 당느리가 물었다.

「로랑스 마르탱이 얻으려고 했던 보고서가 무엇인지 아십니

138

까?」

「아뇨. 르쿠르쇠 의원이 여태껏 자세하게 밝힌 적이 없습니다. 중요한 것은 의원이 담당한 보고서 중 하나를 다른 내용으로 수정하려고 했다는 겁니다.」

당느리는 파일의 제목을 읽었다. 도살장에 관한 보고서, 동네 시장에 대한 보고서, 비에유데마레 도로 연장에 관한 보고서, 보고서…….

「무슨 생각을 하나?」

베슈 반장은 이번 사건에 난처한 빛을 보이며 왔다갔다 했다.

「끔찍한 사건이야, 안 그런가?」

베슈 반장이 당느리에게 물었다.

「어떤 사건 말이야?」

「이번 살인 사건 말이야」

「이미 말했지만, 반장의 이야기는 관심 없어! 뇌물 수수를 일삼던 의원이 죽었고 반장님의 작전이 헛수고로 돌아갔다는 게 어쨌다는 건가!」

「하지만 로랑스 마르탱이 살인범이라면 자네가 공범이라고 여기는 파주로는……」

베슈 반장이 말했다.

당느리는 화난 표정으로 우물거리듯이 천천히 말했다.

「파주로도 살인자야. 파주로는 악당이야……. 언젠가 그 작자가 내 손아귀에 걸려들기만 해 봐. 내 이름을 걸고 맹세 하건데……, 내 손아귀에 분명히 걸려들 거야. 진짜로 내 이름을 걸고 말야……」

당느리는 입을 다물고는 모자를 쓰고서 재빨리 나갔다.

그는 차를 타고 베르드렐가에 위치한 아를레트의 집으로 갔다. 오후 2시 50분이었다.

「아! 당느리 씨. 정말 오랜만에 뵙는군요. 어쩌면 좋죠? 아를레트가 안타까워하겠네요」

마졸 부인이 크게 말했다.

「아를레트 양은 집에 없습니까?」

「없어요. 아를레트는 매일 이 시간쯤에 산책을 나가죠. 그나저나 오는 길에 못 보셨어요? 이상하네……」

마르탱 가문의 사람들

아를레트와 그녀의 어머니는 많이 닮았다. 비록 세월과 근심에 시달리기는 했어도 마졸 부인에게는 아직 신선함과 활기가 남아 있어, 한창 때는 딸보다 더 아름다웠을 것이라고 짐작하게 하는 얼굴이었다. 마졸 부인은 세 딸을 키우기 위해서, 또한 첫째, 둘째 딸의 못된 행실로 인한 슬픔을 잊기 위해 열심히 일했다. 그녀는 지금도 낡은 레이스 수선 일을 하고 있는데, 레이스 수선에서 뛰어난 솜씨를 발휘했으며 덕분에 어느 정도 안락한 생활을 할 수 있었다.

당느리가 작지만 빛이 날 정도로 깨끗한 아를레트의 집으로 들어와 말했다.

「따님이 곧 돌아오지 않을까요?」

「잘 모르겠어요. 그 앤 사건 이후 뭘 하는지 도통 얘기를 하지 않으니까요. 아를레트는 제가 걱정할까 봐 항상 겁내고 있답니다. 그리고 자신을 두고 이러쿵저러쿵 하는 소문들로 어쩔 줄 몰라하죠. 아를레트는 병이 난 동료 모델의 병문안을 간다고 말했어요. 젊은 아가씨인데, 오늘 아침 편지로 아를레트에게 와 달라고 했거든요. 아를레트가 얼마나 심성이 곱고 동료들을 위하는 앤지 아실 거예요!」

「그 동료 모델이 사는 곳은 여기서 멉니까?」

「주소는 모르겠는데요」

「안타깝군요! 아를레트 양과 얘기를 하고 싶은데!」

「하지만 주소를 찾는 일은 어렵지 않아요. 아를레트가 그 편지를 편지 바구니 속에 넣었을 거예요. 마침 제가 편지들을 태우지 않았고요……. 아, 여기요……. 이 편지인 것 같네요. 네, 맞아요. 세실 엘뤼앵……, 쿠르시 대로 14번지 라발루아 페레에 살고 있군요. 아를레트는 4시경에 그곳으로 갈 거예요」

「혹시 아를레트가 파주로 씨를 만나러 간 건 아닐까요?」

「무슨 말씀을요! 아를레트는 남자와 외출하는 것을 좋아하지 않아요. 그리고 파주로 씨는 이곳에 자주 오는걸요」

「아! 파주로 씨가 자주 온다고요?」

당느리가 굳은 목소리로 대꾸했다.

「거의 매일 저녁 저희 집을 방문하죠. 파주로 씨와 아를레트는 아를레트의 관심사에 대해 이야기해요……. 아시겠지만 지참금 기금에 대해서요. 파주로 씨가 지참금 기금을 위해 거금을 내놓았거든요. 그래서 파주로 씨와 아를레트는 비용을 계산하고……, 계획을 세우죠」

「파주로 씨는 부자인가 보죠?」

「아주 부자죠」

마졸 부인은 큰 소리로 자연스럽게 말했다. 아를레트는 어머니가 근심할까 봐 백작 사건에 대해 알리지 않은 것이 분명했다. 당느리가 말을 이었다.

「부유하고 호감 가는 젊은이죠」

「네, 아주 호감이 가죠. 우리 모녀에게 대단히 친절하답니다」

마졸 부인이 말했다.

「그럼, 결혼이라도?」

장 당느리가 어색한 웃음을 지으며 물었다.

「오! 당느리 씨, 농담하지 마세요. 아를레트는 그런 생각을 한 적이 없어요」

「뭐, 알 수 없죠!」

「아뇨, 아뇨. 우선 아를레트는 파주로 씨에게 항상 친절하게 대하지 않는답니다. 그 앤 최근 사건 이후 많이 변했어요. 더 예민해지고 변덕스러워졌죠. 그 애가 레진 오브리 양과 사이가 틀어졌다는 얘기 아세요?」

「정말요?」

당느리가 외쳤다.

「네, 이유도 없이요. 아니면 제게 말하지 않은 어떤 이유가 있든지요」

당느리는 아를레트와 레진의 사이가 틀어졌다는 말에 깜짝 놀랐다. 도대체 무슨 일이 있었던 걸까?

당느리와 마졸 부인은 몇 마디를 더 나누었다. 그리고 곧 나갈 채비를 서둘렀다. 마졸 부인이 가르쳐 준 장소에서 아를레트를 만나기에는 시간이 너무 일렀다. 그래서 당느리는 차를 몰아 레진 오브리의 집으로 갔다. 그곳에서 그는 집에서 막 나오던 레진과 마주쳤다.

레진이 빠르게 대답했다.

「제가 아를레트에게 화가 났다고요? 천만에요. 하지만 아를레트는 저에게 화가 나 있을지도 모르죠」

「도대체 무슨 일이 있었던 겁니까?」

「어느 날 저녁, 아를레트를 봤어요. 거기에는 멜라마르 가문의 친구인 앙투안 파주로 씨도 함께 있었고요. 우리는 이야기를 나눴죠. 그런데 두세 번 아를레트가 제게 뽀로통하게 대하더라고요. 전 영문을 모른 채 헤어졌어요」

「다른 일은 없습니까?」

「없어요. 그뿐이죠. 당느리 씨, 아를레트에게 조금이라도 마음이 있다면 파주로 씨를 경계하세요. 그는 대단히 상냥해 보였고 아를레트도 무관심하지는 않아 보였어요. 그럼, 전 이만 가야겠어요」

어디를 가나 당느리는 아를레트와 파주로의 관계에 대한 사실만 더욱 자세하게 알게 될 뿐이었다. 그는 갑자기 정신이 번쩍 들었다. 순간 당느리는 앙투안 파주로가 아를레트를 농락하고 있다는 사실과 자신의 마음속에서 아를레트가 얼마나 큰 부분을 차지하고 있는지 깨달았다.

그런데 파주로가 아를레트에게 구애를 하고 그녀를 사랑한다는 것이 확실하다면, 아를레트도 그를 사랑하는 것일까? 괴로운 질문이었다. 이런 질문 자체가 당느리에게는 아를레트에게 가해지는 최대의 모욕이며 자신을 향한 견딜 수 없는 모욕인 것 같았다. 감정이 격해지면서 이 생각이 머리를 떠나지 않았다. 그는 자존심에 상처를 입은 나머지 그 감정이 자신의 삶을 모두 끌어갈 정도였다.

「3시 45분이군」

당느리가 중얼거렸다. 그러고는 마졸 부인이 가르쳐 준 장소에서 얼마 떨어진 곳에 차를 주차시켰다.

〈아를레트는 혼자 올까? 아니면 파주로와 같이 올까?〉

쿠르시 대로는 공장 밀집 지역 외곽과 센 강 주변의 공터에 위치한 라발루아 페레에 막 새로 낸 길이었다. 센 강 주변의 공터에는 여러 작은 공장들과 개인 주택들이 있었다. 그중 긴 벽돌 담장 둘 사이에는 지저분한 길이 있었다. 그 길 끝에 반쯤 허물어진 울타리가 있었는데 울타리 위에 타르로 씌어진 〈14번지〉라는 글자가 눈에 띄었다.

몇 미터나 되는 골목길은 오래된 타이어와 사용하지 않는 자동차 차체로 가득 차 있었는데, 그 가운데 밤나무로 지은 듯한 자동차 정비소처럼 보이는 곳이 있었다. 그 건물의 외부 계단은 지붕에 있는 다락방으로 바로 통했다. 지붕 다락방은 정면에 보이는 두 창문으로 드나드는 듯했다. 계단 아래는 〈노크하십시오〉라고 씌어 있는 문이 하나 있었다.

당느리는 노크하지 않았다. 솔직히 그는 주저했다. 밖에서 아를레트를 기다리는 일이 우선일 듯했다. 하지만 뭔가 알 수 없는 느낌이 들어 그 자리를 뜨지 못했다. 약속 장소가 너무 기묘했다. 병이 든 젊은 아가씨가 외떨어진 정비소 위의 지붕 다락방들 중 한 곳에 살고 있다는 사실이 너무도 이상했다. 순간 당느리는 아를레트에게 어떤 함정이 놓인 것은 아닐까 하는 예감이 들었고, 사건 배후에서 굉장한 속도로 공격을 퍼붓는 악당들을 떠올렸다. 오늘 오후 일찍부터 어떤 여자가 시의원을 매수하려다가 안 되자 시의원을 살해했다. 그로부터 두 시간이 흐른 지금, 아를레트를 함정으로 끌어들이는 음모가 진행되고 있다. 로랑스 마르탱, 트리아농 할멈, 다리를 저는 나이 든 남자가 행동 요원이고 앙투안 파주로가 대장인 음모…….

이 모든 생각이 떠오르자 당느리는 자신의 추측을 더 이상 의심하지 않았다. 그는 공범들이 이미 이곳에 있을 리가 없다고 단정했다. 안에서는 아무런 소리도 들리지 않았기 때문이다. 당느리는 당장 해야 할 일은 안에 들어가 숨어 있는 것이라고 결론 지었다.

당느리는 아주 천천히 문을 열려고 했다. 하지만 문은 열쇠로 잠겨 있었다. 문이 잠겨 있는 것으로 봐서 안에 분명히 사람이 없었다.

당느리는 만일의 위험은 생각지도 않는 듯 갈고리로 자물쇠를 열었다. 자물쇠 구조는 조금 복잡했다. 당느리는 힘을 줘 문짝을 연 후 얼굴을 먼저 들이밀고 안을 보았다. 정말 아무도 없었다. 정비 도구들과 차 부품들이 널린 가운데 석유통 열두 개 정도가 차곡차곡 쌓여 있을 뿐이었다.

요컨대 버려져서 휘발유 보관소로 이용되는 정비 공장인 것 같았다. 당느리는 어깨를 이용해 문을 더욱 세게 밀었다. 그런데 갑자기 가슴 한가운데 굉장한 충격이 느껴졌다. 바로 칸막이 벽에 고정되어 있으며 용수철로 작동하는 쇠로 된 손잡이 때문이었다. 문짝이 어느 정도 열리면 용수철 작용으로 쇠로 된 손잡이가 굉장히 세게 튀어 오르는 장치인 모양이었다.

당느리는 몇 초 동안 숨이 막혀 비틀거렸다. 그래서 버틸 힘을 모두 잃었다. 석유통 뒤에 숨어 염탐하던 상대방들에게는 이것만으로 충분했다. 여자 두 명과 나이 든 남자 한 명뿐이었지만 당느리의 팔과 다리를 묶고 입에 재갈을 물려 쇠로 만든 작업대 앞에 바짝 앉히고 그곳에 단단히 묶어 놓는 데 아무런 문제가 없었다.

당느리의 예상은 빗나가지 않았다. 바로 범인들이 아를레트를 잡기 위해 마련한 함정이었던 것이다. 그런데 당느리가 먼저 무턱대고 함정에 뛰어든 셈이다. 당느리는 트리아농 할멈과 로랑스 마르탱을 알아보았다. 나이 든 남자는 다리를 절지 않았지만 한눈에도 오른쪽 다리가 굽어 있다는 사실을 알 수 있었다. 그 남자는 필요할 경우 다리를 더욱 굽혀서 계속 절뚝거린다고 믿게끔 만들었다. 그는 바로 시의원을 살해한 자였다.

범죄자 세 명은 전혀 동요하지 않았다. 이미 그들은 이러한 범죄 행위에 익숙해져 있는 것 같았다. 그들은 예상하지 못했던 당느리의 공격을 막은 일에도 특별히 승리감을 느끼지는 않는 것 같았다.

트리아농 할멈은 몸을 숙여 당느리를 쳐다보고는 로랑스 마르탱에게로 다시 갔다. 당느리는 그녀들이 하는 대화 중 토막토막 몇 마디를 들었다.

「정말 이자예요?」

「그래. 이자가 네 가게에서 나를 귀찮게 했어」

「장 당느리라, 우리에게는 위험한 자예요. 라파예트가에서 베슈 반장과 함께 있었던 듯해요. 그들은 나를 감시했지만 다행히도 그들이 가까이 다가오는 발소리를 들었죠! 분명히 당느리는 아를레트 마졸과 약속했던 것이 틀림없어요!」

로랑스 마르탱이 중얼거렸다.

「어떻게 하면 좋지? 하지만 당느리가 아를레트와 약속을 했을 리는 없어」

트리아농 할멈이 말했다.

「뭐, 논의하고말고 할 것도 없어요」

로랑스가 은밀하게 말했다.

「뭐라고? 저런, 저자에게는 안됐군」

두 여자는 서로 쳐다보았다. 로랑스의 얼굴은 침울한 인상에 완고한 느낌을 주었다. 그녀가 덧붙였다.

「그런데 이자가 왜 우리의 일에 끼어드는 거죠? 언니의 가게에서, 그리고 라파예트가에서……. 그리고 여기서……. 정말 이자는 우리에 대해 너무도 많이 알고 있어요. 분명히 우리를 고발할 거예요. 아버지께 여쭤 봐요」

로랑스 마르탱이 아버지라고 부른 남자에게 의견을 물어볼 필요가 없었다. 무서운 얼굴에 흐릿한 눈빛, 게다가 나이를 먹어 수척해진 피부의 그 남자도 잔인한 범죄에 동조할 것 같았다. 그 남자의 존재가 가장 두려웠다. 당느리는 그 남자가 알 수 없는 뭔가를 준비하는 모습을 보자 그 남자가 르쿠르쇠 의원을 죽인 것처럼 자신을 잔인하게 죽일 것이라 예상했다.

일 처리가 다소 빠르지 않은 트리아농 할멈은 아주 낮은 목소리로 장황하게 설명했다. 로랑스는 초조해하다가 갑자기 말했다.

「바보 같은 행동도 적당히하세요! 항상 어중간하다니까요. 필요한 일을 해야 해요. 아버지와 우리가 말이죠」

「저자를 가두면 돼」

「미쳤군요. 저런 자를 말이에요!」

「그러면…… 어쩌자고?」

「그 여자처럼 해요, 그럼요……」

로랑스는 귀를 세우고 나무 칸막이 벽에 뚫린 구멍을 통해서

밖을 내다보았다.

「이쪽으로 오는군요. 길 끝에서요……. 이제 각자 자신이 맡은 역할을 해요, 알겠죠?」

세 명 모두 입을 다물었다. 당느리는 공범 세 명을 정면으로 바라보며 그들의 모습이 상당히 비슷하다는 점을 깨달았다. 특히 단호한 표정을 지을 때가 비슷했다. 그들은 음모와 범죄 속에서 행동하는 이들이었고 술책과 실행에 익숙한 사람들이었다. 당느리는 두 여자가 자매이고 늙은 남자가 아버지라고 확신했다. 특히 늙은 남자는 당느리를 두렵게 만들었다. 그 늙은 남자는 실제의 삶이 아니라 누군가가 미리 짜 놓은 삶을 사는 듯이, 기계적으로 움직였다. 그의 얼굴은 턱이 각지고 쭈글쭈글하며 넓적했다. 그의 얼굴에 악의와 잔인함은 없었다. 그저 깎다 만 돌덩어리 같았다.

그때, 문 앞에 붙은 문구대로 누가 문을 두드렸다.

로랑스 마르탱이 문에 바짝 붙어 귀를 기울인 후 문을 열었다. 그러고는 방문한 여자를 밖에 세워 두고 흥분한 목소리로 이야기했다.

「어머, 마졸 양 아니세요? 여기까지 와 주시다니 감사합니다. 딸아이는 위층에 있어요. 올라가 보세요……. 그애가 아가씨를 보면 무척이나 기뻐할 겁니다! 2년 전에 뤼시엔 우다르라는 같은 의상실에 계셨다고요? 아, 기억 나지 않으세요? 아! 그래도 딸아이는 아가씨를 잊지 않았답니다!」

아를레트가 뭐라고 대답하는 소리가 들렸지만 무슨 말인지는 전혀 들리지 않았다. 맑고 순수한 아를레트의 목소리에서 두려움은 전혀 느껴지지 않았다.

로랑스 마르탱이 밖으로 나가 아를레트를 위층으로 데리고 갔다. 트리아농 할멈이 안에서 외쳤다.

「같이 갈까?」

「아뇨, 괜찮아요」

로랑스가 말했다. 마치 〈아무도 필요 없어. 혼자서도 충분히 처리할 수 있다고.〉라는 말처럼 들렸다.

계단을 밟고 올라가는 발 아래에서 계단이 삐거덕거리는 소리가 들렸다. 계단을 하나씩 올라갈 때마다 아를레트에게는 위험과 죽음이 다가서고 있었다.

하지만 당느리는 아직 극한의 두려움을 느끼지 못했다. 범인들이 자신을 제거하지 않은 걸로 봐서는 범죄 계획을 실행하기 위해 어느 정도 시간이 필요하다는 생각이 들었으며, 범인들이 행동을 빨리 취하지 않는 것에서 조금 희망을 느꼈기 때문이다.

머리 위에서 발소리가 들렸다. 그리고 갑자기 찢어지는 듯한 비명소리가 들렸다. 비명소리는 점점 약해지다 곧 아무런 소리도 들리지 않게 되었다. 소란은 그리 오래가지 않았다. 당느리는 아를레트가 자신처럼 결박을 당하고 입에 재갈이 물려졌다고 생각했다.

「불쌍한 아를레트!」

당느리가 중얼거렸다.

잠시 후에 계단이 다시 삐걱거리며 로랑스 마르탱이 들어왔다.

「됐어요. 쉽게 됐어요. 여자는 곧바로 졸도했어요」

로랑스 마르탱이 말했다.

「잘됐어. 여자가 곧바로 깨어나지 않는다면 잘된 거야. 여자는 마지막 순간에야 상황을 알게 될 테니까」

트리아농 할멈이 말했다.

당느리는 소름이 끼쳤다. 이들이 원하는 결말, 그리고 자신에게 다가올 고통을 어떤 말로도 명확하게 표현할 수 없었다. 당느리의 예감은 정확했다. 특히 그는 고물 장수 할멈이 몸서리를 치는 모습에서 확신했다.

「결국, 뭐죠? 억지로 여자가 고통받게 할 필요는 없잖아요. 왜 여자를 끝장내지 않는 거죠? 아버지도 그렇게 생각하지 않으세요?」

로랑스가 조용히 밧줄을 내밀었다.

「쉬워요. 여자의 목에 밧줄을 두르기만 하면 돼요……. 목을 베는 것이 싫다면요」

마르탱이 트리아농 할멈에게 조그만 칼을 주면서 제안했다.

「난 안 해요. 아무렇지도 않게 할 수 있는 일은 아니니까」

트리아농 할멈은 잠자코 있었다. 그리고 공범들은 자리를 뜰 때까지 한마디도 하지 않았다. 하지만 지체하지는 않았다. 그리고 위층에서 아를레트가 꼼짝도 할 수 없는 틈을 이용해 두 여자가 〈아버지〉라고 불렀던 늙은 남자는 계속 작전을 수행했으며 약삭빠르게 행동했다. 두려워하던 위협이 구체적으로 나타났다. 당느리는 냉혹하고 끔찍한 현실을 피할 수 없었다.

늙은 남자는 작업장 주변에 휘발유가 담긴 통을 두 줄로 세웠다. 그가 끙끙대며 나르는 모습을 보니 통에는 분명 휘발유가 가득했다. 그는 휘발유 통의 마개를 열고 통 안에 들어 있던 휘발유를 칸막이 벽과 마루 판에 뿌렸다. 그러나 3미터 길이에 걸쳐 문으로 통하는 공간에만 휘발유를 뿌리지 않았다. 이렇게 그는 휘발유 통을 쌓아 놓은 곳에서 작업장 한가운데로 통하는 통로를 마련한 셈이었다.

그는 로랑스 마르탱이 건네준 긴 밧줄을 석유통 하나에 넣어서 적셨다. 늙은 남자와 로랑스 마르탱은 통로를 따라 밧줄을 내려 놓았다. 늙은 남자는 밧줄 끝을 타래로 만든 뒤 주머니에서 성냥을 꺼내 불을 붙였다. 불이 붙자, 남자는 다시 일어났다.

오랜 범죄 경력을 통해 방화를 저질러 왔고, 방화 그 자체보다는 범죄를 완벽하게 끝내는 것을 즐기는 남자는 모든 일을 체계적으로 수행했다. 그는 일을 마무리하고자 일종의 〈공〉을 들였다. 모두 예상대로 되었다. 이제 악당 세 명은 유유히 자리를 뜨기만 하면 되었다. 이들은 뒤에 있는 문의 자물쇠를 열쇠로 연 후 자리를 떠났다. 그들은 계획대로 일이 진행되도록 손을 썼다. 피할 수 없는 끔찍한 범죄가 완성될 것이다. 이 너저분한 건물은 마른 나뭇가지처럼 불에 탈 것이다. 아를레트는 잿더미 속에서 신원 미상의 불에 탄 뼛조각 몇 개로 발견될 것이다. 누가 이 사건을 방화라고 예상할 수 있을까?

밧줄 끝에 불이 붙었다. 당느리는 12~15분 사이에 끔찍한 일이 발생할 것이라고 예측했다. 당느리는 처음 결박을 당했을 때부터 몸을 묶은 끈을 풀기 위해 안간힘을 썼다. 그는 몸을 구부렸다가 힘을 주며 폈다. 하지만 매듭이 너무 꽉 묶여 있어서 당느리가 아무리 애써도 더욱 조여 들기만 했다. 계속된 노력에 끈이 살을 파고들 뿐이었다. 별의별 방법을 써 봐도 소용없었다. 비슷한 상황을 대비해 밧줄을 푸는 갖가지 연습을 한 적이 있으나 지금은 밧줄 매듭을 풀러 낼 수가 없었다. 불가사의한 기적이 없는 한 폭발이 일어날 것이다.

당느리는 몹시 괴로웠다. 바보처럼 덫에 걸렸을 뿐 아니라 아무엇도 할 수 없다는 사실에 절망했다. 아를레트가 죽을 위험에 처해 있다는 사실에 절망했다. 그는 이 끔찍한 사건을 전혀 이해하지 못해 분노했다. 앙투안 파주로와 공범 세 명 사이에 모종의 관계가 있다는 사실은 재론의 여지가 없었다. 범인들의 두목이자 늙은 남자를 행동 요원으로 둔 파주로는 어떤 이유에서 이 끔찍한 살인을 지시했을까? 지금까지 파주로는 이 젊은 여성의 사랑을 얻기 위해 계획을 세운 듯했는데, 이제 계획이 바뀌어서 그녀를 살해하는 일을 허락한 것일까?

밧줄 끝이 타 들어갔다. 뱀처럼 작은 불길이 지체 없이 줄을 따라 목표 지점을 향해 타 들어갔다. 타 들어가는 불길의 방향은 무엇으로도 빗나가게 할 수 없었다. 아를레트는 기절한 채 위층에서 죽음만 기다리고 있었다. 그녀는 깨어나서 가장 먼저 불을 볼 것이다.

〈7분 남았어. 아, 이제 6분 남았군…….〉

당느리가 두려워하며 생각했다.

당느리는 밧줄을 약간 느슨하게 하는 데 겨우 성공했다. 그 틈에 입에 물린 재갈이 떨어졌다. 당느리는 소리를 지를 수가 있었다. 아를레트를 부를 수 있었고, 그녀를 향한 감미로운 모든 감정과 이제까지 몰랐던 풋풋하고 진실한 사랑을 모두 말할 수 있었다. 하지만 주변의 모든 것이 무너지려 하는 순간에 마음속 깊이 간직한 감정을 말한다 한들 무슨 소용이 있는가? 아를레트가 정신을 잃고 있다면, 끔찍한 위협과 코앞에 다가온 현실을 알려 줘 봐야 무슨 소용이 있는가?

하지만, 아니다. 당느리는 믿음을 버리고 싶지 않았다. 분명 기적이 일어날 것이다. 이미 여러 차례 사면초가에 몰려 아무것도 할 수 없을 때, 꼼짝없이 죽을 순간에도 놀라운 기적의 도움을 받은 적이 있지 않았던가! 이제 3분 남았다. 늙은 남자가 취한 방법에도 어쩌면 허점이 있지 않을까? 불이 붙은 밧줄 끝이 이미 철통에 가까이 오기는 했지만 혹시 철통을 따라 올라가다가 밧줄에 붙은 불이 꺼지지 않을까?

당느리는 있는 힘을 다해 자신을 옭아맨 밧줄을 풀려고 애썼다. 마지막 희망은 팔과 가슴에서 나오는 초인적인 힘에 있었다. 밧줄이 잘 풀릴까? 당느리, 그 자신에게서 기적이 나오지 않을까? 분명 당느리가 예상치 못했던 이곳저곳에서 기적이 나왔다. 그때 갑자기 골목에서 급히 달려오는 발소리가 들렸다. 그리고 「아를레트! 아를레트!」라고 소리쳐 부르는 목소리가 들렸다.

누군가 아를레트를 도우러 왔다. 이 목소리에 용기를 얻은 당느리는 곧 몸을 묶고 있는 밧줄에서 풀려날 수 있다고 생각했다. 문이 흔들렸다. 하지만 열리지 않자 누군가 발길질과 주먹질로 문을 두드렸다. 널빤지 하나가 떨어지며 구멍이 생겼다. 자물쇠가 있는 곳 언저리에 생긴 구멍으로 팔이 쑥 들어왔다. 당느리는 팔이 움직이는 모습을 보자 소리쳤다.

「소용없습니다. 문을 미세요! 자물쇠는 꿈쩍도 안 합니다. 서두르십시오!」

금세 자물쇠가 튕겨져 나갔고 문이 반쯤 부서졌다. 누군가가 작업실로 들어왔다. 바로 앙투안 파주로였다.

파주로는 단번에 위험을 감지해 석유통 위로 올라갔다. 그리고 불이 타올라 석유통에 닿으려는 순간 발길로 석유통을 멀리 차버렸다. 그는 신발 굽으로 밟아서 남은 불꽃을 껐고 가운데에 쌓여 있는 다른 석유통들을 조심스럽게 떨어뜨려 놓았다.

장 당느리는 밧줄을 풀기 위해 필사적으로 노력했다. 밧줄을 푸는 데 파주로의 도움을 받고 싶지는 않았다. 하지만 불행히도 파주로가 몸을 숙여서 당느리의 밧줄을 끊었다. 그리고 당느리의 얼굴을 보며 중얼거렸다.

「아! 당신이군요?」

당느리는 묶여 있던 밧줄로부터 자유로워지자 어쩔 수 없이 「감사합니다. 몇 초만 늦었어도 끝장일 뻔했는데」라고 말할 수밖에 없었다.

「아를레트 양은요?」

파주로가 물었다.

「위층에 있습니다」

「살아 있습니까?」

「예」

두 사람은 곧장 바깥 계단을 뛰어 올라갔다.

「아를레트! 아를레트! 제가 왔습니다. 두려워할 것 없어요」

파주로가 외쳤다.

문은 창고 문보다 굳게 잠겨 있지 않았다. 두 사람은 쉽게 비좁은 다락으로 들어갔다. 아를레트는 가죽 끈으로 침대에 묶인 채 입에는 재갈이 물려 있었다.

두 사람은 서둘러 가죽 끈을 풀었다. 아를레트는 초점을 잃은 표정으로 두 사람을 쳐다보았다. 파주로가 설명했다.

「우리는 각자 당신이 이곳에 있다는 것을 알고 이리로 달려왔어요……. 그런데 너무 늦게 도착해 범인들을 놓쳤습니다. 다친 데는 없습니까? 너무 무섭지 않았나요?」

그는 범인들이 아를레트를 제거하려고 했던 끔찍한 계획과 위기에 처한 당느리를 구해 준 일에 대해서는 언급하지 않았다.

아를레트는 대답 대신 눈을 감았다. 그녀의 손이 떨렸다.

잠시 후 두 사람은 아를레트가 중얼거리는 소리를 들었다.

「아뇨, 너무 무서웠어요……. 또 한번 공격을 받다니……. 도대체 누가 제게 앙심을 품고 있는 거죠?」

「누가 당신을 이 주차장으로 유인했습니까?」

「어떤 여자가요……. 그 여자는 이 방으로 저를 데리고 올라와서는 절 덮쳤죠……」

두 남자가 곁에 있었지만, 아를레트는 여전히 떨고 있었다. 그녀는 두려움 때문에 몹시 괴로워했다.

「처음에 봤던 그 여자였어요. 오! 확실해요. 그때 그 여자예요……. 그녀의 행동, 저를 묶던 움직임, 목소리를 기억해 냈어요. 차 안에 있던 그 여자예요. 그 여자, 그 여자……」

아를레트는 갑자기 기운이 빠졌는지 더 이상 아무 말도 하지 않았다. 두 사람은 잠시 아를레트를 가만히 놔두었다. 두 남자는 지붕 위 다락방 앞에 놓인 좁은 계단에서 나란히 섰다.

장 당느리는 앙투안 파주로를 이토록 증오해 본 적이 없었다. 당느리는 파주로가 자신과 아를레트를 구했다는 사실 때문에 화가 났다. 그는 이제까지 느끼지 못한 강한 모욕감이 들었다. 앙투안 파주로는 이번 사건의 주모자인데도 사건은 모두 그에게 유리한 방향으로 돌아갔다.

「아를레트 양은 생각했던 것보다 침착하군요. 그녀는 어떤 위험을 겪었는지 알지 못합니다. 그녀가 사실을 알아서는 안 됩니다」

파주로가 조용히 말했다.

파주로는 당느리와 이미 직접 만난 적이 있는 것처럼, 그리고 서로가 상대방이 알고 있는 사실을 모두 안다는 듯이 말했다. 파주로에게는 당느리에게 도움을 주었다는 사실을 상기시키며 우쭐대는 모습은 전혀 찾아볼 수 없었다. 파주로는 여느 때처럼 희미한 미소를 띤 호감 가는 얼굴에 침착한 표정을 지었다. 적어도 파주로에게는 당느리와 결투를 하고 경쟁을 한다는 느낌은 전혀 나타나지 않았다.

하지만 장 당느리는 분노를 억제하지 못하고 다른 적에게 하듯 곧장 싸움을 걸었다. 그는 앙투안의 어깨를 꽉 눌렀다.

「얘기 좀 합시다, 괜찮죠? 마침 얘기할 기회가 생겼군요」

「그러죠. 하지만 싸우는 소리가 들리면 아를레트 양에게 좋지 않을 겁니다. 정말 싸움을 하고 싶으신 겁니까? 이런, 놀라운걸요」

앙투안은 낮은 소리로 말했다.

「아뇨, 싸우자는 것이 아닙니다」

말을 그렇게 해도 태도는 여전히 공격적이었다.

「제가 하고자 하는 것은…… 제가 원하는 것은 해명입니다」

「무엇에 대해서 말입니까?」

「당신의 행동에 대해서요」

「제 행동은 분명합니다. 숨길 것이 전혀 없죠. 당느리 씨의 질문에 대답한다면, 제가 보니 아를레트에 대한 제 애정은 아를레트에 대한 당느리 씨의 우정과 비슷한 데가 있어요. 자, 질문하시죠」

「그러죠. 우선 트리아농 가게에서 당신을 본 적이 있는데 그때 거기서 무엇을 하신 겁니까?」

「알고 계실 텐데요」

「제가 안다고요? 어떻게요?」

「저를 통해서요」

「당신을 통해서라고요? 당신과 얘기하는 건 이번이 처음입니다」

「제 말을 들은 것은 이번이 처음이 아닐 텐데요」

「그러면 어디에서 말입니까?」

「멜라마르 백작 저택에서요. 베슈 반장과 함께 저를 뒤쫓았던 저녁에 말입니다. 질베르트 드 멜라마르 백작 부인이 비밀을 털어놓고 제가 설명을 하는 동안 두 분은 태피스트리 뒤에 숨어 계셨죠. 두 분께서 옆방에 계셨을 때 태피스트리가 움직였습니다」

당느리는 약간 움찔했다. 그러면 그 어느 것도 이자의 눈을 피해갈 수 없는 걸까? 당느리는 심각한 목소리로 계속 물었다.

「그러면 파주로 씨는 본인의 목표와 제 목표가 같다고 보십니까?」

「사실이 증명하지 않습니까. 저도 당느리 씨처럼 다이아몬드들을 훔친 사람들과 제 친구 멜라마르 백작을 괴롭히고 아를레트 마졸 양을 악착스럽게 쫓아다니는 사람들을 찾고자 노력하고 있습니다」

「그 사람들 중에 고물 장수인 트리아농 할멈도 있습니까?」

「예」

「그러면 어째서 당신은 할멈과 서로 저를 주의하라는 경고의 눈길을 주고받았나요?」

「당느리 씨께서는 저희들이 주고받은 눈길을 경고의 의미로 받아들이셨군요. 사실 할멈을 관찰하고 있었습니다」

「그렇다고 칩시다. 그런데 할멈이 가게 문을 닫고 사라졌습니다」

「우리 모두에게 도전장을 내밀었기 때문이죠」

「파주로 씨의 말에 따르면 공모입니까?」

「예」

「그렇다면 이 공모는 르쿠르쇠 시의원 살해와도 무관하지 않겠군요」

앙투안 파주로는 소스라치게 놀랐다. 그는 의원이 살해된 사실을 모르고 있는 듯했다.

「뭐라고요! 르쿠르쇠 의원이 살해당했다고요?」

「살해된 지 세 시간밖에 안 됐습니다」

「세 시간이오? 르쿠르쇠 의원이 살해당했다고요? 끔찍하군요!」

「의원과 잘 알고 있었나 보군요?」

「이름만 압니다. 하지만 우리의 적이 그를 만나 뇌물을 제공해 도움을 얻으려 했다는 사실은 알고 있습니다. 적들이 무슨 일을 꾸미는지 안심이 되지 않았죠」

「이 경우 적들이 자발적으로 행동했다고 확신합니까?」

「확신합니다」

「범인들은 돈이 있었습니까, 수표 오십 장을 줄 정도로요?」

「당연하죠! 다이아몬드 하나만 팔아도 되니까요!」

「그들의 이름은요?」

「모르겠습니다」

「일부분만이라도 알려 드리죠. 트리아농 할멈의 동생이 있는데 로랑스 마르탱이란 여자이고 가게를 임대했습니다……. 그리고 다리를 저는 늙은 남자도 있죠」

당느리가 파주로를 보며 말했다.

「바로 그렇습니다! 바로 그래요! 여기서 그 세 사람을 만난 거군요, 그렇죠? 그들이 여기서 당느리 씨를 묶었습니까?」

앙투안 파주로가 재빨리 물었다.

「그렇습니다」

파주로의 표정이 어두워졌다.

「안타깝군요! 너무 늦게 알았습니다……. 반드시 그들을 잡겠습니다」

「그건 경찰들이 할 일입니다. 베슈 반장이 이미 공범 세 명을 모두 알고 있습니다. 세 사람은 베슈 반장의 눈을 피할 수 없을 겁니다」

「잘됐군요! 그 세 사람은 무서운 악당들입니다. 교도소에 가두지 않는다면 그들은 조만간 아를레트를 죽이고 말 겁니다」

파주로가 하는 모든 말은 가슴에서 우러나오는 진심인 듯했다. 파주로는 주저하지 않고 질문에 대답했고 사건들과 이에 대한 파주로의 대답 사이에 모순되는 점은 전혀 없었다. 파주로는 아주 자연스럽게 설명했다.

〈정말 위선적인 인간이군!〉

당느리가 생각했다.

그는 파주로를 고소하겠다고 단단히 마음먹었지만 그의 정연한 논리와 솔직함에는 당황했다.

사실, 당느리는 아를레트가 겪은 이번 새로운 사건도 앙투안 파주로가 구원자처럼 아를레트 앞에 나타나기 위해 그와 공범 세 명이 꾸민 일이라고 생각했다. 그렇지만 파주로는 왜 이런 방법으로 등장했을까? 왜 아를레트는 그를 보고 놀라지도 않았을까? 그리고 왜 파주로는 아를레트에게 자신의 등장을 알리지 않으려고 조심스러워했을까?

당느리는 느닷없이 파주로에게 물었다.

「아를레트를 사랑합니까?」

「정말로 사랑합니다」

파주로가 열정적으로 말했다.

「그러면, 아를레트도 파주로 씨를 사랑합니까?」

「그렇다고 생각합니다」

「무엇 때문에 그렇다고 생각합니까?」

파주로가 우쭐하지 않고 부드럽게 미소 지으며 대답했다.

「왜냐하면 아를레트 양이 제게 그녀의 사랑을 증명하는 최고의 증거를 보여 주었으니까요. 우린 약혼했습니다」

「뭐라고요? 약혼을 했다고요?」

당느리에게는 겉으로 침착함을 유지하며 이 말을 하는 데 대단한 노력이 필요했다. 그는 마음속 깊이 상처를 받았다. 그는 주먹을 꽉 쥐었다.

「예, 어제 저녁부터 약혼한 사이죠」

파주로가 말했다.

「하지만 아까 마졸 부인을 만났는데 제게 그런 얘기를 하시지 않더군요」

「마졸 부인은 모르십니다. 아를레트가 아직 어머니께는 말씀드리고 싶어하지 않거든요」

「하지만 마졸 부인이 들으면 기뻐할 소식일 텐데요」

「예, 하지만 아를레트는 어머니께 말씀드리려고 조금씩 준비하고 있습니다」

「그러니까 마졸 부인께서 모르는 사이에 모든 일이 일어난 거군요?」

「예」

당느리는 신경질적으로 웃기 시작했다.

「그런데 마졸 부인께서는 아를레트가 남자와 약속을 하고 만날 리가 없다고 말씀하시던데요! 얼마나 실망하시겠습니까!」

앙투안 파주로는 진지하게 말했다.

「우리는 마졸 부인이 아시면 흡족해하실 장소와 사람들 앞에서 약혼을 맹세했습니다」

「아! 누구 앞에서요?」

「멜라마르 백작 저택에서 질베르트 백작 부인과 오빠인 백작님 앞에서요」

당느리는 깜짝 놀랐다. 멜라마르 백작이 저 파주로라는 남자와 아를레트의 사랑을 지켜 주었다니, 사생아이자 모델인 데다가 품행이 단정하지 않은 두 언니를 둔 아를레트와! 무엇 때문에 백작 남매는 이토록 관대함을 베푼 것일까?

「백작 남매도 아를레트에 대해 알고 있습니까?」

「예」

「허락하던가요?」

「전적으로 허락했습니다」

「정말 축하드립니다. 그렇게 백작 남매의 지지를 받으시다니 걱정할 일은 없겠군요. 게다가 백작도 파주로 씨에게 많은 도움을 받고 있죠. 파주로 씨는 백작 남매의 오랜 친구니까요」

「백작 남매와 친하게 지내는 데에는 다른 이유가 있습니다」

「뭔지 여쭤 봐도 될까요?」

「물론입니다. 아시겠지만 자칫하면 백작님과 백작 부인은 두려운 기억 속에서 서로 헤어나지 못할 뻔했어요. 100년 전부터 불행한 운명이 백작 가문을 짓누르고 있고 백작 집안이 계속 그 저택에 살고 있기 때문에 불행한 운명이 그들 집안을 떠나지 않고 있는 듯했죠. 백작 남매는 이 불행한 운명 때문에 결국 돌이키기 어려운 결정을 내리게 되었습니다」

「어떤 결정이요? 더 이상 그 저택에 살려고 하지 않습니까?」

「백작 남매는 멜라마르 가문의 저택을 더 이상 소유하고 싶어 하지도 않고 있습니다. 저택이 백작 남매에게 불행을 끌어들였으니까요. 그래서 백작님과 백작 부인께서는 저택을 팔 겁니다」

「그럴 리가요?」

「거의 이루어진 일이죠」

「저택을 사겠다는 사람이 나타났습니까?」

「예」

「누구죠?」

「접니다」

「파주로 씨가요?」

「네. 전 아를레트와 그 저택에서 보금자리를 꾸미려고 합니다」

아를레트의 약혼식

마치 숙명이라도 되는 듯 앙투안 파주로는 장 당느리에게 계속 놀라움을 안겨 주었다. 파주로는 자신과 아를레트의 관계, 그들의 갑작스런 결혼, 생각지도 못했던 저택 구입, 그 많은 반전들이 마치 일상생활에서 가장 평범한 일인 양 발표해 댔다.

며칠 동안 당느리는 상황이 얼마나 심각한지 알 수 없어 좀더 올바르게 판단해 보고자 스스로 물러나 있었고, 그동안 적은 주어진 시간을 이용해 전선을 더욱 밀고 나왔다. 정말로 적일까? 그리고 앙투안과 당느리가 아를레트를 사이에 두고 벌이는 사랑의 경쟁이 결투로 이어질까?

당느리는 확실한 증거가 전혀 없으며 오로지 자신의 직관에 따라서만 행동했다고 고백해야 했다.

「매매 계약에는 언제 서명합니까? 결혼은 언제죠?」

당느리가 농담하듯 물었다.

「서너 주 내에 합니다」

당느리는 자신의 의지와는 상관없이 제멋대로 인생에 들어온 이 침입자의 멱살이라도 잡아야 속이 시원할 것 같았다. 마침 그때 당느리는 아를레트가 창백하면서 아주 불안해 보이지만 그래도 꿋꿋해 보이는 얼굴로 일어나는 모습을 보았다.

「여기서 나가요. 여기에 더 이상 있고 싶지 않아요. 무슨 일이 일어났는지 알고 싶지도 않고요. 어머니께서 이 사실을 모르시면 좋겠어요. 나중에 이 일에 대해서 얘기해 주세요」

아를레트가 말했다.

「나중에 얘기해 드리죠. 그런데 그동안 적들의 공격으로부터 당신을 보호한 것보다 더욱 철저하게 당신을 보호해야 합니다. 그러려면 한 가지 방법밖에 없어요. 바로 파주로 씨와 제가 서로 협의하는 거죠. 파주로 씨, 그러는 게 좋겠죠? 우리가 서로 의견 일치를 본다면 아를레트 양은 안전할 겁니다」

당느리가 말했다.

「물론이죠. 제가 거의 진실을 밝혀 냈다는 것만 믿어 주십시오」

「우리 둘이서 진실을 밝혀 낼 겁니다. 제가 알고 있는 모든 사실을 파주로 씨에게 말씀드릴 테니 파주로 씨도 알고 있는 사실을 숨기지 말고 제게 이야기해 주십시오」

「전 숨기는 것이 전혀 없습니다」

파주로가 말했다.

당느리는 파주로에게 과감히 손을 내밀었다. 이에 질세라 파주로도 손을 덥석 내밀었다.

「파주로 씨를 오해했습니다. 아를레트가 선택한 남자라면 그녀와 어울리는 사람이 아니겠습니까」

당느리가 말했다.

두 사람 사이에 동맹이 맺어졌다. 장 당느리는 악수를 했지만 이렇게 가라앉을 줄 모르는 증오와 복수심이 담긴 악수를 한번도 한 적이 없었고 적이 이처럼 진실하고 솔직하게 그의 제안을 받아들인 적도 없었다.

당느리, 파주로, 아를레트는 차고 앞으로 다시 내려왔다. 아를레트는 너무도 피곤한 나머지 걸을 수 없어 파주로에게 차를 찾아봐 달라고 부탁했다. 파주로가 나가고 단둘이 있게 되자 아를레트는 당느리에게 말을 꺼냈다.

「당느리 씨에게는 죄송한 점이 많아요. 여러 가지 일을 당신에게는 알리지도 않고 했어요. 불쾌하신 일도 많았을 거예요」

「내가 왜 불쾌하겠어, 아를레트? 넌 멜라마르 백작 남매를 구하는 데 도움을 줬어……. 내가 하려고 했던 일이 바로 백작 남매를 구하는 일이잖아? 또 한편으로 파주로 씨는 네 마음에 들려고 애썼고 그래서 그와 약혼하기로 한 거지. 그건 네 권리야」

아를레트는 아무 말도 하지 않았다. 날이 어두워졌다. 어둠 때문에 당느리는 아를레트의 아름다운 얼굴을 겨우 볼 수 있었다.

당느리가 물었다.

「행복하지?」

아를레트가 말했다.

「당신이 계속 제 친구로 남아 주신다면 정말 행복할 거예요」

「내가 네게 품고 있는 감정은 우정이 아냐, 아를레트」

당느리는 아를레트가 대답을 하지 않자 계속 말했다.

「내가 하고자 하는 말을 이해하겠지, 아를레트?」

「이해해요. 하지만 믿지는 않아요」

아를레트가 중얼거렸다.

그러자 당느리가 가까이 다가왔다. 아를레트가 다시 말했다.

「아뇨, 아뇨, 다음에 얘기해요」

「넌 정말 사람을 당황스럽게 하는군, 아를레트. 널 처음 봤을 때 내가 이미 얘기했지만 네 곁에는 숨겨진 뭔가와 비밀이 느껴져……. 이번 사건을 미궁 속으로 몰고 가는 것과 함께 또 다른 비밀스러운 뭔가가 있지」

「제겐 어떤 비밀도 없는걸요」

아를레트가 말했다.

「아니, 아니. 네 비밀을 풀어 주겠어. 이와 함께 네 적이 누구인지도 말해 주겠어. 네 적들을 이미 알고 있으니까……. 감시도 했고……. 아를레트, 그중 특히 가장 위험하고 가장 위선적인 적은……」

당느리는 자칫 파주로를 비난할 뻔했다. 그리고 확실하지는 않지만 아를레트가 자신의 말을 기다리는 것처럼 느껴졌다. 하지만 당느리는 그냥 입을 다물었다. 증거가 불충분했기 때문이다.

「결말이 가까이 다가왔지만 서두르지는 않겠어. 그럼, 집으로 돌아가. 아를레트, 한 가지 약속만 해 줘. 필요하다면 언제든지 날 다시 보러 와. 그리고 때가 되면 멜라마르 백작 남매 집에서 날 손님으로 맞도록 해 줘. 지금 그 집에서 널 맞아 주듯이 말야」

당느리가 말했다.

「약속할게요……」

파주로가 돌아오고 있었다.

「한마디만 더 할게. 넌 진정한 내 친구지?」

「가장 진정한 친구죠」

「그러면 나중에 봐, 아를레트」

골목 끝에 차 한 대가 섰다. 파주로와 당느리는 다시 한번 악수를 했다. 아를레트는 약혼자인 파주로와 함께 차를 타고 떠났다.

두 사람이 시야에서 사라지자 당느리가 혼잣말을 했다.

「그래, 신사인 척하는 양반. 당신보다는 내가 훨씬 더 어려운 일을 겪었지. 신께 맹세하건대 당신은 내가 사랑하는 여자와 결혼하지 못할 것이며 멜라마르 가문의 저택에서도 살지 못할 것이고, 다이아몬드들이 달린 코르셋도 돌려주게 될 거야」

10분 뒤 바로 그 장소에서 베슈 반장은 생각에 잠겨 있던 당느리를 발견했다. 베슈 반장은 헐떡거리며 서둘러 왔다. 부하 경찰 두 명을 대동한 채였다.

「새로운 소식이 있네. 라파예트 거리에서 얻은 소식인데 로랑스 마르탱이 그 근처에 온 적이 있다고 하더군. 얼마 전에 그 부근에 차고를 빌렸다고 하더라고」

「대단하군, 반장」

당느리가 말했다.

「뭐가?」

「결국에는 목표에 이르니까 말일세. 항상 한발 늦기는 하지만…… 정말로 목표에 이르는군」

「무슨 말을 하고 싶은 건가?」

「아무것도 아니네. 쉴 새 없이 범인들을 쫓아다녀야 하는 것만 제외하면, 뭐. 그 사람들을 통해서 두목에 대해 알아낼 거야」

「그러니까 두목이 있다는 건가?」

「그렇다네. 베슈 반장. 아주 사악한 영혼을 가진 남자야」

「뭐라고?」

「신사의 얼굴을 하고 있지」

「앙투안 파주로 말이야? 아직도 그 사람을 의심하나?」

「의심이 더욱 확고해졌다네, 베슈 반장」

「그렇다면 내가 보기에는 자네가 정말 큰 실수를 저지르고 있는 것 같네. 난 관상에 대해서는 틀린 적이 없어」

「그럼 내 관상도 훤히 꿰뚫어 보겠군」

당느리가 야유하듯 말하며 자리를 떴다.

르쿠르쇠 시의원 살해 사건과 사건이 발생한 상황이 알려지자 여론이 동요했다. 베슈 반장의 발표로, 시의원 살해 사건은 다이아몬드 코르셋 도난 사건과 관련이 있고 경찰이 찾고 있는 고물 장수 가게에는 로랑스 마르탱이라는 이름의 입주자가 있으며 이 로랑스 마르탱이라는 여자가 르쿠르쇠 의원이 만난 여자라는 사실이 알려졌다. 그러자 잠잠해지던 여론이 다시 깨어났다.

온통 로랑스 마르탱, 다리를 저는 남자, 공모와 살인 사건에 관한 얘기뿐이었다. 범인이 르쿠르쇠 의원을 살해한 동기는 밝혀낼 수 없었다. 로랑스 마르탱이 의원을 매수해 영향력을 행사하려 했던 보고서가 무엇인지 알아내지 못했기 때문이다. 하지만 이 모든 사건이 실제 범죄에 능숙하게 단련된 사람들이 철저하게 계획한 범죄이기 때문에, 다이아몬드 코르셋 도난 사건을 계획하고 백작 남매를 대상으로 풀기 힘든 음모를 꾸민 범인들과 동일범의 소행임이 확실했다. 로랑스, 늙은 남자, 고물 장수, 이 세 명은 며칠 만에 유명해졌다. 이들을 체포할 날이 얼마 남지 않은 듯했다.

당느리는 매일 멜라마르 백작 저택에서 아를레트를 다시 만났다. 질베르트는 당느리가 자신을 탈출시켰던 대담함과 자신을 도왔던 일을 잊지 않고 있었다. 아를레트의 권고로 당느리는 질베르트와 백작으로부터 최고로 열렬한 환대를 받았다. 백작 남매는 저택을 팔고 파리를 떠나겠다는 결심을 바꾸지는 않았지만, 삶의 의욕을 되찾았다. 백작 남매는 살기 위해 저택을 떠나야겠다고 판단했고 집안 대대로 살았던 오래된 저택을 가혹한 운명에 희생물로 바치는 일을 마땅한 의무로 생각했다.

오랜 세월 동안 쌓였던 백작 남매의 근심은 아를레트와 파주로를 만나면서 사라졌다. 아를레트는 100년 전부터 버려져 있던 이 저택을 우아함, 젊음, 금발의 찬란함, 바른 성품, 폭발적인 열정으로 채웠다. 아를레트는 자신도 알지 못하는 가운데 아주 자연스럽게 질베르트와 백작의 사랑을 받았다. 당느리는 그제야 왜 백작 남매가 아를레트와 파주로의 결혼을 허락했는지 이해할 수 있었다. 백작 남매는 아를레트를 행복하게 해 주기 위해, 또한 자신들이 은인으로 생각하는 파주로가 아를레트와 결혼하고 싶어 하는 바람을 이루기 위해 좋은 일을 한다는 생각으로 이들의 결혼을 돕는 것이었다.

항상 쾌활하고 명랑하며 활달한 파주로는 백작 남매에게 막대한 영향력을 행사했다. 아를레트도 마찬가지로 그의 영향을 받았다. 정말로 파주로는 딴 뜻이 없이 그저 편안하고 안락한 삶을 즐기는 것처럼 보였다.

하지만 당느리는 굉장히 불안한 눈으로 아를레트를 지켜봤다. 아를레트와 당느리는 르발루아 정비소 앞에서 애정 어린 대화를 주고받았지만, 그들 사이에는 뭔가 거북함이 있었다. 당느리는 그 거북함을 극복하려 애쓰지 않았다. 당느리는 그도 모르는 동안에 아를레트가 거북함을 간직하고 있으며 사랑에 빠진 사람이

나 곧 결혼을 앞둔 여자가 느끼는 자연스러운 행복에 젖어 있지 않다고 굳게 믿었다.

아를레트는 결혼을 앞둔 여자의 관점에서 미래를 생각하는 것 같지 않았고 앞으로 살게 될 멜라마르 가문의 저택이 신혼집이라고 생각하는 것 같지도 않았다. 아를레트는 파주로와 언제나 두 사람의 대화의 유일한 주제인 저택에 대해 얘기했는데, 그때마다 그들은 결혼을 앞둔 한 쌍이라기보다는 마치 자선 사업 본부를 마련하는 사람들 같았다. 아를레트의 계획에 따르면 실제로 멜라마르 가문의 저택은 지참금 기금의 본사가 될 예정이었다. 여가서 이사회가 열릴 것이다. 그리고 여기서 아를레트의 후원을 받는 여성들이 도서실을 갖게 될 것이다. 아를레트의 꿈은 확실했다.

파주로가 아를레트의 계획에 대해 처음으로 진지하게 받아들인 사람이었다.

「전 사회 사업과 결혼한 거군요. 그러니까 저는 남편이 아니라 후원자인 셈이군요」

파주로가 말했다.

후원자! 이 단어는 시시각각으로 변하는 앙투안 파주로에 대한 당느리의 생각을 송두리째 지배했다. 그처럼 원대한 계획과 저택의 구입, 후원자 역할 등을 볼 때 파주로의 재산이 상당하다는 것을 알 수 있다. 그 재산은 어디서 난 것일까? 베슈 반장이 영사관과 아르헨티나 공사관에서 수집한 정보에 따르면 파주로 집안은 20여 년 전에 부에노스아이레스에서 거주했으며 부모님은 10년 후에 사망했다고 했다. 그런데 파주로의 부모는 가진 것이 전혀 없었기 때문에 앙투안 파주로는 본국인 프랑스로 소환될 수밖에 없었다. 당시 앙투안은 소년이었다. 멜라마르 가문 사람들도 앙투안이 어느 정도 가난하다고 알고 있었는데, 그런 그가 그 이후 어떻게 갑자기 부자가 된 것일까? 어떻게……? 반 우벵의 굉장한 다이아몬드들을 훔치지 않고서야 어떻게…….

오후와 저녁 내내 파주로와 당느리는 잠시도 떨어져 있지 않았다. 이들은 매일 멜라마르 백작 저택에서 차를 마셨다. 활기에 넘치고 쾌활하며 호감 가는 두 남자는 서로 우정과 호감을 표시했고 때에 따라 말을 터놓고 지냈으며 서로를 끊임없이 칭찬했다. 하지만 예민한 당느리의 눈은 경쟁 상대인 파주로를 감시했다! 그리고 당느리도 가끔씩 영혼 속 깊은 곳까지 자신을 샅샅이 살펴보는 파주로의 예리한 시선을 느꼈다!

이 둘은 사건에 대해 전혀 이야기를 나누지 않았다. 당느리가 요청한, 파주로가 요청했다면 당느리가 거절했을 그 협력에 대해서도 한마디 없었다. 사실 이는 보이지 않는 공격, 은근한 반박, 속임수, 똑같이 억누르고 있는 분노가 깃든 무자비한 결투였다.

어느 날 아침, 당느리는 라보르드 공원 주변에서 사이가 좋아 보이는 파주로와 반 우벵을 발견했다. 두 사람은 기분이 아주 좋아 보였다. 두 사람은 라보르드가를 따라가다가 닫혀 있는 가게 앞에서 멈춰 섰다. 반 우벵이 〈바르네트 탐정 사무소〉라는 간판을 가리켰다. 두 사람은 열심히 이야기를 하며 멀어져 갔다.

「그렇군. 두 위선자들이 어울리고 있군. 반 우벵은 나를 배반하고 파주로에게 당느리가 바로 예전의 바르네트라고 이야기하고 있어. 파주로같이 능력 있는 자는 얼마 안 있어 꼭 바르네트가 바로 아르센 뤼팽이라는 사실을 알아낼 거야. 그때 가서는 나를 고발하겠지. 누가 먼저 상대를 쓰러뜨릴까? 뤼팽일까, 아니면 파주로일까?」

장 당느리가 혼잣말을 했다.

질베르트는 떠날 채비를 하고 있었다. 앞으로 13일 뒤인 4월 28일 목요일(오늘은 15일이었다), 멜라마르 백작 남매는 자신의 저택을 포기하고 떠날 것이다. 백작 남매는 매매 계약서에 서명을 하고 앙투안이 수표를 지급할 것이다. 아를레트는 어머니에게 알릴 것이며, 결혼 발표를 하고 결혼식은 5월 중순에 거행될 예정이었다.

시간이 조금 흘렀다. 당느리와 파주로가 서로에게 갖고 있는 증오의 감정은 너무도 커서 이들의 가식적인 우정으로도 감춰지지 않을 때가 종종 있었다. 두 남자는 때때로 적의에 가득 찬 태도를 보였다. 파주로는 대담하게도 반 우벵을 멜라마르 백작 저택으로 데리고 와 차를 마셨고, 반 우벵은 장 당느리에게 굉장히 냉정한 태도를 취했다. 반 우벵은 다이아몬드에 대해 이야기하면서 앙투안 파주로가 도둑을 찾고 있는 중이라고 말했다. 그리고 반 우벵이 너무도 위협적인 투로 이렇게 말하자 당느리는 파주로의 계획이 혹여 자신을 다이아몬드 도둑으로 의심하게끔 하는 것이 아닌가라는 생각을 하게 됐다.

결투는 더 이상 미룰 수 없었다. 점점 더 확고한 사실을 근거로 사건에 접근해 가던 당느리는 결투 날짜와 시간을 정했다. 그런데 혹시 파주로가 선수를 치지는 않을까? 아니나 다를까, 이를 암시하는 불길한 징조인 듯한 비극적인 사건이 일어났다.

당느리는 파주로가 묵고 있는 몽디알 호텔의 문지기를 매수했다. 그리고 그 문지기와 감시를 게을리 하지 않는 베슈 반장을 통해 파주로가 편지를 받은 적도 없고 방문객을 맞은 일도 없다는 사실을 알아냈다. 그런데 어느 날 아침, 당느리는 문지기로부터 파주로와 어떤 여자가 전화로 아주 짧은 대화를 주고받았다는 사실을 전해 들었다. 파주로와 그 여자는 저녁 11시 30분에 샹드마르 공원에서 만나기로 했다는 것이다. 〈지난번과 같은 장소에서.〉

그날 저녁 11시부터 장 당느리는 에펠탑 아래와 공원을 서성였다. 날이 어두워졌다. 곧 달과 별도 보이지 않는 깜깜한 밤이 되었다. 당느리는 오랜 시간 동안 파주로를 찾았으나 그를 보지 못했다. 자정이 되어서야 당느리는 벤치 위에 앉아 있는 뚱뚱한 사람을 발견했다. 몸을 구부리고 머리를 무릎 위로 떨어뜨리고 있는 여자 같았다.

「저기, 이봐요! 밖에서 그렇게 주무시면 안 됩니다……. 보세요, 비가 오고 있잖습니까」

당느리가 외쳤다.

여자는 움직이지 않았다. 당느리는 몸을 숙이고 손전등을 비춰 모자를 쓰지 않은 머리, 희끗희끗한 머리, 모래 바닥 위로 늘어져 있는 망토를 보았다. 당느리는 여자의 상체를 일으켰지만, 여자의 머리가 곧바로 축 늘어졌다. 당느리는 창백한 그녀가 죽은 사람처럼 아주 창백해진 고물 장수, 바로 로랑스 마르탱의 언니라는 사실을 알아차렸다.

이곳은 중앙로에서 떨어진 덤불 한가운데로, 사관학교와 그리 떨어지지 않은 곳이었다. 그때 마침 사관 두 명이 자전거를 타고 거리를 지나는 모습이 보였다. 당느리는 호루라기를 불어 이들의 시선을 끌고 도움을 청했다.

〈참 어리석은 행동을 했군. 이런 일에 말려들어서 뭘 어쩌겠다

고.〉

당느리는 사관들이 다가오자 자신이 시체를 발견한 경위를 설명했다. 여자의 옷을 약간 들추니 어깨 위에 단도 손잡이가 꽂혀 있었다. 여자의 손은 차가웠다. 사망한 시간은 삼사십 분 전인 것 같았다. 모래 주변에는 여자가 반항하며 남긴 흔적인 듯한 발자국이 여기저기 나 있었다. 하지만 비가 쏟아져 내리면서 모래 위의 발자국들은 곧 사라졌다.

「시신을 파출소까지 옮겨야 합니다」

사관 중 한 명이 말했다.

「시체를 큰길까지 옮기십시오. 전 차를 타고 오겠습니다. 정류장이 요 근처에 있거든요」

이렇게 말한 뒤 당느리는 달리기 시작했다. 그러나 당느리는 정류장에서 택시를 타는 대신 운전사에게 알려 차를 사관들 앞으로 보내기만 하고 자신은 빠른 속도로 반대편으로 달려갔다.

〈괜히 저런 일에 적극적으로 나설 필요가 없지. 내 이름을 물을 텐데……. 경찰서에도 출두하라고 하겠지. 평정을 지키던 남자에게 괜한 근심거리만 되는 일이야! 그런데 도대체 누가 고물 장수 할멈을 죽인 걸까? 할멈과 만나기로 약속한 앙투안 파주로의 짓일까? 공범 사이에 불화가 있다는 사실이 점점 더 분명해졌어. 이 가정으로 모든 게 설명돼. 파주로의 행동이나 그의 계획, 모두…….〉

다음날 정오 신문은 샹드마르 공원에서 발생한 노파 살인 사건을 단 몇 줄로 보도했다. 그런데 저녁 무렵에는 놀라운 사실 두 가지가 밝혀졌다! 살해된 사람은 바로 생드니가의 고물 장수 할멈, 즉 로랑스 마르탱과 다리를 저는 노인의 공범이었다. 또 한

가지, 희생자의 주머니에서 종이 쪽지가 나왔는데 그 종이에는 굵은 글씨로 〈아르센 뤼팽〉이라는 이름이 적혀 있었다. 필체는 위조된 것이 틀림없었다. 게다가 자전거를 타고 있었던 사관들은 시체 곁에 있던 남자 한 명이 교묘히 달아나 버렸다고 증언했다. 의심의 여지가 없었다. 아르센 뤼팽이 다이아몬드 코르셋 도난 사건에 연루되어 있다!

이는 말도 안 되는 소리였다. 사람들도 동요했다. 아르센 뤼팽은 절대 살인을 하지 않기 때문이다. 그렇다면 어떤 파렴치한 이가 아르센 뤼팽 이름을 썼던 것일까? 장 당느리에게는 얼마나 위협적인 경고란 말인가! 이 사건은 당느리를 향한 협박과도 같았다.

〈포기하십시오. 절 자유롭게 놔두십시오. 그렇지 않으면 당신을 고발하겠습니다. 왜냐하면 제게는 당신이 현재 당느리지만, 과거에는 바르네트, 바르네트이기 전에는 뤼팽이라는 증거가 있으니까요.〉

이렇게 직접적인 협박을 하기보다 차라리 베슈 반장에게 알리는 것으로 충분하지 않았을까……. 그러면 항상 조급한 마음으로 당느리에게 쩔쩔매며 부탁하곤 하는 베슈 반장이 멋진 보복의 기회를 잡을 수 있을 텐데 말이다.

하지만 상황은 그 방향으로 전개되고 있었다. 앙투안 파주로는 다이아몬드들에 대한 수사를 진행한다는 명목으로 반 우벵을 멜라마르 가문의 저택으로 초대하면서 베슈 반장도 함께 불렀다. 그리고 베슈 반장이 당느리에게 유난히 부자연스럽고 어색한 태도를 보이는 모습에서 사건이 어떻게 진행되고 있는지는 분명해졌다. 베슈 반장에게는 당느리가 갑자기 아르센 뤼팽으로 보였다. 이제껏 베슈가 지켜봤던 활약을 펼칠 수 있는 사람은 세상에 오직 뤼팽밖에 없었다. 베슈는 바르네트가 이렇게 활약을 펼치는 모습을 자주 본 적이 있다. 그리고 베슈를 속일 수 있는 사람은 오직 뤼팽밖에 없다. 어디 베슈가 바르네트에게 한두 번 당했는가 말이다!

따라서 베슈 반장은 즉각 경찰청 상부에 보고해 장 당느리를 체포할 준비를 해야 했다. 하지만 매일 상황은 악화되었다. 파주로는 샹드마르 공원 사건 이후 걱정스럽고 당황한 듯했지만 곧 예전의 침착한 모습을 되찾았다. 그리고 의도적이든 아니든 장 당느리에게 무례한 태도를 보였으며, 그의 태도에서 나타나는 거만함은 감춰지지 않았다. 파주로는 손가락 하나만 들어 올리면 승리를 모두 거둘 수 있는 사람처럼 의기양양하게 보였다.

저택 매매 계약을 하기 전 주 토요일, 파주로는 구석으로 당느리를 불러내 이야기를 시작했다.

「그런데 이 모든 일을 어떻게 생각하십니까?」

「이 모든 일이라뇨?」

「뤼팽의 개입에 대해서 말입니다」

「말도 안 됩니다! 뤼팽이 개입했다니…… 전 믿기지 않는군요」

「그렇지만 뤼팽이 개입했다는 증거들이 있습니다. 게다가 경찰이 그를 가까이서 미행을 하고 있는 것 같으니 체포는 시간문제죠」

「모르는 소리입니다. 그는 그렇게 쉽게 잡힐 인물이 아니죠」

「그가 아무리 영리하다고 해도 어떻게 이 상황을 빠져나갈지 모르겠습니다」

「전 뤼팽이 걱정되지는 않습니다」

「저도 그렇습니다. 그를 지켜보기로 하죠. 관객의 입장에서 객관적으로 말하는 겁니다. 제가 뤼팽이라면……」

「뤼팽이라면요?」

「외국으로 도망치겠습니다」

「외국으로 도망치는 건 아르센 뤼팽의 방식이 아닌데요」

「그래도 저는 거래를 받아들일 겁니다」

「누구와 말입니까? 무엇에 대해서요?」

「다이아몬드들을 소유하고 있는 사람과요」

「그렇겠죠. 뤼팽에 대해 알려진 사실로 보아, 협상은 어렵지 않을 것 같습니다」

당느리가 웃으며 말했다.

「협상이라뇨?」

「내용은 이렇습니다. 전부 제 몫, 당신 몫은 없죠」

파주로는 이것을 직접적인 모욕으로 받아들이며 펄쩍 뛰었다.

「뭐라고요? 지금 무슨 말씀을 하시는 겁니까?」

「뤼팽이 평소에 하는 대답 방식을 인용한 겁니다. 언제나 전부 뤼팽의 몫이고 다른 사람들의 몫은 없죠」

이번에는 파주로가 대담하게 웃었다. 그의 표정이 너무도 침착해 보여 당느리는 화가 날 지경이었다. 당느리는 이 젊은 남자가 풍기는 인상, 호감이라고는 모두 끌어 모은 듯한 〈사람 좋은〉 인상이 제일 불쾌했다. 파주로가 스스로 강하다고 느끼며 도전자처럼 행동하는 순간 묘한 표정이 드러났다. 당느리는 지체하지 않고 싸우는 편이 좋다고 판단했다. 그의 목소리는 이제 농담하듯 가벼운 말투에서 적대적인 인상이 듬뿍 담긴 진지한 말투로 바뀌었다.

「우리, 단도직입적으로 말해 보자고. 많은 말이 필요 없지. 서너 마디면 충분해. 난 아르레트 양을 사랑해. 당신도 그렇지? 하지만 당신이 계속 그녀와 결혼하겠다고 나오면 난 당신을 때려눕힐 수밖에 없어」

「전 아를레트를 사랑하며 그녀와 결혼할 겁니다」

앙투안은 당느리의 갑작스런 공격에 당황한 것 같았다. 하지만 그는 침착하게 응수했다.

「그러니까 내 말을 거역하는 건가?」

「물론입니다. 당신의 명령을 따라야 할 이유가 전혀 없으니까요. 또 당신에게는 제게 그런 명령을 할 권리도 없습니다」

「좋아. 만날 날을 정하지. 다음 주 수요일에 매매 계약서에 서명을 하지, 그렇지?」

「그래요, 오후 6시 30분이죠」

「나도 거기 가겠네」

「무슨 자격으로요?」

「백작님과 부인께서 다음날 떠나시지 않는가? 작별 인사를 드려야지」

「정말 환영받겠군요」

「그러면 수요일에 보세」

「그래요. 수요일에 봅시다」

당느리는 말을 끝내자 주저하지 않았다. 나흘 남았다. 당느리는 이 기간 동안에는 조그마한 위험도 무릅쓰고 싶지 않았다. 그래서 어둠 속으로 〈잠신〉했다. 그의 모습은 아무 데서도 보이지 않았다. 경찰청 형사 두 명이 당느리가 살고 있는 집 1층 앞을 서성였다. 다른 형사들은 아를레트 마졸의 집을, 또 다른 형사들은 레진 오브리의 집을 감시했고 다른 형사들은 멜라마르 가문의 저택 정원으로 나 있는 길을 감시했다.

하지만 나흘 동안 당느리는 파리에 있는 자신의 잘 정돈된 은신처 중 하나에 숨어 있거나 자신만이 할 수 있는 방법대로 변장을 했다. 그리고 풀리지 않는 마지막 수수께끼들에 모든 주의력을 기울이며 명상의 결과에 따라 행동하면서 결투 준비에 전력을 다했다! 당느리는 여태껏 철저하게 준비해서 적에게 최악의 반전을 안겨 주겠다는 의무감을 이렇게 절실하게 느껴 본 적이 없었다.

당느리는 두 번에 걸쳐 밤 외출을 한 덕에 부족했던 몇 가지 정보를 얻어 낼 수 있었다. 그의 머리는 일련의 사실과 사건의 모든 심리를 거의 다 파악했다.

당느리는 소위 〈멜라마르 집안의 비밀〉을 알고 있었다. 파주로는 멜라마르 집안의 비밀 중에서 한 면만을 대충 본 것이다. 당느리는 백작 남매의 적이 왜 그렇게 강한지 그 이유를 알아냈다. 그리고 앙투안 파주로의 역할도 분명하게 간파했다.

「됐어!」

기다리던 수요일이 되자 당느리가 외쳤다.

「하지만 파주로도 〈됐어!〉라고 외치리라는 걸 알아야 해. 그리고 난 예상치 못한 위험에 직면할 수도 있어. 뭐, 될 대로 되라지」

당느리는 제시간에 점심을 먹고 산책에 나섰다. 그는 여전히 생각에 잠겨 있었다. 그는 센 강을 지나다가 방금 발간된 정오판 신문을 샀다. 신문을 펼치다가 곧장 머리기사로 실린 깜짝 놀랄 만한 제목에 주목했다. 당느리는 걸음을 멈추고 한 줄 한 줄 침착하게 읽어 내려갔다.

아르센 뤼팽을 쫓는 포위망이 좁혀지고 있다. 최근의 사건들에서 예상할 수 있듯이 사건은 새로운 방향으로 전개되고 있다. 알려진 사실에 따르면, 젊고 세련된 옷차림의 남자가 몇 주 전에 어떤 고물 장수에 관한 정보를 찾았고 그녀를 만나려고 했다. 그가 얻은 주소는 바로 생드니가 고물 장수의 주소였다. 그런데 이 남자의 인상착의가 자전거를 타던 사관들이 보았던 사내, 샹드마르 공원에서 시체 가까이에 있다가 달아난 후 지금까지 감감무소식인 바로 그 남자의 인상착의와 정확히 일치했다. 경찰청에서는 그 남자가 아르센 뤼팽이라고 확신하고 있다. (3면에서 계속)

그리고 마지막으로 3면에는 〈애독자〉라는 이가 투고한 짤막한 기사가 실렸다.

　　몇 가지 정보에 따르면 경찰이 쫓고 있는 세련된 옷차림의 남자이름은 장 당느리다. 자칭 보트를 타고 세계 일주를 하여 작년에 돌아와 환대를 받은 항해사인 장 당느리 남작을 가리키는 것일까? 또한 그 유명한 바르네트 탐정 사무소의 짐 바르네트는 아르센 뤼팽과 동일 인물임을 증명할 믿을 만한 증거가 있다고 한다. 그렇다면 분명히 동일 인물인 뤼팽, 바르네트, 당느리는 오랜 추적 끝에 드디어 경찰의 손에 잡히게 될 것이다. 이 일에서 베슈 반장의 활약을 기대한다.

분노한 당느리는 신문을 접어 버렸다. 〈애독자〉라고 밝힌 사람의 결론은 앙투안 파주로의 머리에서 나온 것이 틀림없다. 파주로가 사건의 배후에 있는 인물이며 베슈 반장을 조종하고 있었다.
「불한당 같으니. 파주로, 넌 대가를 치를 것이다……. 그것도 아주 톡톡히!」

당느리는 이를 갈았다.

그는 불편함을 느꼈다. 이미 쫓기는 몸이다 보니 행동에 제한을 받기 때문이다. 지나가는 사람 모두 자신의 얼굴을 뚫어지게 쳐다보는 경찰 같았다. 상황이 이렇다면 파주로가 자신에게 충고한 대로 도망쳐야 하는 걸까?

당느리는 주저하며 항상 이용했던 세 가지 도주 방법을 생각했다. 비행기, 차, 근처 센 강 위에 정박해 놓은 오래된 소형 보트…….

〈아니, 너무 어리석어. 나 같은 인물은 행동할 시간에 약해지지 않지. 불쾌한 건 어쨌든 당느리라는 멋진 이름을 포기해야 한다는 일이야. 정말 안타까워! 당느리란 이름은 무척 경쾌하고 프랑스적인 멋진 이름인데 말이야. 게다가 귀족 항해사 노릇도 끝장이군!〉

그러다가 당느리는 본능적으로 정원과 인접한 길을 면밀히 살펴보았다. 아무도 없었다. 경찰도 전혀 없었다. 그는 저택을 돌아서 갔다. 위르페가에도 수상쩍은 구석은 없었다. 베슈 반장과 파주로는 뤼팽이 위험을 무릅쓰고라도 이곳에 나타나리라는 생각을 하지 않은 것일까? 아마도 파주로는 뤼팽이 나타나지 않기를 바랄 것이다. 아니면 저택 안에 모든 조치를 집중시켜 놓았거나…….

당느리는 이런 생각을 하는 자신을 힐책했다. 그는 비겁하다는 소리를 듣고 싶지 않았다.

그는 주머니를 더듬었다. 실수로 권총이나 칼, 기타 해롭다고 생각하는 도구들이 주머니 속에 없는지 확인하기 위해서였다. 확인이 끝나자 당느리는 정문으로 걸어갔다.

잠시 당느리는 굉장히 망설였다. 우중충하고 어두운 부속 건물의 정면이 마치 교도소의 벽같이 보였기 때문이다. 하지만 아를

레트의 눈, 미소 짓듯이 눈꼬리가 약간 내려간 순진해 보이는 눈
이 그의 머릿속을 스쳐 갔다. 아를레트를 보호하지 않고 이대로
내버려둘 것인가?

그는 장난스럽게 혼잣말했다.

〈안 돼, 뤼팽, 네 자신을 속이려고 하지 마. 아를레트를 보호
하기 위해 함정으로 들어가 네 소중한 자유를 위태롭게 할 필요
는 없어. 아냐. 백작에게 아주 작은 쪽지만 전해 주면 돼. 쪽지에
멜라마르 집안의 비밀과 그 비밀 속에서 앙투안 파주로가 했던
일을 밝히는 거야. 단 네 줄이면 충분해. 그 이상은 필요 없지.
그렇지만…… 사실 단순히, 재미 삼아서 이 문의 초인종을 못
누를 것도 없잖아. 뤼팽, 넌 위험을 좋아하잖아. 넌 싸울 궁리를
하잖아. 파주로와 정면으로 싸우고 싶은 거잖아. 아마도 넌 의무
감에 짓눌리지는 않을 거야. 악당들이 너를 맞아들일 준비를 하
고 있으니까. 하지만 무엇보다도 넌 재미있는 모험을 시도하고
있고 무기도 소지하지 않은 채 혼자서 입가에 웃음을 머금고 적
과 직접 맞서는 일에 열중하고 있잖아…….〉

당느리는 초인종을 눌렀다.

주먹다짐

「잘 있었나, 프랑수아?」

당느리가 가벼운 걸음으로 안뜰에 들어서며 말했다.

「안녕하세요, 당느리 씨. 최근에 어디 다녀오셨나 봅니다. 통 뵙기가……」

늙은 하인인 프랑수아가 대답했다.

「맞아, 어딜 좀 다녀왔지! 뭐, 집안일 때문에……. 지방에 사시는 삼촌으로부터 유산을 받게 되어서 말이야……. 한 100만 정도지」

당느리는 프랑수아와 자주 농담을 하곤 했다. 그는 프랑수아가 아직 자신에게 반감을 갖고 있지는 않다고 판단했다.

「축하드립니다, 당느리 씨」

「아직은 아냐! 유산을 물려받을지 아직 결정도 하지 않았거든」

「뭐 때문에요, 당느리 씨?」

「응, 물려받을 빚 역시 100만이라서 말야」

장 당느리는 자신이 여유만만하다는 것을 보여 주는 단순한 농담에 기분이 좋아졌다. 그때 저택 창문들 중 하나에서 얇은 망사로 된 커튼이 급히 젖혀지는 모습이 보였다. 커튼 접히는 속도가 그리 빠르지 않아 당느리는 베슈 반장의 얼굴을 알아볼 수 있었다. 베슈 반장은 대기실로 사용하는 방에서 1층을 감시하고 있었다.

「베슈 반장이 자리를 떠나지 않고 있군. 계속 다이아몬드들에 대한 수사를 하고 있나?」

당느리가 말했다.

「계속 그렇죠. 당느리 씨. 조만간 새로운 소식이 있을 것이란 얘기를 들었습니다. 또한 반장님께서는 건장한 보초 세 명을 세워 두셨죠」

당느리는 재미를 느꼈다. 가장 건장한 남자 세 명이라⋯⋯. 호위병⋯⋯. 정말 기회군! 베슈 반장의 예방책이 오히려 당느리의 계획을 효과적으로 만들었다. 이런 당국의 대리인들 없이는 뤼팽의 계획 역시 효과를 발휘하기 힘들기 때문이었다.

당느리는 현관 앞 여섯 계단에 이어 이어지는 긴 계단을 따라 올라갔다. 살롱에는 백작 남매, 아를레트, 파주로가 있었고 반우벵도 백작 남매에게 작별 인사를 하러 왔다. 분위기는 평화롭고 모두들 몹시 화기애애해 보여서 당느리는 잠시 망설였다. 이삼 분만 지나면 이 화기애애한 분위기가 깨질 것이 분명하기 때문이다.

질베르트 드 멜라마르는 당느리를 친절하게 맞았고 백작도 즐겁게 당느리에게 손을 내밀었다. 조금 떨어진 곳에서 이야기를 하고 있던 아를레트가 당느리를 보자 굉장히 기뻐하며 다가왔다. 이 세 사람은 최근 소식을 알지 못할 뿐 아니라 석간을 읽지 않았음이 분명했다. 당느리의 주머니 속에는 문제의 석간이 있다. 그러나 그들은 당느리가 혐의를 받고 있다는 사실, 그가 파주로와 결투할 계획이 있다는 사실을 짐작하지 못하고 있었다.

반 우벵의 악수는 냉담했다. 당연히 반 우벵은 당느리에게 혐의를 두고 있었다. 파주로는 움직이지 않았다. 그는 두 창문 사이에 앉아 계속 앨범을 보고 있었다. 파주로의 모습이 너무나도 가식적이고 도전적이어서 당느리는 참지 못하고 큰 소리로 말했다.

「파주로 씨는 행복에 젖어서 절 보지도 않는군요. 아니면 저를 보고 싶지 않든가요……」

파주로가 어깨를 들썩거리며 이도저도 아닌 모호한 반응을 보였다. 당장은 결투를 받아들이지 않겠다는 뜻인 듯했다. 하지만 장 당느리는 결투를 미룰 마음이 없었다. 당느리는 자신이 미리 생각한 말과 하고 싶은 행동을 거침없이 내보였다. 당느리는 위대한 지휘관들처럼 결투에서 승리하기 위해서는 기습 공격으로 적의 허를 찔러야 한다고 늘 생각해 왔다. 선제공격을 한다면 절반은 승리하는 셈이었다.

당느리는 그동안 자취를 감췄던 이유에 대해 설명을 하고 백작 남매에게 저택을 떠나는지 물어본 후 아를레트의 두 손을 잡고 말했다.

「그런데 아를레트, 행복해? 정말로 행복해? 맹세코 행복해? 후회는 없어? 이게 정말 네가 원하는 행복이야?」

이 순간 당느리가 평소와 달리 아를레트에게 말을 놓자 사람들은 당황했다. 모두 당느리가 확고하면서도 동시에 강건한 의지를 갖고 행동한다는 것을 알아차렸다.

파주로는 자신이 선택한 순간에 직접 공격을 하려고 모든 일을 준비했는데 당느리로부터 갑작스런 공격을 받자 당황해 창백한 얼굴로 일어났다.

백작 남매도 놀라서 몸을 움찔했다. 반 우벵은 욕설을 내뱉었다. 세 사람 모두 아를레트를 쳐다보고는 끼어들었다. 하지만 아를레트는 불쾌하지 않은 듯했다. 그녀는 자신이 특별한 권한을 준 친구를 대하듯 웃음을 머금은 눈으로 장 당느리를 바라보았다.

「전 행복해요. 제 계획이 이루어질 거예요. 이 계획이 실현됨으로써 저의 많은 동료들은 사랑하는 사람과 결혼할 거예요」

하지만 당느리는 조용히 자신의 의견을 말하기만 하려고 결투를 시작한 것은 아니었다.

그는 계속 이야기했다.

「아를레트, 중요한 건 동료들이 아니라 바로 네 자신과 네 마음에 따라 결혼할 수 있는 개인적인 권리야. 정말 그런 거야, 아를레트?」

아를레트는 얼굴이 빨개지며 아무런 대답도 하지 않았다.

백작이 외쳤다.

「당느리 씨가 이런 질문을 했다는 데 정말 놀랐습니다. 이 문제는 오로지 앙투안 씨와 약혼녀인 아르레트 양과 관계된 일입니다」

반 우벵이 끼어들었다.

「그리고 참으로 어처구니없는 일이죠」

「더 어처구니없는 일은, 아르레트 양이 인정이 많기 때문에 자신을 희생해 사랑 없는 결혼을 한다는 겁니다. 정말로 그렇다면 멜라마르 백작님께서 아셔야 합니다. 아직 시간이 있으니까요.

아를레트는 파주로 씨를 사랑하고 있지 않습니다. 아를레트는 파주로 씨에게 시시한 호감만을 가지고 있습니다. 그렇지 않아, 아를레트?」

아를레트는 반박하지 않고 고개를 숙였다. 팔짱을 낀 백작은 분노로 씩씩거렸다. 그렇게 단정하고 신중했던 당느리가 어떻게 저런 무례함을 보일 수 있을까?

앙투안 파주로가 당느리에게 다가왔다. 파주로의 얼굴에서 근심 없고 사람 좋은 인상이 모두 사라졌다. 야릇한 효과로 생긴 분노 아니면 막연한 불안감 때문에 파주로의 얼굴에는 예상치 못한 냉혹한 표정이 나타났다.

「지금 어디에 끼어드는 겁니까?」

「제 일입니다」

「저에 대한 아를레트 양의 감정이 당느리 씨와 관계 있습니까?」

「물론이죠. 아를레트의 행복이 달려 있으니까요」

「당신은 아를레트 양이 절 사랑하지 않는다는 말씀을 하고 계신 거군요?」

「물론 사랑하지 않죠!」

「그렇다면 당신의 목적은……?」

「이번 결혼을 막는 것입니다」

앙투안이 펄쩍 뛰었다.

「아! 감히……. 그렇다면 저도 반격을 하죠! 가차 없이 말입니다. 곧 보게 될 겁니다……」

앙투안은 결심을 한 듯 당느리의 주머니에 있던 석간을 꺼내 백작 앞에 펼쳐 보이면서 소리쳤다.

「자, 여러분. 이 신문을 읽어 보십시오. 특히 3면에 있는 기사를 보십시오……. 당느리 씨가 누구인지 알게 될 겁니다. 범인에 대한 기사가 실려 있습니다」

평소의 침착한 태도와는 어울리지 않게 상당히 화가 난 파주로는 단숨에 〈애독자〉가 가차 없이 쓴 견해를 읽어 내려갔다.

백작 남매는 혼란스러워하며 귀를 기울였다. 아를레트는 비탄에 잠긴 시선으로 장 당느리를 뚫어지게 쳐다보았다.

당느리는 잠자코 있었다. 그리고 단지 두 문장 정도로 평했다.

「굳이 읽을 필요도 없습니다, 앙투안 씨. 제게 혐의를 둔 그 재미난 글을 쓰신 분이 바로 앙투안 씨 아닙니까. 외우시지는 못하나 보죠?」

파주로는 그 말에도 아랑곳없이 장 당느리를 손으로 가리키며 낭독하는 말투로 기사를 다 읽었다.

그 유명한 바르네트 탐정 사무소의 짐 바르네트는 아르센 뤼팽과 동일 인물임을 증명할 믿을 만한 증거가 있다고 한다. 그렇다면 분명히 동일 인물인 뤼팽, 바르네트, 당느리는 오랜 추적 끝에 드디어 경찰의 손에 잡히게 될 것이다. 이 일에서 베슈 반장의 활약을 기대한다.

엄숙한 침묵이 흘렀다. 장 당느리에 대한 사실을 알게 된 백작 남매는 두려워졌다. 장 당느리는 미소를 지었다.

「그러면 베슈 반장을 부르십시오. 백작님, 앙투안 씨가 오직 저를 체포하기 위해 베슈 반장과 경찰관들을 이곳으로 불렀습니다. 제가 이곳을 방문한다는 사실을 알렸죠. 사람들은 제가 약속을 잘 지킨다고 말합니다. 그러면 베슈 반장, 들어오게. 반장은 경찰관들과 함께 태피스트리 뒤에서 움직이고 있지 않은가. 과히 유능한 경찰다운 행동이군」

태피스트리가 걷히고 베슈 반장이 모습을 드러냈다. 그의 표정은 단호했지만 성급하게 행동하지는 않았고, 적절하다고 판단한 순간에만 모든 힘을 사용하겠다는 듯이 침착한 태도였다.

초조함으로 조마조마했던 반 우벵은 베슈 반장 쪽으로 황급히 다가갔다.

「어서요, 베슈 반장님! 당느리를 체포하세요. 저자가 바로 다이아몬드 도둑입니다. 저자가 훔친 다이아몬드들을 토해 내게 해야 합니다. 어쨌든 여기서는 반장님이 대장이니까요!」

「잠깐만요. 저희 집에서는 모든 일을 조용하고 질서 정연하게 처리했으면 합니다」

멜라마르 백작이 끼어들었다. 그러고는 당느리에게 말했다.

「당느리 씨는 누구시죠? 아까 그 기사에 실린 혐의를 반박하라는 말씀이 아니라 제가 아직도 당느리 씨를 장 당느리 남작으로 생각해야 한다면…… 솔직하게 말씀해 달라는 겁니다」

「또는 괴도 아르센 뤼팽이라고 생각하셔야 한다면요」

당느리는 웃으며 대꾸하고는 아를레트를 향해 돌아섰다.

「여기 앉아, 아를레트. 많이 흥분했군. 그럴 필요 없어. 어서 앉아. 무슨 일이 일어나든 모든 일이 다 잘될 거야. 날 믿어. 난 널 위해 일을 벌이는 거니까」

그리고 당느리는 백작에게로 다가갔다.

「멜라마르 백작님, 백작님의 질문에는 대답하지 않겠습니다. 왜냐하면 중요한 건 제가 누구냐가 아니라 여기에 있는 앙투안 파주로 씨가 누구인가 하는 것이기 때문이죠」

백작은 당느리에게 덤비려는 앙투안 파주로를 붙잡고, 다이아 몬드 이야기만 되풀이하는 반 우벵에게 조용히하라고 했다. 그러자 장 당느리는 계속 말했다.

「전 여기에 억지로 끌려오지 않았습니다. 여기에 올 때 이미 기사를 읽었고 기사가 실린 신문을 주머니에 넣어 가져왔으며 파주로 씨에게 설득당한 베슈 반장이 체포 영장을 들고 저택에서 저를 기다린다는 사실도 알고 있었습니다. 그런데도 제가 이곳에 온 이유는 제게 닥친 위험보다는 아를레트에게 닥친 위험과⋯⋯ 백작님, 그리고 백작 부인께 닥친 위험이 훨씬 크기 때문이죠. 제가 누구인가 하는 문제는 베슈 반장과 제 일입니다. 이 문제는 우리 둘이서 따로 해결할 겁니다. 하지만 앙투안 파주로 씨가 누구인가 하는 문제는 신속히 해결해야 할 일입니다」

이번에는 멜라마르 백작이 파주로를 제지하지 않았다. 파주로는 굉장히 씩씩거리며 고래고래 소리를 질렀다.

「그러면 제가 누구란 말입니까? 대답해 보십시오! 대답해 보란 말입니다! 당느리 씨가 보시기에 저는 누구입니까!」

장은 손가락을 하나씩 구부리며 숫자를 세듯이 말했다.

「앙투안 파주로 씨는 코르셋을 훔쳤습니다⋯⋯」

「거짓말입니다! 제가 코르셋 도둑이라니!」

「그리고 살롱의 물건들을 몰래 훔쳐 갔죠」

「거짓말입니다!」

「샹드마르 공원에서 살해당한 고물 장수 할멈과 공범입니다」

「거짓말입니다!」

「로랑스 마르탱과 그녀의 아버지와 공범입니다」

「거짓말입니다!」

「마지막으로 앙투안 파주로 씨는 75년간 백작님 가문을 괴롭혔던 냉혹한 집안의 상속자입니다」

앙투안은 분노로 몸을 떨었다. 당느리가 하나하나씩 혐의를 지울 때마다 앙투안은 목소리를 높였다.

「거짓말입니다! 거짓말이오! 거짓말!」

당느리가 말을 끝내자 앙투안은 당느리와 반대편에 우뚝 서서 위협적인 태도를 보이며 신랄한 목소리로 중얼거렸다.

「당신은 거짓말을 하고 있습니다……! 아무 말이나 막 해 대는군요……. 아를레트 양을 향한 사랑과 저에 대한 질투로 가슴이 터질 듯해서죠……. 저에 대한 당신의 증오는 바로 그 때문이고요. 그리고 또한 처음부터 제가 당신이 벌이는 게임을 분명히 파악했기 때문입니다. 그래서 당신은 두려운 거죠. 그래요, 당신은 두려운 겁니다. 제게 증거가 있으니까요. 가능한 모든 증거……(앙투안은 저고리의 주머니 부근을 탁탁 쳤다) 바르네트와 당느리가 바로 아르센 뤼팽이라는 모든 증거죠……. 그래요, 아르센 뤼팽……! 아르센 뤼팽!」

앙투안은 아르센 뤼팽이라는 이름에 격분한 것처럼 흥분해 점점 더 큰 목소리로 소리치며 당느리의 어깨를 잡았다. 당느리는 한 발짝도 물러나지 않고 앙투안에게 친절하게 말했다.

「앙투안 씨, 당신 목소리 때문에 우리 모두 귀청이 떨어지겠습니다. 그렇게 계속 큰 소리로 말씀하지는 마세요」

그래도 앙투안은 계속 소리를 높였다.

「이런, 앙투안 씨…… 마지막으로 경고합니다. 소리를 낮추십시오. 그렇지 않으면 아주 좋지 않는 일이 생깁니다. 그래도 계속하실 겁니까? 자, 계속 그렇게 큰 소리로 말씀하시고 싶은 거군요. 제가 최대한 참고 있다는 점을 알아주십시오. 조심하십시오!」

당느리와 앙투안은 서로 너무 가까이 있어서 두 사람의 상반신이 거의 맞닿을 정도였다. 이때 갑자기 당느리의 주먹이 포탄 같은 속도로 날아가 파주로의 턱 끝을 강타했다.

파주로는 비틀거리며 상처입은 짐승처럼 다리를 굽히다가 무릎을 잡고 주저앉으며 그대로 뻗었다.

소란스럽게 격투가 벌어지는 가운데 백작과 반 우뱅은 장 당느리를 붙잡으려 했고 질베르트와 아를레트는 앙투안을 간호하려고 했다. 당느리는 두 팔을 뻗어 자신에게 다가오는 두 사람을 멀리 밀어 냈다. 그러고는 간절한 목소리로 베슈 반장을 불렀다.

「도와주게, 베슈. 자, 옛 전우여, 도와 달라고. 자네는 내가 항상 노력하는 사람이라는 사실, 무턱대고 행동하지 않으며 이런 소란을 일으킨 데는 중대한 이유가 있을 거란 사실을 알지 않나? 이번 사건에서 내 입장이 바로, 자네 입장이잖나. 도와줘, 베슈 반장」

베슈 반장은 태연하게 당느리의 모습을 지켜보았다. 마치 상황을 판단해 결정을 내리는 중재자 같았다.

어느 쪽이 이기든 상관없이 베슈 반장은 이득을 얻을 수 있다. 다시 말해, 방금 벌어진 목숨을 건 결투로 꼼짝달싹 못하는 파주로와 당느리 두 사람을 베슈 반장이 모두 검거할 수 있는 방향으로 상황이 전개되고 있었다. 그래서 당느리가 옛 전우라고 부르며 베슈 반장에게 여러 번 도움을 요청해도 베슈의 반응은 냉담했다.

베슈는 현실적으로 행동하기로 결심했다.

베슈 반장이 당느리에게 말했다.

「밑에 경찰관 세 명이 있다는 사실을 알고 있나?」

「알고 있지. 그래서 반장이 이 사기꾼 일당을 체포하는 데 경찰관 세 명을 쓸 거라고 믿고 있지」

「아마도 자네를 체포하는 데 쓸 것 같은데」

베슈 반장이 비웃었다.

「원한다면 그러든지. 오늘 반장은 모든 성공의 조건을 움켜쥐고 있군. 그래, 사정 봐주지 말고 그렇게 하라고. 바로 그것이 자네의 권리이자 의무니까」

베슈 반장은 자신의 주장을 말하는 듯했으나 결국 당느리의 생각대로 상황을 이끌어 갔다.

「멜라마르 백작님, 정의를 위해 참아 주시기 바랍니다. 앙투안 파주로에 대한 혐의는 거짓이라는 걸 곧 알게 될 겁니다. 어쨌든 저는 앞으로 일어날 일에 책임이 있습니다」

이 말에 당느리는 완전한 자유를 얻었다. 당느리는 그 틈을 이용해 생각도 할 수 없었던 깜짝 놀랄 만한 일을 벌였다. 그는 주머니에서 갈색 빛의 액체가 담긴 작은 병을 꺼냈고 병에서 갈색 액체의 절반을 준비한 습포 위에 쏟았다. 그러자 클로로포름 냄새가 풍겼다. 당느리는 갈색 액체가 묻은 이 습포를 앙투안 파주로의 얼굴에 갖다 댄 후 머리 둘레를 끈으로 단단히 고정시켰다. 상황이 너무도 기상천외하게 흘러갔기 때문에 베슈 반장은 백작 남매를 다시 진정시켜야 했다. 아를레트는 당황한 나머지 눈가에 눈물을 머금은 채 어쩔 줄 몰랐다. 반 우벵은 몹시 화가 났다.

하지만 베슈 반장은 물러나지 않고 계속했다.

「백작님, 전 당느리 이자를 압니다. 기다리셔야 합니다」

당느리가 일어나 멜라마르 백작에게 다가가 말했다.

194

「백작님, 진심으로 사과드립니다. 저는 기분에 따라 행동하지 않으며 아무런 이유도 없이 난폭한 행동을 하는 사람이 아닙니다. 믿어 주시기 바랍니다. 하지만 때론 특별한 방법을 사용해야 진실이 밝혀지는 순간이 있습니다. 이번에 밝힐 일은 간단히 말하면, 백작님의 집안과 백작님 자신에게 너무도 해를 끼쳤던 음모의 비밀입니다. 이해하실 겁니다, 백작님……, 멜라마르 가문의 비밀 말이죠. 전 멜라마르 가문의 비밀을 잘 알고 있습니다. 하지만 멜라마르 가문의 비밀을 밝히고 저주를 푸는 일은 오직 백작님께 달려 있습니다. 제 말이 맞는지 증명할 수 있게 20분만 주시겠습니까? 더도 말고 20분이면 됩니다」

당느리는 멜라마르 백작의 대답을 기다리지 않았다. 백작은 당느리의 제안은 거절할 수가 없었다. 당느리는 반 우벵 쪽으로 돌아서서 더욱 무뚝뚝하게 말했다.

「반 우벵 씨는 저를 배신했습니다. 뭐, 좋습니다. 이 문제는 일단 지나갑시다. 지금 반 우벵 씨는 파주로 이자가 훔쳐 간 다이아몬드들을 원하죠? 그렇다면 그만 좀 투덜거리십시오. 이자가 반 우벵 씨에게 다이아몬드들을 돌려줄 겁니다」

베슈 반장은 그대로 있었다. 당느리가 베슈 반장에게 말했다.

「이번엔 베슈 반장. 여기 자네의 성과에 대한 몫이 있어. 우선 자네에게 진실을 알려 주지. 바로 경찰청의 모든 사람들이 내게서 찾으려고 했지만 찾지 못한 진실 말일세. 바로 자네에게는 있는 그대로의 진실을 알려 줄걸세. 그러고 나서 앙투안 파주로를 넘겨주지. 앙투안 파주로가 순순히 따라오지 않는다면 꼼짝 못하게 해서 넘겨주겠어. 마지막으로 앙투안 파주로의 두 공범인 로랑스 마르탱과 그 아버지를 넘겨주고. 지금이 4시니까 정확히 6

시에 내가 말한 네 가지를 반장님께 모두 넘겨주지. 동의하나?」

「좋아」

「그러니까 우리는 합의를 본 걸세. 단지……」

「단지?」

「나와 함께 끝까지 가는 거야. 만일 저녁 7시에도 내가 약속을 지키지 않는다면, 즉 멜라마르가의 비밀을 밝혀 내지 못하고 사건의 전모를 밝히지 못해 범인들을 넘겨주지 못한다면 난 자네의 수갑에 순순히 손을 내밀 것이고 내가 누구인지, 당느리인지, 바르네트인지, 아니면 아르센 뤼팽인지 알게 해 주지. 내 명예를 걸고 맹세해. 하지만 그전에, 난 모두가 우려하는 비극적인 상황을 매듭 지을 수 있는 유일한 사람이지. 베슈 반장, 주위에 경찰차가 한 대 있지 않나?」

「이 근처 가까이에 있어」

「차를 찾아보라고 하게. 그리고 반 우벵 씨, 당신 차는?」

「제 기사에게 4시에 오라고 했습니다」

「자리가 몇 석 됩니까?」

「다섯 명은 앉을 수 있습니다」

「반 우벵 씨, 기사는 필요 없습니다. 그만 가 보라고 하십시오. 반 우벵 씨가 직접 운전하면 됩니다」

당느리는 앙투안 파주로에게 다시 가서 자세히 관찰했다. 심장은 정상적으로 뛰고 있었다. 호흡은 규칙적이었고 혈색도 정상이었다. 당느리는 습포를 더욱 단단히 고정시키고는 말했다.

「앙투안 파주로는 20분 후에 깨어날 거야. 20분이면 충분해」

「그동안 뭘 하려고?」

베슈 반장이 물었다.

「우리의 목표에 도달해야지」

「무슨 뜻인가?」

「곧 알게 될 거야. 자, 가자고」

더 이상 저항하는 이는 없었다. 당느리의 권위에 누구도 반항하지 못했다. 아마도 이들은 아르센 뤼팽의 기상천외한 위엄에 눌린 듯했다. 모험가인 뤼팽의 전설적인 과거, 그의 대단한 성공담 등에서 받은 인상이 당느리 자신에게서 나오는 위엄에 더해졌다. 따로 떼어 놓을 수 없는 뤼팽과 당느리가 모든 기적을 가능하게 할 것 같은 힘의 화신이 되었다.

아를레트는 눈을 크게 뜨고 이 알 수 없는 사람을 쳐다보았다.

백작 남매도 엄청난 희망으로 가슴이 두근거렸다.

「친애하는 당느리 씨, 제 생각은 전혀 달라지지 않았습니다. 오직 당신만이 도둑맞은 물건을 제게 돌려줄 수 있습니다」

반 우벵이 갑자기 돌아서서 말했다.

차 한 대가 안뜰로 들어왔다. 파주로를 차에 태우고 경찰관 세 명이 그 주위에 앉았다. 베슈 반장은 낮은 목소리로 경찰관들에게 말했다.

「파주로가 아니라 당느리에게서 눈을 떼서는 안 돼. 때가 되면 저자를 잡아야 하니까……. 절대 놓쳐선 안 돼. 알겠나?」

그리고 그는 당느리에게 왔다. 백작 남매는 전화를 걸어 공증인에게 오지 않아도 된다고 말했다. 질베르트는 외투를 걸치고 모자를 썼다. 백작 남매, 베슈 반장, 당느리는 아를레트와 함께 반 우벵의 차에 올라탔다.

「튈르리 공원 끝에서 센 강을 지나십시오. 그리고 리볼리가에서 오른쪽으로 꺾으십시오」

당느리가 지시했다.

침묵이 흘렀다. 질베르트와 아드리안 멜라마르는 불안한 마음으로 잠자코 기다렸다! 왜 차를 준비했을까? 어디로 가고 있는 걸까? 진실은 어떻게 밝혀질까?

당느리는 말을 듣고 있는 사람들에게 알려 주기보다는 자신에게 이야기하는 것처럼 큰 소리로 우물우물 말했다.

「멜라마르 가문의 비밀! 얼마나 생각해 봤는지 모릅니다! 그런데 처음부터, 레진 양과 아를레트의 납치 사건이 일어날 때부터 이미 깨달은 점이 있었죠. 설명하기 힘든 현재의 이 문제는 아득한 과거에서 날아왔다는 사실 말이죠……. 이런 문제들은 여러 번 제 마음을 사로잡은 적이 있으니까요! 그리고 여러 번 이런 문제들을 해결했죠! 한 가지 점은 재론의 여지가 없습니다. 멜라마르 백작님과 백작 부인은 범인일 수가 없다는 겁니다. 그러므로 다른 사람들이 계획을 실행하기 위해 백작 남매의 저택을 이용했다고 생각해야 하죠. 이건 앙투안 파주로의 주장이었습니다. 하지만 앙투안의 의도는 우리가 그의 주장을 믿고 진상이 오리무중이 되는 것이었죠. 그런데 어떻게 해서 범인이 아를레트와 레진 양을 저택의 살롱으로 데리고 왔을 때, 백작님과 백작 부인, 프랑수아 부부의 눈에 띄지 않을 수 있었을까……?」

당느리는 순간 입을 다물었다. 아드리안 드 멜라마르 백작은 긴장된 표정으로 당느리 쪽으로 몸을 기울였다. 그러고는 중얼거렸다.

「어서 말해 보십시오……. 자, 어서…… 제발」

당느리는 천천히 대답했다.

「아뇨. 말로 진실을 밝혀서는 안 됩니다……. 그러니 재촉하지 마십시오……」

그리고 계속 말했다.

「하지만 진실은 아주 단순합니다! 어째서 진실이 마치 아득히 멀어지는 그림자처럼 진실을 찾았던 사람들의 머릿속에 한번도 떠오르지 않았는지 궁금할 정도로 말입니다. 저로서는 제가 기억해 낸 몇 가지 사실들이 충돌하면서 뭔가가 번뜩였는데 말이죠. 원하신다면 백작님께 일어난 해괴한 도난 사건, 즉 하찮은 물건들이 사라진 사건을 다시 말씀드려 보겠습니다. 이 도난 사건은 아리송해 보이지만 굉장한 의미를 지니죠! 보통 사람들에게는 가치가 없는 물건들을 훔쳐 갔더라도, 그 물건들은 물건을 훔쳐 간 사람들에게는 실질적으로 특별한 가치가 있기 때문입니다!」

당느리는 다시 입을 다물었다. 백작은 초조한 마음에 참을 수가 없었다. 당장이라도 진실을 모두 알고 싶은 백작은 그 마음을 만족시킬 길이 없어 괴로웠다.

질베르트도 있는 힘을 다해 마음을 다스렸다. 당느리가 백작 남매에게 말했다.

「제발요……. 멜라마르 가문은 100년 이상을 기다렸습니다. 하지만 이제 몇 분만 기다리면 됩니다! 그동안 그 어떤 것도 끼어들 수 없습니다. 잠시 후, 진실이 밝혀지면 멜라마르 가문은 고통에서 해방될 겁니다」

당느리는 베슈 반장을 돌아보면서 농담을 했다.

「친애하는 베슈 반장님, 이제 감이 잡히죠, 그렇죠? 아니면 적어도 아주 작은 번뜩임을 눈치 챘나요? 아니, 아직 그렇지는 않나 보죠? 딱하군요……. 뭐, 그럴 수 있습니다. 멜라마르 가문의 비밀은 대단한 비밀이니까요. 독특하고 흥미로우며 이해할 수 없는 비밀입니다. 수정처럼 환해지다가도 어두운 밤처럼 흐릿해지는 비밀입니다. 하지만 가장 대단한 비밀이죠, 안 그래요? 마치 콜럼버스의 달걀 같습니다. 생각해 봐야죠. 반 우뱅 씨, 여기서 좌회전하십시오. 거의 다 왔습니다」

차는 좁고 울퉁불퉁하며 복잡한 길을 돌았다. 그러자 상점들, 작은 공장들이 있는 아주 오래된 동네가 나왔다. 낡은 석조 건물에 창고와 작업장이 들어서 있었다. 이따금 잘 단련된 철로 만든 발코니와 높은 창문들이 얼핏 눈에 띄었고 열린 대문을 통해서 참나무 난간이 있는 큰 계단도 보였다.

「속도를 줄이십시오, 반 우뱅 씨. 좋습니다……. 그리고 오른쪽 보도를 따라 천천히 차를 세우십시오. 이제 다 왔습니다」

당느리는 차에서 내린 뒤 질베르트와 아를레트가 차에서 내리는 것을 도왔다.

경찰들이 탄 차가 반 우뱅 차 뒤에 섰다.

「경찰관들에게 아직 움직이지 말라고 하게. 그리고 앙투안이 아직도 잠에서 깨어나지 않았는지 확인해 보게. 이삼 분 안에 앙투안을 옮겨야 하네」

이들은 곧 어둑어둑한 길에 도착했다. 동쪽에서 서쪽으로 뚫린 이 길의 왼쪽에는 국수류와 식품 통조림 제품을 보관하는 창고가, 오른쪽에는 작은 집 네 채가 늘어서 있었다. 집들은 하나같이 모양이 똑같고 볼품은 없었다. 집마다 창문에는 커튼도 없고 창 유리는 더러웠기 때문에 사람이 살고 있지 않는 듯했다. 그곳에 예전에는 녹색이었지만 지금은 완전히 색이 바랬으며 선거 포스터 조각이 덕지덕지 붙어 있는 커다란 문 두 짝이 보였다. 문

한쪽 구석에는 쪽문도 나 있었다.

질베르트 백작 부인은 망설이며 걱정스러운 눈으로 주위를 둘러봤다. 여기서 무엇을 하려는 것일까? 여기서 누구를 다시 만나는 걸까? 아무도 지나다니는 것 같지 않은 이 문 뒤에 어떤 수수께끼의 답이 있다는 말인가?

당느리는 주머니에서 가늘고 길며 반짝 빛나는 최신식 열쇠를 꺼냈다. 그리고 안전 자물쇠 높이에 난 틈으로 열쇠를 집어넣었다.

그는 같이 온 사람들을 보고는 미소를 지었다. 같이 온 네 명은 모두 창백하고 불안한 표정이었다. 정말로 이 네 명은 자신들을 지배하는 남자의 작은 행동 하나에 자신들의 목숨을 의지하고 있었다. 이들은 뭐라 설명할 수 없는 분위기에 눌려 예사롭지 않은 뭔가를 기다렸으며, 그럴 리가 없다고 생각하면서도 거부할 수 없는 뤼팽의 권위에 복종했다. 왜냐하면 아르센 뤼팽이 아직 알 수 없는 광경을 감추고 있는 커튼을 쥐고 있었기 때문이다.

당느리가 열쇠를 돌리고는 안으로 걸어 들어갔다. 그러고는 같이 온 네 명도 따라 들어오게 했다.

곧 질베르트는 공포로 비명을 지르며 오빠에게 기댔다. 백작도 비틀거렸다.

장 당느리는 백작 남매를 부축해야 했다.

라 발네리

이해할 수 없는 기적이 일어났다! 멜라마르 가문의 저택 안뜰을 떠난 지 10분 만에 이들은 다시 멜라마르 가문의 저택 안뜰에 들어왔다. 이들은 분명히 센 강을 건넜다. 그것도 딱 한 번! 절대로 한 바퀴를 돌아 출발점으로 돌아온 것이 아니었다. 그런데 위르페가에서 약 3킬로미터를 지나온 후(3킬로미터란 예전의 파리 거리, 즉 앵발리드 기념관과 보주 광장 사이를 의미한다), 멜라마르 가문의 저택 안뜰로 들어왔던 것이다.

그렇다, 기적이었다! 멜라마르 가문의 저택과 지금 이곳을 다른 장소로 분리시키고 머릿속에 각각 다른 두 장소를 하나하나 생각하려면 논리적이고 이성적인 노력이 필요했다. 무심코 생각해 보면 두 장소는 하나다. 같은 두 저택이 동시에 여기와 저기, 앵발리드 기념관 근처와 보주 광장 근처에 있다는 셈이다.

이렇게 혼동이 되는 이유는 저택 안에 놓인 사물들이 똑같고, 저택 외곽의 선과 색깔이 완벽하게 똑같으며 두 안뜰 안에 서 있는 저택의 모습이 비슷할 뿐만 아니라 특히 세월이 지나간 흔적, 분위기가 똑같고, 근처 강에서 올라온 습한 공기로 에워싸인 기운이 똑같았기 때문이다.

세공된 돌도 의심할 여지없이 똑같았다. 같은 곳에서 가져온 것이고 똑같은 크기로 잘랐으며 게다가 수년간에 걸쳐 돌 위에 생긴 녹청도 같았다. 그리고 사방이 풀로 에워싸인 동일한 포석들은 악천후에 똑같이 시달린 모습이었다. 지붕도 똑같이 푸르스름한 색깔이었다.

질베르트는 힘이 빠진 목소리로 중얼거렸다.

「이럴 수가! 말도 안 돼!」

고통으로 짓눌린 가족의 역사가 아드리안 드 멜라마르 백작의 눈앞에 나타났다.

당느리가 모두를 작은 계단 쪽으로 데려갔다.

「아를레트, 내가 멜라마르 가문의 저택 안뜰로 모두를 데리고 왔던 날 네가 느꼈던 충격을 기억해 봐. 곧바로 레진 양과 넌 우리가 올라왔던 계단 여섯 개를 알아봤어. 그런데 바로 여기가 그 안뜰이야. 그때 봤던 계단이 바로 이 계단이지」

당느리가 말했다.

「바로 그 계단이에요」

아를레트가 말했다.

의심할 여지없이 똑같은 계단이었다. 모두 이 계단 위를 올라갔다. 위르페가의 계단은 여섯 단이었고 계단 위에는 똑같은 차양이 있었으며, 차양에는 일부 유리가 빠져 있었다. 비밀의 저택에 들어왔을 때 입구에는 종류와 배열이 같은 타일이 깔려 있었다.

「계단을 밟을 때 바로 이 소리가 들렸습니다」

백작이 말했다. 백작의 목소리는 위르페가 저택에서처럼 똑같이 울렸다.

멜라마르 백작은 1층 이외에 다른 방들도 보고 싶었다. 하지만 당느리는 시간이 없는 관계로 다른 방을 보지 못하게 했다. 우선 계단 스물다섯 단을 올라가도록 했다. 계단 스물다섯 단에는 그 때 봤던 똑같은 태피스트리가 걸려 있었고 그때 봤던 것과 똑같은 철 난간이 있었다. 층계참, 정면에 보이는 문 세 개, 멜라마르 가문의 저택과 똑같았다······. 그리고 살롱······.

사람들은 안뜰에서 그랬던 것처럼 동요했다. 방 안에 놓인 물건들 역시 더욱 이들을 당황스럽게 만들었다. 완벽하게 일치하는 가구와 자질구레한 물건들, 똑같이 낡은 천들, 똑같은 태피스트리의 색조, 똑같은 천장의 구조, 똑같은 광택, 똑같은 장식용 촛대, 똑같은 열쇠 구멍, 똑같은 촛농 받이, 똑같은 초인종 리본 반쪽······.

「아를레트, 범인들은 바로 여기에 널 감금하려고 했어, 맞지? 이렇게 같은데 어떻게 착각하지 않겠어?」

장 당느리가 말했다.

「또한 멜라마르 가문의 저택도 되죠」

아를레트가 대답했다.

「여기야, 아를레트. 이곳이 바로 네가 올라갔던 벽난로고 네가 몸을 숨겼던 서가야. 이리 와서 창문을 봐. 네가 탈출했던 창문이야」

당느리는 아를레트에게 그 창문을 통해서 소관목 길과 높은 담장이 감싸고 있는 정원을 보여 주었다. 끝에는 외딴 작은 건물과 하인 전용 출입구가 있는 더 낮은 담장이 있었다. 아를레트는 이 문을 열고 도망쳤다.

「베슈 반장, 파주로를 이리로 데려오게. 자네 차를 계단까지 몰고 오고, 거기서 부하들이 기다리게 하는 편이 좋겠어. 곧 반장의 부하들이 필요할 테니까」

베슈 반장은 서둘렀다. 정문은 위르페가 저택의 정문처럼 요란하게 울렸다. 마찬가지로 차 소리도 크게 울렸다.

베슈 반장이 올라가면서 부하 경찰관 중 한 명에게 빠르게 말했다.

「자네는 밑에 있는 동료 두 명을 입구에 배치하게. 그리고 자네는 경찰청까지 가서 내게 요원 세 명을 더 보내 달라고 요청하게. 긴급 요청이라고. 요원이 오면 지하실 계단 발치에 앉히게. 지하실 문은 저기 있네. 요원들이 불필요할지도 모르지만 대비하는 게 좋지. 단, 경찰청에는 자세한 설명을 하지 말게. 우리끼리 일망타진이라는 이득을 보자고. 알겠나?」

베슈의 부하들은 앙투안 파주로를 데려다 소파에 눕혔다. 당느리가 다시 문을 닫았다.

당느리가 요청했던 20분이란 시간이 다되었다. 이제 앙투안이 움직이기 시작했다. 당느리는 앙투안 얼굴 위를 덮었던 습포의 매듭을 푼 후 습포를 창문 밖으로 던졌다. 그러고 나서 질베르트에게 말했다.

「부인, 모자와 옷을 한쪽에 따로 놓으시기 바랍니다. 여기에 있는 것이 아니라 댁에, 그러니까 위르페가 저택에 있는 것처럼 행동해야 하니까요. 앙투안 파주로에게는 우리가 아직 위르페가를 떠나지 않은 셈입니다. 그리고 계속 강조하지만, 누구도 제가 앞으로 말씀드릴 것과 다른 이야기를 한마디라도 해서는 안 됩니다. 저보다는 이 자리에 있는 여러분 모두가 우리가 좇아 온 목표를 이루는 일에 더 관심이 많으실 테니까요」

앙투안이 더욱 깊이 숨을 들이쉬었다. 그는 이상하게도 깊이 빠져들었던 잠에서 다시 깨어나려는 듯 손을 들어 이마에 올려놓았다. 당느리는 앙투안에게서 눈을 떼지 않았다. 백작은 입을 열지 않을 수 없었다.

「그러면 이 사람이 상대 가문의 상속자란 말씀……?」

「그렇습니다. 백작님께서 항상 추측하셨던 상대 가문 출신이죠. 생각하시는 대로 한편으로는 멜라마르 가문이 있고 또 한편에는 그들을 괴롭히던 보이지 않고 알려지지 않은 존재들이 있죠. 이는 정확한 사실이지만 이것만 가지고는 충분하지 않습니다. 수수께끼를 완전히 풀어 설명하려면 제가 해석한 사건과 사건 배경, 사건을 각각 구성하는 요소들을 모두 합쳐야 합니다. 아를레트와 레진 양이 처음에 보았던 물건들은 아를레트가 지금 보고 있는 이 물건들이라고 생각하셔야 합니다」

당느리는 말을 멈추고는 주변을 살펴 모든 것이 제대로 되어 있는지 확인했다. 사람들이 모두 긴장한 가운데 앙투안 파주로가 조금씩조금씩 마취 상태에서 깨어나고 있었다. 클로로포름의 양이 그리 많지 않았기 때문에 앙투안은 금세 의식을 되찾았으며 적어도 무슨 일이 일어났는지 생각해 볼 정도로 정신이 깨어났다. 그는 당느리에게서 날아온 주먹을 기억해 냈다. 하지만 그 순간부터 눈앞이 캄캄했고 다음에 일어났던 일은 전혀 알 수 없었다. 자신이 잠들었던 사실도 기억하지 못했다.

앙투안은 뭔가를 기억해 내듯이 또박또박 말했다.

「무슨 일입니까? 마디마디가 쑤시고 시간이 많이 흐른 것 같습니다……」

「물론, 그렇지 않습니다. 겨우 10분 지났습니다. 10분 이상은 흐르지 않았죠. 우린 너무 놀랐습니다. 매운 주먹에 한 방 맞았다고 해서 링 위에 10분 동안이나 기절해 있는 권투 선수를 보신 적 있습니까? 하하, 죄송합니다. 생각보다 제가 너무 세게 쳤나 봅니다」

당느리가 웃으며 말했다.

앙투안은 분노로 가득한 눈으로 당느리를 쳐다보았다.

「기억 납니다. 당신이 아무리 감추려 해도 제가 당신 안에 있던 뤼팽을 발견했으니 몹시도 화가 나셨겠죠」

앙투안이 말했다.

당느리는 유감스러운 표정을 지었다.

「뭐라고요? 아직도 그 말씀이군요! 앙투안 씨는 10분 동안 잠이 들었을 뿐이지만 그동안 상황은 많이 바뀌었답니다. 뤼팽, 바르네트, 당느리, 이제 그 얘기는 관심 밖으로 밀렸지요. 여기 있는 누구도 그런 말도 안 되는 소리에는 더 이상 관심이 없단 말입니다!」

「그럼 무엇에 관심이 있단 말입니까?」

앙투안이 친구였던 사람들의 태연한 표정을 살피며 물었다. 하지만 이들은 하나같이 앙투안의 시선을 피했다.

「무엇에 관심이 있냐고요? 바로 당신의 이야기죠! 오로지 당신 이야기와 멜라마르 가문의 이야기입니다. 두 이야기는 바로 하나니까요」

당느리가 큰 소리로 말했다.

「두 이야기가 하나라고요?」

「그렇고말고요. 앙투안 씨는 이야기를 듣는 편이 좋겠습니다. 이야기를 부분적으로 알고 있는지는 몰라도 전체적으로는 알지는 못할 테니까요」

두 사람이 몇 마디를 주고받는 동안 지켜보고 있던 사람들은 모두 침묵을 지키며 당느리의 말을 따르고 있었다. 모두가 당느리의 말대로 했다. 아무도 위르페가를 떠난 것을 드러내지 않았다. 앙투안 파주로의 머릿속에 작은 의심이 생겼지만 그는 질베르트와 백작의 모습을 보며 곧 의심을 지웠다.

「자, 말씀해 보시죠. 당느리 씨가 보고 해석하신 제 이야기를 알고 싶군요. 그런 다음 제가 이야기하죠」

「저, 당느리에 대한 이야기를요?」

「예」

「주머니에 있는 자료에 의거해서 말이죠?」

「그렇습니다」

「자료는 더 이상 없을 겁니다」

앙투안은 지갑을 찾더니 욕설을 내뱉었다.

「불한당 같은 인간…… 당신이 훔쳐 갔군」

「저에 대한 이야기에 귀를 기울일 시간이 없다고 이미 말씀드렸죠. 앙투안 씨에 대한 이야기만으로도 충분합니다. 지금은 조용히하십시오」

앙투안은 마음을 가라앉혔다. 그리고 팔짱을 낀 채 아를레트와 시선을 마주치지 않으려고 고개를 돌렸다. 그는 당느리의 이야기에 관심이 없다는 듯 거만한 태도를 취했다. 하지만 지금 당느리에게는 앙투안의 태도가 중요하지 않은 것 같았다. 당느리는 질베르트와 백작에게 말했다. 이제 멜라마르 가문의 비밀을 전부 자세하게 밝힐 시간이 왔다. 당느리는 군더더기 없이 간결한 설명으로 이야기를 끌어갔다. 자신이 해석한 사실이나 가정이 아니라 반박할 수 없는 자료에 근거한 이야기였다.

「제가 백작님 가문을 좀더 거슬러 올라가더라도 용서하십시오. 하지만 불행의 시작은 생각하시는 것보다 훨씬 오래되었습니다. 결백한 증조할아버지와 할아버지께서 비극적으로 돌아가셨던 불운한 두 사건으로 백작님과 백작 부인께서 끊임없이 괴로워하실 당시에도, 이 두 사건이 18세기 중반에 있었던 다소 감상적인 작은 연애 사건 때문에 비롯되었다는 사실을 알지 못하셨습니다. 그러니까 백작님의 저택이 지어지고 대략 25년이 흐른 뒤에 발생한 사건 때문이었죠」

「그렇습니다. 저택 앞의 돌 중 하나에 1750년이란 날짜가 적혀 있습니다」

백작이 당느리의 말에 동의했다.

「하지만 1772년에야 장군이자 대사를 지내신 쥘 드 멜라마르 백작의 부친이시자 독방에서 사망한 알퐁스 드 멜라마르 백작의 할아버지 되시는 프랑수아 드 멜라마르 백작께서 이 저택을 고치고 가구를 갖춰 지금의 모습으로 만드셨습니다, 그렇죠?」

「예. 저택 공사에 대한 기록은 지금도 가지고 있습니다」

「프랑수아 드 멜라마르 백작은 당시 부유한 금융가의 딸이자 대단한 미인이었던 앙리에트와 결혼했습니다. 백작은 앙리에트를 열렬히 사랑했고 그녀도 백작을 매우 사랑했죠. 백작은 그녀에게 어울리는 주변 환경을 만들어 주고 싶었습니다. 그래서 낭비 없이 분별력 있게 돈을 쓰면서 최고의 예술가들을 불렀습니다. 프랑수아 백작과 아름다운 앙리에트는 그들의 말대로라면 함께 아주 행복했죠. 젊은 남편인 백작에게 자신의 아내보다 아름다운 여자는 없었습니다. 그리고 저택 내부를 장식하기 위해 선택하거나 주문한 예술 작품과 가구보다 더 세련되고 매력적인 것은 없었죠. 백작은 예술 작품과 가구를 정돈하고 그 목록을 작성하는 데 시간을 보냈습니다.

시간이 흐르고, 아이들의 교육에 열중했던 백작 부인에게는 이 평화롭고 기쁨에 가득한 생활이 계속되었지만 프랑수아 드 멜라마르 백작은 흔들리기 시작했습니다. 불행히도 그는 라 발네리라는 연극 배우에게 반하게 되고 말았죠. 그녀는 아주 젊고 발랄하며 재능도 어느 정도 있었고 야심이 많은 여인이었습니다. 그렇지만 겉으로는 아무런 변화도 일어나지 않았습니다. 프랑수아 드 멜라마르 백작은 여전히 아내에 대한 애정과 존경을 간직했고 백작의 말처럼 인생의 8분의 7을 아내와 보냈습니다. 하지만 매일 아침 10시부터 1시까지는 산책을 하고 유명한 화가들의 작업실에 간다는 핑계로 정부와 식사를 하러 갔습니다. 백작이 굉장히 조심했기 때문에 아름다운 앙리에트 부인은 남편이 바람을 피운다는 사실을 전혀 눈치 채지 못했습니다.

바람을 피던 백작의 눈에 거슬리는 점이 하나 있었죠. 바로 포부르 생제르맹 중심에 위치한 위르페가의 아끼는 저택과 사랑하는 물건들과 떨어져, 눈을 즐겁게 하는 것이라고는 전혀 없는 평범한 정부의 집으로 가야 한다는 사실이었습니다. 아내를 속이면서도 양심의 가책을 느끼지 않았던 백작이지만 평범한 라 발네리의 집에 있는 것은 괴로웠나 봅니다. 그래서 당시 파리의 정반대편에 위치해 있으며 부유한 부르주아와 대영주들이 별장을 짓던 옛 습지 구역에 위르페가의 저택과 모든 면에서 비슷한 저택을 지었습니다. 그리고 원래의 저택에 있는 가구들과 똑같은 가구들을 새로운 집에다 갖췄죠. 그러나 자신이 만든 새로운 환상적인 공간을 알아보는 사람이 없도록 저택의 겉모습은 다르게 꾸몄습니다. 그래서 백작이 새로운 저택의 이름인 라 폴리 발네리 저택의 안뜰에 들어가기만 하면 자신이 마련한 새로운 저택에서 위르페가에 위치한 저택의 삶이 다시 계속된다고 생각할 수 있었습니다. 문이 닫히는 소리도 멜라마르 가문의 저택에서와 같은 소리였으니까요.

안뜰에는 멜라마르 가문의 저택과 종류가 같은 포석 아래에 계단 수가 똑같은 작은 계단이 있었고, 똑같은 타일이 깔린 입구가 있었으며 각 방에는 똑같은 가구들과 물건들이 있었습니다. 모두가 백작의 기호와 습관에 맞춘 것이었죠. 백작은 다시 자신의 집에 온 셈이었습니다. 백작은 본래의 저택을 관리할 때와 마찬가지로 새 저택을 관리했습니다. 그는 계속해서 분류를 하고 목록을 작성했으며 너무나 집착한 나머지 두 저택 모두에서 조그만 물건이라도 없어지거나 평소에 있던 자리에 없으면 괴로워했습니다.

이런 것은 백작의 정밀하고 섬세한 취미일 뿐이었지만, 아뿔싸! 이것이 불행히도 백작을 파멸로 몰았고 수세대에 걸쳐 집안의 운명을 비극으로 몬 계기가 될 줄은 몰랐을 겁니다. 이야기는 입에서 입으로 전해져 살롱과 규방 사이에도 퍼져 나갔습니다. 사람들은 수군댔습니다. 마르몽텔, 갈리아니 신부, 배우 플뢰리는 모호한 말로 회고록이나 서신에서 백작의 이야기를 암시했습니다. 프랑수아 백작은 그때까지 라 발네리가 이 사실을 모르도록 했지만 결국 그녀 귀에까지 들어갔습니다.

애인인 백작에게 무한한 영향력을 행사한다고 믿었던 라 발네리는 사실을 알고는 굉장한 모욕감을 느껴서 백작에게 자신과 부인 중 하나가 아니라 두 저택 중 하나를 선택하라고 강요했습니다. 프랑수아 백작은 망설이지 않았습니다. 그는 위르페가에 있는 본가를 선택했고 그림 형제 덕에 우리에게 알려진 이 멋진 쪽지를 정부에게 썼습니다.

당신과 알게 된 후 10살을 더 먹었습니다. 당신도 그렇고요. 그러니까 우리의 관계가 도합 20년이 되었군요. 20년을 함께 보냈으니 서로 조용히 떠나는 것이 낫지 않을까요?

프랑수아 백작은 라 발네리를 떠나며 그녀에게 비에유데마레가의 저택을 남기고 자질구레한 물건들에게 모두 작별 인사를 했죠. 백작은 이 작별이 그리 아쉽지는 않았습니다. 어차피 본래의 저택으로 가면 똑같은 물건들과 다시 만날 수 있으니까요. 그리고 이번에는 정말 아내인 앙리에트에만 충실했죠.

라 발네리의 분노는 극에 달했습니다. 어느 날 그녀는 위르페가의 저택으로 불쑥 들어왔습니다. 다행히 앙리에트 부인은 집에 없었습니다. 프랑수아 백작은 노발대발하며 난동을 부리는 라 발네리에게 심한 비난과 욕설을 퍼붓고는 그녀를 밖으로 쫓아냈습니다.

그때부터 라 발네리는 복수만을 생각했습니다. 3년 후 프랑스 혁명이 발발했습니다. 아름다움이 시들고 사나운 여자가 되었지만 여전히 부유한 라 발네리는 혁명에 가담해 모종의 일을 꾸몄습니다. 그녀는 푸키에 탕빌(공포 정치 시대에 활동한 검사 ─ 옮긴이)의 측근인 마르탱이란 남자와 결혼해 멜라마르 백작을 고발했습니다. 테르미도르 반동이 일어나기 며칠 전에도 자신의 저택을 떠날 결심을 하지 못했던 멜라마르 백작은 아내인 앙리에트와 함께 라 발네리에 의해 단두대의 이슬로 사라졌습니다」

당느리가 말을 멈췄다. 모두 호기심을 자아내는 이야기를 열심히 들었지만 파주로 한 사람만은 이야기에 관심이 없는 듯했다. 멜라마르 백작이 말했다.

「우리 조상의 사적인 이야기가 우리에게까지는 전달되지 않았습니다. 사실, 전해지는 말을 통해 라 발네리라는 미천한 여배우가 증조할아버지와 증조할머니를 고발했다는 사실은 알고 있었습니다. 하지만 그 외의 이야기는 소요 속에서 잊혀졌고 가문의 고문서에도 장부 문서와 정밀한 목록밖에 전해지지 않았습니다」

당느리는 말을 계속했다.

「하지만 비밀은 마르탱 부인의 기억 속에 살아 있죠. 푸키에 탕빌의 측근인 자신의 남편이 단두대의 이슬로 사라지자 과부가 된 라 발네리는 예전의 라 폴리 발네리 저택에 자리를 잡고 남편과 사이에서 태어난 아들과 함께 은둔하면서 지냈습니다. 그녀는 아들에게 멜라마르라는 이름에 대한 증오를 심어 주었습니다. 프랑수아 백작 부부가 죽은 것만으로는 성에 차지 않았던 것입니다. 그런데 백작 부부의 장남이었던 쥘 드 멜라마르가 나폴레옹 시절에는 군대에서, 나중에 왕정복고 시절에는 중요한 외교 직위에 올라 명예를 얻자, 라 발네리는 계속해서 분노와 원한을 갖게 되었습니다. 쥘 드 멜라마르의 파멸에 집착하던 그녀는 그의 생활을 낱낱이 살폈습니다. 그가 영광을 안고 위르페가의 저택의 문을 다시 열자 그녀는 은밀한 음모를 계획했습니다, 결국 그녀의 음모 때문에 쥘 드 멜라마르는 교도소에 갇히게 되었습니다.

쥘 드 멜라마르 백작은 자신을 향한 저항할 수 없는 불리한 증거들 앞에 굴복했습니다. 그는 저지르지도 않은 죄로 기소되었습니다. 그 범죄는 쥘 드 멜라마르의 살롱이라고 생각되었던 살롱에서 발생했습니다. 범죄가 일어났던 살롱에는 쥘 드 멜라마르의 것과 같은 가구들이 놓여 있었고 앞에는 그의 것과 똑같은 태피스트리가 있었습니다. 라 발네리는 두 번째 복수를 한 거죠.

그로부터 22년 후 라 발네리는 세상을 떠났습니다. 거의 100세에 가까운 나이에 죽었죠. 그녀의 아들이 그녀보다 먼저 저 세상으로 갔지만 그녀에게는 도미니크 마르탱이라는 15세 된 손자가 남아 있었습니다. 그녀는 손자 역시 증오와 범죄로 길들였습니다. 그래서 손자는 저택 두 채가 간직한 비밀로 무엇을 할 수 있는지를 알았습니다. 그는 끈질기게 음모를 계획해 자신이 해야 할 일을 증명해 보였습니다. 그의 음모로 나폴레옹 3세의 부관이었던 알퐁스 드 멜라마르는 위르페가의 저택으로 의심되는 살롱에서 두 여자를 살해했다는 혐의를 받고 자살을 결심했습니다. 이 도미니크 마르탱이란 남자는 경찰이 찾고 있었던 비참한 운명의 늙은 남자로, 바로 로랑스 마르탱의 아버지이죠. 그렇게 진짜 비극이 시작되었습니다」

당느리의 표현대로 하자면 진짜 비극이 시작되었다. 그 전의 일은 단순한 서막과 준비에 지나지 않았다. 모든 이야기가 전설이었던 먼 시절에서 벗어나 오늘의 현실에 접어들게 되었다. 사건의 주모자들은 여전히 존재했다. 피해자들은 범인들이 저지른 악행으로 생긴 상처를 느꼈다.

당느리는 계속 말했다.

「이처럼 단 두 인물이 18세기 말과 20세기 초를 연결시키고 있죠. 한 세기를 넘어 프랑수아와 드 멜라마르 백작의 정부였던 라 발네리는 르쿠르쇠 시의원의 살해범에게 도움을 주었습니다. 그녀가 범인에게 지시를 내린 거죠. 그녀는 아직도 범인에게 원한을 불어넣고 있습니다.

계획은 새로운 자극을 얻었습니다……. 증오심은 그대로였습니다. 더구나 도미니크 마르탱이 품고 있는 대대로 내려오던 본능적인 증오심에 지금까지는 개입되지 않았던 돈에 대한 갈망이 결합되었습니다. 부관이었던 알퐁스 드 멜라마르 백작에 대한 음모에는 절도와 사기까지 포함되었습니다. 하지만 도미니크는 음모로 얻은 이익을 친할머니에게서 물려받은 유산과 마찬가지로 즉각 탕진해 버리고 말았습니다. 그리하여 도미니크 마르탱은 사기와 절도를 일삼으며 살았습니다. 그런데 도미니크는 위르페가의 저택이 제공하는 일종의 알리바이가 없어 계획을 계속 밀고 나갈 수가 없었고 멜라마르 가문이 저택의 문을 굳게 잠그고 한 세대 이상을 시골에서 은둔해 있었기 때문에 다시 큰 사건을 계획할 수 없었고 집안 대대로 내려오던 원수에게 공격을 가할 수도 없었습니다.

당시 도미니크가 어떻게 살아갔으며 자신이 지휘한 동료들과 어떤 계획을 세우면서 조금이나마 수입을 얻었는지 상세하게 알지는 못합니다. 도미니크는 일찌감치 아주 착한 여자와 결혼했지만 그녀는 그에게 세 딸인 빅토린, 로랑스, 펠리시테를 남기고 슬픔을 견디지 못해 세상을 떠났습니다. 이 세 딸들은 라 발네리 저택에서 일을 꾸밀 수 있을 정도로 성장했죠. 빅토린과 로랑스는 일찍부터 아버지의 계획을 도왔습니다. 하지만 펠리시테는 어머니의 성실한 천성을 이어받았기 때문에 아버지의 명령에 따르지 않고 도망쳐서 파주로라는 이름의 남자와 결혼하고는 그를 따라 남미 대륙으로 건너갔습니다.

15년 이상이 흘렀습니다. 계획은 제대로 풀리지 않았죠. 도미니크와 두 딸들은 유일하게 남은 유산인 오래된 저택을 무슨 일이 있어도 팔려 하지 않았습니다. 팔기도 싫었고 담보로 설정하기도 싫었죠. 최고의 기회를 이용하려면 자신들의 저택에서 자유롭게 살아야 했습니다. 어찌 다시 기회가 올 것이라고 기대하지 않을 수 있겠습니까? 드디어 또 하나의 저택, 즉 위르페가에 위치한 저택이 다시 열렸습니다. 아드리안 멜라마르 백작과 동생인 질베르트 백작 부인은 과거의 무서운 교훈을 잊고는 파리에 살려고 돌아온 것입니다. 백작 남매의 등장을 이용해 쥘 드 멜라마르와 알퐁스 드 멜라마르 백작을 파멸로 모는 데 성공했던 계획을 다시 시작하면 어떨까?

이 순간 운명은 뚜렷해졌습니다. 도미니크의 딸들 중 한 명인 펠리시테는 남미 대륙으로 건너가 남편과 함께 부에노스아이레스에서 사망했습니다. 그들 부부 사이에 아들이 한 명 있었고요. 그 아들의 나이는 열일곱 살이었으며, 가난했습니다. 그런 그가 무엇을 했을까요? 그는 파리를 알고 싶어졌습니다. 어느 화창한 날, 그는 예고도 없이 할아버지와 이모들이 살고 있는 집의 벨을 눌렀습니다. 문이 반쯤 열렸죠.

〈무슨 일이신가요? 누구시죠?〉

〈앙투안 파주로입니다.〉

자신의 숨겨진 가족사에 점점 흥미를 가졌지만 꾹 참고 있던 앙투안은 자신의 이름이 나오자 고개를 들고 어깨를 으쓱한 후 비웃듯이 말했다.

「무슨 험담을 하는 겁니까? 그런 추잡한 말들을 대체 어디서 주워 모은 겁니까? 라 발네리? 비에유데마레 저택? 두 채……? 이런 바보 같은 얘기는 들어본 적이 없습니다……. 정말로 당신의 상상력 하나는 끝내 주는군요」

당느리는 앙투안의 개입에 응수하지 않았다. 당느리는 일목요연하게 계속 말했다.

「앙투안 파주로는 집안의 과거를 제대로 알지 못한 채 프랑스에 도착했습니다. 즉, 많은 것을 알지는 못했죠. 앙투안은 마음씨 곱고 지적이던 어머니를 좋아했으며 어머니가 주입시킨 원칙에 따라서만 살고 싶었던 젊은이였습니다. 그래서 그의 할아버지와 이모들은 성급하게 앙투안을 일에 끌어들이지 않았습니다. 그들은 시간을 들여 앙투안이 천재적이기는 하지만 열정이 없고 게으르며 낭비할 가능성이 크다는 사실을 알아냈습니다. 이 시기에 할아버지와 이모들은 앙투안을 말리기보다는 용기를 북돋아 주었습니다.

〈즐기거라, 애야, 세상으로 가거라. 도움이 되는 사람들과 사귀어라. 돈을 써라. 돈이 떨어지면 우리가 주마.〉

앙투안은 돈을 펑펑 쓰며 도박을 하고 빚을 졌고 점점 자신도 모르게 몇 가지 좋지 않은 일에 연루되었습니다. 그러던 어느 날 이모들이 그에게 〈파산을 했으니 이제 일을 해야 한다〉고 알려 주었습니다.

〈첫째 이모인 빅토리안 이모도 일을 하고 있지 않니? 이모는 생드니에 있는 고물상을 경영하고 있지 않니?〉

앙투안은 투덜거렸죠. 일을 하라고? 스물네 살에 이처럼 머리

좋고 호감 가는 인물에, 인생을 짓누르는 몇 가지 거추장스런 양심마저 떨쳐 버린 젊은이에게 고작 일을 하란 말인가? 앙투안의 마음을 알아차린 두 이모는 그에게 프랑수아 드 멜라마르 백작과 라 발네리에 대한 얘기를 하며, 똑같이 생긴 두 저택의 비밀을 알려 줬지만 살인에 대해서는 이야기하지 않았습니다. 그러고는 그에게 몇 가지 돈이 되는 일에 대해서 설명했습니다. 2개월 뒤, 조종을 받은 앙투안은 멜라마르 백작 부인과 그녀의 오빠인 아드리안 백작에게 자신을 소개했습니다. 상황은 앙투안에게 너무나도 유리하게 전개되어 그는 위르페가의 저택에 드나들 수 있게 되었죠. 이들은 그때부터 음모를 꾸몄습니다. 질베르트 백작 부인은 막 이혼을 한 상태였고 아름다운 데다가 부자였습니다. 그래서 앙투안은 백작 부인과 결혼을 계획했습니다」

당느리가 앙투안을 고발하는 이 대목에서 앙투안은 격렬한 어조로 반박했다.

「당신의 바보 같은 중상 모략에 반박하는 게 아닙니다. 그래 봐야 제 품위만 떨어지겠죠. 하지만 한 가지 참을 수 없는 것은, 질베르트 드 멜라마르 백작 부인을 향한 제 감정을 왜곡하는 일입니다」

「백작 부인께 연정을 품지 않았다고는 말하지 않았습니다」

당느리가 그 말을 인정하듯 간접적으로 한마디 대꾸해 줬다.

「젊은 파주로는 때에 따라 약간 몽상적이고 진실한 성격을 가졌습니다. 하지만 무엇보다도 그에게는 앞으로의 일이 문제였습니다. 그는 참을성 있고 유복하며 지갑이 두둑해 보여야 했기 때문에 도미니크 할아버지가 노발대발했는데도 조상인 라 발네리의 집기 일부를 팔자고 이모들을 졸랐습니다. 그리고 1년간 백작 남매의 환심을 사기 위해 신중히 노력했으나 헛수고였습니다. 당시 백작은 앙투안을 전혀 신뢰하지 않았습니다. 멜라마르 백작 부인은 어느 날 앙투안이 너무 무모한 모습을 보이자 하인을 불러 그를 문 밖으로 쫓아냈습니다.

앙투안의 꿈은 산산조각 났습니다. 모든 것을 다시 시작해야 했습니다. 하지만 어떤 조건에서 다시 시작한단 말인가! 비참한 삶에서 어떻게 벗어날 것인가? 모욕감과 원한 때문에 앙투안 마음속에 남아 있던 어머니의 성실한 천성이 무너졌습니다. 어머니의 성실한 천성이 무너지자 발네리 혈통의 모든 악한 본능이 그의 마음속에 서서히 비집고 들어왔습니다. 앙투안은 복수하기로 맹세했습니다. 그리고 그동안 그는 닥치는 대로 여러 일을 했습니다. 여행을 하고 사기를 치고 위조하기도 했죠. 그리고 주머니가 얄팍해져 파리에 들리게 되면 할아버지와 격렬하게 말다툼을 벌여서라도 가구들을 팔았습니다. 바로, 샤뤼의 서명이 새겨진 가구들을 팔아 버리고 외국으로 보냈습니다. 베슈 반장과 제가 고물상에서 이에 대한 증거를 다시 찾아냈죠.

저택은 점점 비어 갔습니다. 하지만 앙투안은 전혀 상관하지 않았습니다. 저택을 보존하고 살롱, 계단, 입구, 안뜰의 외관에만 손대지 않으면 되니까요. 오! 그것은 마르탱 이모들이 완강하게 반대했습니다. 이모들은 두 저택이 완전히 같아야 한다고 생각했으니까요. 그렇지 않으면 함정을 파지 않는 한 모든 것이 들통 날 수 있으니까요. 마르탱 이모들은 프랑수아 드 멜라마르 백작의 두 저택에 있는 물건들의 일람표와 목록을 갖고 있었습니다. 그녀들은 물건이 하나라도 모자란 것을 용납하지 못했죠.

특히 로랑스 마르탱이 이 문제에 집착했습니다. 그녀는 아버지와 라 발네리 할머니로부터 위르페가 저택의 열쇠, 즉 멜라마르 가문의 저택의 열쇠를 물려받았습니다. 그녀는 밤을 틈타 여러 번 멜라마르 가문의 저택에 들어갔습니다. 이렇게 해서 어느 날, 멜라마르 백작 부인은 몇 가지 자잘한 물건들이 사라졌다는 사실을 알아차렸습니다. 로랑스가 왔던 거죠. 로랑스는 초인종 리본의 절반을 잘랐는데, 그 이유는 자신이 살고 있는 저택에 있는 똑같은 초인종 리본의 절반이 사라졌기 때문입니다. 그녀는 촛농 받이와 서랍장 열쇠 구멍도 훔쳤는데, 마찬가지로 자신이 살고 있는 저택에 있던 똑같은 물건들이 없어졌기 때문입니다. 그리고 그 외 기타 등등의 물건들을 훔쳤죠. 값이 나가지 않는 물건들을 훔쳐 간다? 물론 물건들 자체만 보면 값이 나가지 않았죠. 하지만 언니인 빅토린이 있습니다. 그녀에게는 훔친 모든 물건들이 가치가 있었습니다. 그녀는 훔친 물건 중 일부를 벼룩시장에 팔았습니다. 그러다가 우연히 제가 벼룩시장에 들러 그것을 발견했고요. 그들은 나머지 물건 중 일부를 자신의 고물 장수 가게에 갖다 놓았습니다. 저는 조사할 것이 있어 고물상을 찾아갔다가 거기서 마침 파주로 씨를 언뜻 보게 되었습니다.

당시 모든 상황이 마르탱 가문의 사람들에게 불리하게 돌아갔습니다. 마르탱 집안에는 더 이상 돈이 없었죠. 배불리 먹지도 못했습니다. 더 이상 팔 것도 없었습니다. 남아 있는 물건 주변은 도미니크 할아버지가 엄중히 지키고 있었습니다. 이제 어떻게 할 것인가? 그때 오페라 극장에서 큰 규모의 자선 파티를 연다는 광고가 대대적으로 났습니다. 곧 로랑스 마르탱의 창의적인 머리에서 가장 대담한 음모의 싹이 자랐습니다. 바로 다이아몬드 코르셋을 훔치는 일이었죠.

〈오! 대단한 생각이야!〉

앙투안 파주로는 흥분했습니다. 그는 마흔여덟시간 만에 모든 것을 준비했습니다.

저녁이 되자 그는 무대 뒤로 들어가 조화 다발에 불을 붙이고는 레진 오브리 씨를 납치해 훔친 차에 태웠습니다. 차 안에서 코르셋을 슬쩍 훔치기만 했으면 흔적이 없는 완벽 범죄가 될 뻔했습니다. 하지만 로랑스 마르탱은 더 많은 것을 원했습니다. 라 발네리의 증손녀였던 그녀는 잊지 않았습니다. 로랑스는 대대로 내려오는 일이라는 의미를 주기 위해 비에유데마레가에 위치한 살롱에서 다이아몬드 코르셋을 훔치고 싶었습니다. 멜라마르 가문의 저택 살롱과 똑같았기 때문이죠. 이렇게 하면 실제로 발각되더라도 수사의 방향을 위르페가로 몰 수 있고, 쥘과 알퐁스 드 멜라마르에게 쌓여 있던 원한을 갚을 수 있는 기회가 아니겠습니까?

따라서 그들은 라 발네리가 물려준 살롱에서 레진 양이 입고 있던 다이아몬드 코르셋을 빼앗았습니다. 로랑스는 백작 부인처럼 손에 삼각형으로 배열된 작은 진주 세 개가 박힌 반지를 끼고 있었습니다. 또한 백작 부인처럼 검은 벨벳으로 장식한 자주색 옷을 입고 있었죠. 앙투안 파주로는 백작처럼 밝은 색의 각반을 신고 있었습니다…… 두 시간 뒤, 로랑스 마르탱은 멜라마르 가문의 저택으로 들어가서 서가의 책들 속에 은색 튜닉을 숨겼습니다. 그래서 몇 주 뒤, 저를 따라 백작님의 저택에 온 베슈 반장이 서가에 있던 책들 속에서 반박할 수 없는 물증을 발견했고, 백작님은 체포되셨죠. 그리고 여동생인 백작 부인은 탈출하셨고요. 이번 사건으로 멜라마르 가문은 세 번째로 불명예를 안게 되었던 겁니다. 그 다음은 뻔하죠. 추문, 교도소, 그리고 곧이어 자살이 있겠죠. 그러면서도 라 발네리의 자손들은 처벌을 받지 않고요」

아무도 당느리의 설명에 끼어들지 않았다. 당느리는 더욱 무뚝뚝한 어조로 이야기를 계속하며 능숙하게 한 단어 한 단어를 또박또박 발음했다. 그의 이야기 덕분에 이해하기 힘들었던 사건의 복잡한 사정들이 마침내 논리적이고 명확하게 밝혀졌다.

앙투안은 웃기 시작했다. 그의 웃음은 꽤 자연스러웠다.

「정말 재미있군요. 모든 이야기가 착착 들어맞아요. 새로운 전개에 반전이 있는 진짜 소설이었습니다. 정말 대단합니다, 당느리 씨. 그런데 불행히도 저에 대한 이야기는 잘못되었습니다. 제가 마르탱 가문의 후손이라고 상상하시는군요. 그리고 당느리 씨께서 말씀하신 제2의 저택에 대해서는 금시 초문입니다. 그 저택은 당신의 창의적인 상상에서만 존재하죠. 굳이 이 두 가지 허황된 이야기들은 그냥 넘어간다고 칩시다. 불행하게도 제가 했던 일은 당느리 씨께서 말씀하신 것과는 완전히 다릅니다. 전 사람을 납치해 본 적도 없고 다이아몬드 코르셋 따위를 훔쳐 본 적도 없습니다. 제 친구 멜라마르 백작 남매, 아를레트 양, 베슈 반장님과 당느리 씨 자신께서 보신 제 행동은 오직 성실함, 공평함, 우정, 누군가를 돕고 싶은 마음 등에서 비롯된 것이었습니다. 당느리 씨 생각은 모두 잘못된 겁니다」

몇 가지 점에서 맞는 말이었기 때문에 백작 남매는 놀라움을 금치 못했다. 파주로의 표면적인 행동에는 언제나 나무랄 게 없었다. 다른 한편으로 앙투안은 제2의 저택에 대해서는 알지 못했을 수도 있다. 당느리는 피하지 않고 계속 간접적으로 대답했다.

「간혹 상대의 겉모습에 속아 넘어가고 상대의 행동만을 보고는 잘못된 판단을 하기도 하지만, 저는 파주로라는 사람의 성실한 외모에 속지 않습니다. 처음부터 저는 파주로라는 사람을 그의 이모인 빅토린의 가게에서 알아보았습니다. 그가 바로 우리의 적이라고 생각했죠. 저녁에 베슈 반장님과 태피스트리 뒤에 숨어서 그의 말을 들었을 때 제 의심은 확실해졌습니다. 파주로란 사람이 음모에 가담했다는 거죠. 사실 고백하자면 그를 본 날부터 그의 행동에 당황했습니다. 갑자기 적이었던 파주로라는 사람이 제가 말씀드린 그 자신의 계획과는 반대로 행동하는 듯했으니까요. 앙투안 파주로는 백작 남매를 공격하는 대신 그들을 보호했습니다. 그러니까 결과적으로 그는 편을 바꾼 거죠. 그러면 무슨 일이 일어난 것일까? 오! 그 원인은 너무도 간단했습니다. 바로 사랑스럽고 다정다감한 우리의 아를레트가 그의 인생에 들어온 거죠」

앙투안은 어깨를 들고는 웃었다.

「점점 재미있어지는군요. 이봐요, 당느리 씨, 아를레트 양이 제 천성을 바꿀 수 있었다는 겁니까? 그리고 제가 당신과 함께 쫓고 있고 추적한 악당들과 공범이라고요?」

당느리가 대답했다.

「아를레트가 이미 얼마 전부터 파주로의 인생에 들어왔습니다. 기억 나실 겁니다, 백작님. 백작님께서는 예전에 죽은 딸과 아를레트의 모습이 비슷한 사실에 이끌려 여러 번 아를레트를 쫓아다녔습니다. 그런데 직접 또는 이모들을 통해서 간접적으로 백작님의 일거수일투족을 지켜보던 앙투안 파주로는 백작님께서 쫓아다니신 여성을 눈여겨 본 다음 멀리서부터 집까지 그녀의 뒤를 밟고 그녀 주변을 몰래 맴돌다가 그녀가 외출한 어느 날 저녁에 그녀에게 말을 걸려고까지 했습니다. 처음에 가졌던 호기심이 점차 애정으로 변했고 그녀를 만날 때마다 애정은 더욱 깊어졌습니다. 앙투안은 파주로는 사람은 돈벌이에 대한 계산을 하면서도 공상적인 꿈을 꿈을 꿀 수 있는 감상적인 사람임을 잊지 마십시오. 사랑에 빠진 그는 그대로 물러나고 싶지 않았습니다. 레진 양을 납치한 후 대담해진 그는 주저하지 않았습니다. 로랑스 마르탱이 위험한 행동이라고 생각했지만 마침내 그는 그녀를 설득해 아를레트를 납치한 겁니다.

이렇게 해서 앙투안은 아를레트를 감금해 언제나 곁에 두려고 했죠. 하지만 아를레트의 탈출함으로써 그의 희망은 물거품이 되었습니다. 그는 아를레트의 탈출로 실망을 금할 수가 없었습니다. 예, 그는 며칠 동안 괴로워했습니다. 더 이상 그녀 없이는 살 수 없었으니까요. 그녀가 보고 싶었고 그녀에게 사랑을 받고 싶었죠. 어느 아름다운 저녁에, 그는 모든 계획을 뒤집고 아를레트와 그녀의 어머니를 찾아갔습니다. 그는 자신을 멜라마르 가문의 오랜 친구라고 소개했고 백작 남매는 결백하다고 분명히 말했습니다. 그리고 아를레트에게 백작 남매의 결백을 증명할 수 있게 도와주지 않겠느냐고 부탁했습니다.

백작님, 그가 이 새로운 게임에서 무엇을 얻으려고 했으며 어떻게 얻어 냈는지 아시겠죠? 그렇게 해서 그는 자신이 저지른 실수를 만회하고 싶어했던 아를레트의 호감을 얻었으며 그녀의 도움으로 백작 부인으로부터 인정을 받고 백작 부인을 설득해 법정에 출두하도록 합니다. 그리고는 백작 부인에게 어떻게 변호하면 되는지에 대한 방법을 알려 주고 그녀를 백작님과 함께 구합니다. 이에 당황한 저는 생각하느라 시간을 허비했습니다. 그러는 동안 그는 자신의 집처럼 백작님의 살롱을 드나들었죠. 모두들 그를 은인 대하듯 환대했습니다. 그는 아를레트가 다른 사람들을 도와주고 싶다는 꿈을 실현할 수 있도록 몇 백만 프랑의 돈을 선뜻 내놓았습니다.(그가 이 돈을 어떻게 마련했을까요?) 게다가 그는 위기에서 구해 준 사람들으로부터 지지를 받아 아를레트에게 결혼 약속까지 받아 냈습니다」

아르센 뤼팽

앙투안이 다가왔다. 그의 행동 하나하나가 너무도 거칠게 드러
나면서 얼굴에서는 비웃는 듯한 무심한 표정이 싹 가셨다. 이제
그의 행동이 낱낱이 드러났다. 클로로포름으로 기력이 빠졌던 그
는 여전히 신경계가 불안정했다. 그런 상황에 이렇게까지 강하리
라고는 상상하지 못했던 적과 싸우게 되었다. 앙투안은 장 당느
리 앞에 우뚝 서서는 분노를 삭이지 못해 몸을 부르르 떨었다. 하
지만 그는 자신보다 강한 힘에 억눌려 끝까지 들을 수밖에 없었
다. 그는 분노한 듯 내뱉었다.

「당신은 거짓말을 하고 있습니다! 당신이야말로 딱한 사람에
지나지 않습니다! 질투 때문에 제게 반감을 품고 있군요」

「그럴지도 모르죠」

당느리가 갑자기 앙투안 쪽을 돌아보며 지금까지 보류했던 정
면 대결을 받아들였다.

「그럴지도 모르죠. 왜냐하면 전 아를레트를 사랑하니까요. 하지만 당신의 적은 저만이 아니죠. 당신의 진짜 적들은 바로 예전 당신의 공범들입니다. 바로 과거에 지나치게 집착하는 당신 할아버지와 이모들이란 말입니다. 그들과 달리 당신은 죄를 뉘우치고 새로 태어나려 하지 않습니까」

「공범들이라니, 전 그들을 모릅니다! 설령 안다 해도 적으로 알고 있고, 그들을 몰아내기 위해 싸웠습니다」

앙투안 파주로가 소리쳤다.

「공범들이 이제 귀찮아서, 자신이 평판이 나빠지는 것이 두려워서, 공범들을 무력하게 하고 싶어서 싸웠겠죠. 공범들, 아니 오히려 미치광이라고 해야 할 그들은 어떤 방법으로도 무력하게 만들 수 없었을 겁니다. 예를 들어 시에서는 마레 지구에 비에유 데마레가를 포함한 수많은 도로들을 확장하려는 계획을 세웠습니다. 그 계획이 시행되면 새로운 거리가 라 발네리의 저택을 통과하게 되죠. 도미니크와 두 딸들은 이를 용납할 수 없었습니다. 자신들이 물려받은 오래된 저택은 누구도 손댈 수 없으니까요. 그들의 오래된 저택이야말로 살 중 살이요, 핏줄 속에 흐르는 피기 때문입니다. 따라서 라 발네리의 저택을 허무는 일은 그들에겐 신성 모독과 같았습니다. 그래서 로랑스 마르탱은 어느 정도 뒤가 의심스러운 시의원과 협상을 시작합니다. 하지만 함정에 걸려든 그녀는 도망을 갔고 도미니크 영감이 권총으로 르쿠르쇠 의원을 살해했습니다」

「제가 그 사실을 어떻게 알게 되었습니까? 바로 당느리 씨에게 듣고서야 시의원이 살해되었다는 사실을 알게 되지 않았습니까」

앙투안이 따지듯 말했다.

「좋습니다. 하지만 살인범은 바로 당신의 할아버지이며 로랑스 마르탱은 그의 공범입니다! 같은 날 도미니크와 로랑스는 당신이 사랑하는 아를레트를 공격하고 그녀를 제거하기로 했습니다. 만일 당신이 아를레트를 알지 못했다면, 그리고 외할아버지와 이모들의 뜻을 거스르면서까지 아를레트와 결혼할 마음이 없었다면 가문의 대의를 저버리지는 않았을 테죠. 그러면 아를레트는 이미 이 세상 사람이 아닐 겁니다. 당신네 집안 사람들은 방해가 되면 누구든 제거해 버리죠. 앙투안 씨가 제시간에 도착하지 않았더라면 외떨어진 주차장으로 끌려간 아를레트는 도미니크와 딸들이 지른 불에 산 채로 화형당했을 겁니다」

「그러니까 아를레트 양의 친구로 간 거 아닙니까! 그리고 그 악당들의 적으로 말입니다」

앙투안이 큰 소리로 이야기했다.

「예, 하지만 그 악당들은 바로 당신의 가족입니다」

「거짓말입니다!」

「당신의 가족입니다. 그날 저녁 앙투안 씨는 범인들과 함께 있었으며 전 그 증거도 가지고 있습니다. 설사 당신이 범인들과 같이 있는 동안 아를레트 납치와 살인 미수에 대해 범인들을 비난했고 아를레트를 해치고 싶지 않다고 소리쳤으며 범인들이 아를레트의 머리카락 하나도 건드리지 못하게 보호하려고 했다 해도, 당신은 당신의 할아버지와 이모들과 한패입니다」

「악당들과 그 일을 꾸미지 않았다니까요!」

앙투안은 당느리가 공격을 퍼부을 때마다 물러섰다.

「아뇨. 그들과 함께 다이아몬드를 훔쳤죠」

「전 훔치지 않았습니다」

「앙투안 씨는 다이아몬드들을 훔쳤습니다. 게다가 다이아몬드들을 혼자 숨겨 놓았습니다. 범인들이 훔친 다이아몬드의 일부를 내놓으라고 요구했지만 당신은 거절하고 있습니다. 그러자 당신과 공범들은 광란에 사로잡힌 것처럼 서로 대적하게 되었죠. 당신과 공범들 사이에서는 처절한 전쟁이 벌어진 겁니다. 경찰에 쫓기고 두려움을 느끼며 앙투안 씨가 자신들을 경찰에 넘길 수 있다고 생각한 공범들은 저택을 떠나 교외에 있는 자신들의 별장으로 피신했습니다. 하지만 그들은 포기하지 않았습니다. 그들은 다이아몬드들을 원하고 있습니다! 또한 집안의 저택을 지키고 싶어합니다! 그래서 그들은 앙투안 씨에게 편지를 쓰거나 전화를 한 겁니다. 이틀 밤 연속으로 샹드마르 공원에서 앙투안 씨와 공범들은 약속을 하고 만났지만 서로 의견이 맞지 않았습니다! 앙투안 씨는 다이아몬드들을 나누어 갖고 싶어하지 않을 뿐더러 결혼을 포기하지 않았으니까요. 그러자 공범 세 명이 극단적인 설득 수단을 사용합니다. 바로 당신을 제거하기로 한 거죠. 어두운 공원에서 무자비한 싸움이 벌어집니다. 하지만 훨씬 젊은 데다가 힘이 센 당신이 승리하죠. 빅토린 마르탱이 너무도 가까이서 당신을 붙들고 늘어지자 당신은 그녀를 칼로 찌르고 겨우 빠져나왔습니다」

창백한 얼굴의 앙투안은 비틀거렸고 얼굴은 창백해졌다. 끔찍했던 순간이 생각나 앙투안은 현기증을 느꼈다. 그의 이마에는 땀이 송골송골 맺혔다.

「앙투안 씨는 더 이상 두려워할 것이 없었습니다. 모든 사람들에게 호감을 얻었고 멜라마르 백작님과 백작 부인의 절친한 친구이자 반 우벵 씨의 친구이며, 베슈 반장의 조언자인 당신이 상황의 주인이었으니까요. 당신의 계획이요? 라 발네리의 저택을 사용하고 없애 버린 후 과거에서 자유로워지는 거였죠. 적절할 때보상을 해 주기는 하겠지만 마르탱 가문과는 완전히 절연하고 다시 정직해지는 겁니다. 아를레트와 결혼하고 위르페가의 저택을 구입합니다. 그렇게 해서 서로 적대시하는 집안을 하나로 연결하고 위르페가의 저택과 가구를 마음껏 이용하는 거죠. 그러면 두저택에 속한 똑같은 가구들을 맞추기 위해 더 이상 물건들을 훔치거나 범죄를 저지를 일이 없어지니까요. 이것이 바로 당신의 계획입니다.

한 가지 장애물이 있는데 바로 접니다! 당신은 제가 당신에게 갖고 있는 적개심과 아를레트에 품고 있는 제 애정을 모르지 않았죠. 당신은 지나치게 신중을 기한 나머지 단서를 남기지 않기위해 미리 계획을 세우고 제 명예를 실추시키려고 안간힘을 씁니다. 당신의 명예를 지킬 수 있는 최고의 방법 아니겠습니까? 저를 고발하면 스스로를 변호할 수 있을 테니까요. 안 그렇습니까? 그래서 종이에 아르센 뤼팽이라는 이름을 써서 고물상 할멈의 주머니에 밀어 넣습니다. 새로운 방법을 사용한 거죠. 〈아르센 뤼팽은바로 장 당느리다.〉 당신은 이 사실을 신문에 공표합니다. 그래서베슈 반장이 저를 경계하도록 만들었죠. 우리 둘 중에 누가 게임에서 이길까요? 둘 중 누가 나머지 하나를 체포시킬까요? 바로 당신이겠죠, 안 그렇습니까? 당신은 승리를 너무도 확신한 나머지제게 공개적으로 도전을 했습니다. 하지만 결말이 서서히 다가오고 있습니다. 이제 시간문제죠. 순간의 문제입니다. 우리는 서로마주 보고 있고 경찰관들이 지켜보고 있습니다. 베슈 반장은 우리 둘 중 하나를 선택하기만 하면 됩니다. 상황이 너무도 절박해서 흔히들 얘기하는 것처럼 저는 뒤로 물러서다가 당신에게 제대로 한 방 먹일 필요가 있었습니다」

앙투안 파주로는 주위를 둘러보고는 지지와 동의를 구했으나 백작 남매와 반 우뱅은 차가운 시선으로 그를 관찰했고, 아를레트는 딴 생각을 하는 듯했다. 베슈 반장은 먹이를 사로잡은 경찰의 냉혹한 모습이었다.

앙투안은 몸서리를 쳤다. 하지만 다시 자세를 가다듬고 적과 맞서려고 노력했다.

「증거라도 있습니까?」

「스무 가지나 되죠. 저는 여드레 전부터 마침내 찾아낸 마르탱 가문의 사람들을 몰래 지켜보며 지냈습니다. 제게는 로랑스와 당신, 당신과 로랑스가 주고받은 편지가 있습니다. 메모한 수첩, 고물 장수 빅토린 마르탱이 쓴 일종의 일기가 있죠. 일기에서 빅토린 마르탱은 라 발네리의 모든 이야기와 당신의 이야기를 모두 적어 놓았습니다」

「그런데 왜 그 모든 것을 경찰에게 넘기지 않았습니까?」

앙투안이 베슈 반장을 손으로 가리키며 중얼거렸다.

「전 우선 모든 사람들 앞에서 당신의 교활함과 비열함을 증명하고 싶었고, 그런 다음 속죄하는 기회를 주려 했기 때문입니다」

「어떻게 말입니까?」

「다이아몬드들을 돌려주는 거죠」

「하지만 제게는 다이아몬드들이 없습니다!」

앙투안 파주로가 펄쩍 뛰었다.

「다이아몬드들은 당신에게 있습니다. 로랑스 마르탱은 당신이 다이아몬드들을 가지고 있다고 생각합니다. 다이아몬드들은 숨겨져 있습니다」

「어디에요?」

「라 발네리의 저택에요」

앙투안은 몹시 화를 냈다.

「그러니까 있지도 않은 그 저택을 말씀하시는 겁니까? 비밀스럽고 환상적인 그 저택을 진짜 보기라도 하셨습니까?」

「물론이죠! 로랑스가 보고서를 담당하는 시의원을 매수하려고 한 날, 그리고 그 보고서가 거리 확장과 관계된 것이라는 사실을 알아낸 날, 파리 구석구석에 훤한 저에게 앞쪽에 안뜰이 있고 뒤쪽에 정원이 있는 으리으리한 저택을 찾는 일은 쉬웠습니다」

「그렇다면 왜 그 저택으로 가지 않는 겁니까? 저를 꼼짝 못하게 만들고 제게 그 저택에 숨겨 놓은 다이아몬드들을 내놓으라고 하고 싶었다면, 어째서 라 발네리 저택으로 가지 않는 겁니까?」

「우리는 이미 라 발네리 저택에 있습니다」

당느리가 조용히 말했다.

「무슨…… 말씀이십니까?」

「약간의 클로로포름만으로도 당신을 잠재워 백작님과 백작 부인과 함께 당신을 이곳으로 데려올 수 있었습니다」

「여기……요?」

「예, 라 발네리의 저택이죠」

「하지만 여기는 라 발네리의 저택이 아닙니다! 위르페가의 저택입니다」

「여기는 당신이 레진 양에게서 다이아몬드들을 훔치고 아를레트를 데려왔던 살롱입니다」

「말도 안 돼……. 이럴 수가……」

앙투안이 당황해서 중얼거렸다.

「뭐라구요? 라 발네리의 증손자이자 도미니크 마르탱의 손자인 당신도 깜박 넘어갈 정도로 완벽하지 않습니까?」

당느리가 조소했다.

「말도 안 됩니다! 당신은 지금 거짓말을 하고 있습니다! 이럴 수가!」

앙투안이 계속 말했다. 그러고는 물건들 사이에서 차이점을 찾으려고 했으나 차이점은 없었다.

당느리는 가차 없이 말을 계속했다.

「바로 여기입니다! 여기서 당신은 마르탱 가문의 사람들과 함께 살았죠! 저택이 거의 비었습니다. 하지만 이 방에는 가구들이 전부 다 있습니다. 계단과 안뜰에도 100년 전의 모습이 그대로 있습니다. 여기가 바로 라 발네리의 저택입니다」

「거짓말입니다! 모두 거짓말입니다!」

앙투안이 괴로운 듯이 말을 더듬었다.

「여기입니다. 저택은 포위되었습니다. 베슈 반장도 거기서 우리와 함께 왔습니다. 경찰관들은 안뜰과 지하에 있습니다. 여기입니다, 앙투안 파주로 씨! 운명의 오래된 저택에 집착하는 도미니크와 로랑스 마르탱은 가끔 이 저택을 다시 찾았죠. 그들을 보고 싶지 않으십니까? 어떻습니까? 그들이 체포되는 모습을 보고 싶으십니까?」

「그들을 본다고요?」

「그럼요! 그들이 나타나는 모습을 보면, 그들이 자신들의 집에 있고 여기가 위르페가가 아니라 비에유데마레가라는 사실을 인정하게 될 겁니다」

「그들을 체포할 겁니까?」

「뭐, 베슈 반장이 거절하지 않는다면요……」

당느리가 농담을 했다.

벽난로 위의 추시계가 가늘고 날카로운 소리로 6시를 쳤다. 당느리가 말했다.

「6시! 도미니크와 로랑스가 얼마나 정확한지 알 겁니다. 전 지난밤에 그들이 정확히 6시에 이 저택을 한 바퀴 돌아 보자고 약속하는 소리를 들었습니다. 창문을 보십시오, 앙투안 씨. 그들이 정원 안쪽에서 들어오고 있습니다, 보십시오」

앙투안은 창문으로 다가가 마지못해 레이스 커튼 틈으로 밖을 내다보았다. 다른 사람들은 의자에 앉아 몸을 숙이고 몸을 움직이지 않은 채 불안하게 그들을 지켜봤다.

외딴 건물 근처에서 아를레트가 도망쳤던 작은 문이 살짝 밀렸다.

먼저 도미니크가 들어왔고 뒤이어 로랑스가 들어왔다.

「아! 이럴 수가. 이게…… 무슨 악몽이란 말입니까!」

앙투안이 중얼거렸다.

「악몽이 아니라 현실입니다.」

당드리가 조소하듯 말했다.

「도미니크 마르탱과 로랑스 마르탱이 자신들의 활동 영역을 돌아보고 있는 거죠. 베슈 반장, 이 방 아래에 부하 경찰관들을 배치해 주겠나? 알고 있지? 낡은 꽃병이 있는 방, 말이네. 절대 소리를 내서는 안 돼. 조금이라도 이상한 낌새가 느껴져도 도미니크와 로랑스는 그림자처럼 사라질 테니까. 말했듯이 저택에는 비밀 장치가 있지. 그리고 정원 아래에는 한산한 거리로 통하고 이

웃 마구간으로 이르는 비밀 출구가 있고. 그러니까 저들이 창문에서 열 걸음 정도 떨어진 지점에 이를 때까지 기다려야 하네. 그런 다음 저들을 덮쳐서 방에다가 꽁꽁 묶어 놓게나」

베슈 반장이 서둘러 나갔다. 아래층에서 소란이라도 난 듯 웅성거리는 소리가 들리더니 곧 잠잠해졌다.

도미니크와 로랑스는 느릿느릿한 걸음으로 걸으며 점점 건물 앞으로 다가왔다. 두 범죄자는 계속 바깥 상황에 주의를 기울이는 신중한 모습이었다. 평소에도 그들이 눈과 귀의 감각에 집중하고 모든 신경을 곤두세운다는 사실을 알 수 있었다.

「아! 이럴 수가」

앙투안이 반복해 말했다.

질베르트의 불안은 최고조에 달했다. 그녀는 말로 표현할 수 없는 불안한 표정으로 두 범인들이 천천히 걸어오는 모습을 바라보았다. 마치 현재 위르페가 저택의 살롱에 있는 듯한 기분이 들 수 있는 백작 남매에게 도미니크와 로랑스는 자신들을 그렇게도 괴롭혔던 상대 집안을 대표하는 이들이었다. 그들이 어두운 과거에서 기어 나와 한번 더 멜라마르 가문에게 달려들어서 자신들을 불명예와 자살로 몰아넣는 듯한 기분이었다.

질베르트는 의자에서 미끄러지며 무릎을 꿇고 앉았다. 백작은 분노로 주먹을 꽉 쥐었다.

「제발, 움직이지 마십시오. 파주로 씨도요」

당느리가 말했다.

「저들을 놓아 주십시오. 저들은 교도소에 갇히면 자살할 겁니다. 제게 그렇게 말했습니다」

파주로가 애원했다.

「그래서요? 저들이 벌였던 나쁜 짓들은 어떡하고요?」

곧 범인 두 명이 15~20보정도 앞까지 걸어오는 모습이 보였다. 둘은 하나같이 굳은 표정을 짓고 있었는데 딸인 로랑스의 표정이 더욱 표독했으며, 각지고 인간미라고는 없으며 나이를 알수 없는 도미니크 얼굴은 더욱 인상적이었다.

갑자기 둘은 걸음을 멈췄다. 소리가 들린 것일까? 어딘가에서 뭔가가 움직인 것일까? 아니면 직관적으로 위험을 감지한 것일까?

위험이 없다는 것을 알고 안심한 범인들은 동시에 다시 발을 내딛었다.

갑자기 사냥개 무리처럼 한 무리가 그들에게로 달려들었다. 남자 세 명이 튀어나와서는 범인들의 목덜미와 손목을 잡았다. 범인들은 피하거나 저항할 틈이 없었다. 소리 지를 시간조차 없었다. 얼마 후 범인들은 지하실로 끌려가 모습이 보이지 않았다. 이리하여 오랫동안 추적을 받았지만 처벌받지 않고 대대로 이어져온 악행을 저질렀던 보이지 않는 유산의 상속자들, 도미니크와 로랑스는 마침내 정의의 손에 넘겨졌다.

순간 침묵이 흘렀다. 질베르트는 무릎을 꿇고 기도했다. 아드리안 드 멜라마르 백작은 자신을 누르고 있던 비석이 들어올려졌으며 마침내 크게 숨을 쉴 수 있다고 느꼈다. 당느리는 앙투안 파주로 쪽으로 몸을 숙이며 그의 어깨를 잡았다.

「이제 당신 차례입니다, 파주로 씨. 당신이 마지막 남은 후손이자 비난받을 행동을 한 가문의 대표죠. 당신도 다른 두 범인들과 마찬가지로 100년의 빚을 갚아야 합니다」

앙투안의 얼굴에는 행복하고 낙천적인 듯한 표정이 더 이상 남아 있지 않았다. 그는 몇 시간 만에 비탄에 잠기고 패배한 사람의 표정을 지었다. 그는 공포로 몸을 떨었다.

아를레트가 다가와서는 당느리에게 애원했다.

「앙투안 씨를 구해 주세요, 제발」

「그를 구할 수가 없어. 베슈 반장이 감시하고 있으니까」

당느리가 말했다.

「제발요……. 당신이 구하려고만 하면 되잖아요」

아를레트가 다시 한번 애원했다.

「하지만 앙투안이 원하지 않잖아. 한마디만 하면 되는데 거부하고 있어, 아를레트」

앙투안이 힘차게 일어났다.

「제가 어떻게 하면 됩니까?」

「다이아몬드들은 어디에 있습니까?」

앙투안이 머뭇거리자 반 우벵은 이성을 잃고 앙투안을 사납게 몰아붙였다.

「내 다이아몬드들을 내놓으란 말이야! 그렇지 않으면 당신을 때려눕힐 거야」

「시간 낭비하지 마십시오, 앙투안 씨. 다시 한번 말씀드리지만 저택은 포위되었습니다. 베슈 반장이 경찰관들을 나누어 배치하고 있죠. 경찰관들은 당신이 생각하는 것보다 수가 많습니다. 베슈 반장의 손아귀에서 빠져나가고 싶다면 말씀하세요. 어서 밝히란 말입니다. 다이아몬드들은요?」

당느리가 명령조로 말했다. 당느리가 앙투안의 한쪽 팔을 잡았고 반 우벵이 앙투안의 다른 팔을 잡았다. 앙투안이 물었다.

「대답하면 저를 자유롭게 해 주실 겁니까?」

「맹세하죠」

「전 어떻게 되죠?」

「앙투안 씨는 남미로 가게 될 겁니다. 반 우벵 씨가 부에노스 아이레스로 당신에게 10만 프랑을 보내 줄 겁니다」

「10만이라고요? 아니, 20만을 주겠습니다……. 30만을 주겠습니다」

반 우벵은 나중에 못 지키는 한이 있더라도 일단 모든 것을 약속한다는 듯 외쳤다.

앙투안이 여전히 머뭇거렸다.

「꼭 베슈 반장을 불러야겠습니까?」

당느리가 말했다.

앙투안이 작은 목소리로 또렷이 말했다.

「아뇨, 아뇨. 기다리세요……. 그러니까, 좋습니다. 말씀을 따르죠」

「말씀해 보십시오」

「옆방에……, 규방에 있습니다」

「농담하지 마십시오! 그 방에는 아무것도 없습니다. 가구도 다 팔렸죠」

당느리가 말했다.

「샹들리에만 제외하고요. 마르탱 할아버지는 무엇보다도 샹들리에를 아꼈습니다」

「그래서 앙투안 씨가 샹들리에 속에 다이아몬드들을 숨긴 거군요!」

「아닙니다. 샹들리에 아래에 있는 작은 크리스털 조각들을 다이아몬드들로 바꿨죠……. 정확히 크리스털 두 개 중 하나는 다이아몬드입니다. 작은 철사들로 다이아몬드들을 고정시켜 놓았습니다. 그래서 다이아몬드들에 구멍을 뚫고 철사로 고정해 샹들리에의 다른 크리스털 장식들처럼 보이게 하려고 했죠」

「대단하군요. 당신이 한 일은 정말로 대단합니다. 다시 한번 존경을 표합니다」

당느리가 큰 소리로 말했다.

당느리는 반 우뱅의 도움을 받아 태피스트리를 젖히고 문을 열었다. 실제로 규방에는 아무것도 없었다. 단지 천장에는 세공된 크리스털들이 사슬처럼 늘어져 있는 18세기 샹들리에가 걸려 있었다.

「아니 뭐야? 다이아몬드들은 어디에 있는 거요?」

당느리가 놀라서 물었다.

당느리, 앙투안, 반 우뱅 셋이서 고개를 들어 다이아몬드들을 찾았다. 그리고 반 우뱅은 힘이 빠진 목소리로 더듬었다.

「아무 데도 안 보여요……. 샹들리에 아래의 크리스털 사슬들이 모자랍니다. 자, 이게 답니다」

「그렇다면……?」

장 당느리가 외쳤다.

반 우뱅이 의자를 갖고 와서 샹들리에 아래에 놓은 후 의자에 올라갔다. 반 우뱅은 곧장 균형 감각을 잃더니 의자에서 떨어졌다. 그가 중얼거렸다.

「샹들리에를 떼어 버려요! 다이아몬드들을 또 한번 도둑맞았군요」

앙투안 파주로는 어리둥절한 모습이었다.

「아니……, 보세요……. 있을 수 없는 일입니다. 혹시 로랑스가 찾아낸 걸까요?」

「제기랄, 그렇군! 앙투안 씨께서 크리스털 두 개중 하나를 다
이아몬드로 바꾸지 않았습니까?」

반 우벵은 거의 말을 하지 못했다.

「네……, 맹세합니다」

「그런데 마르탱 가문의 사람들이 모두 가져갔던 거군요…….
자, 철사 하나하나가 펜치로 끊겨져 있습니다. 이럴 수가……!
다이아몬드와 비슷한 것이라고는 전혀 보이지 않아요……. 다 찾
았다고 믿은 순간에……」

반 우벵은 급하게 목소리를 가다듬고는 입구 쪽으로 달려가며
소리를 지르기 시작했다.

「도둑이야! 도둑! 베슈 반장님, 조심하십시오. 범인들이 다이
아몬드들을 가져갔어요! 이 악당들에게 대답을 받아 내야 합니
다……! 그놈들의 손목을 비틀고 엄지손가락을 펜치로 짓이길 수
밖에 없습니다」

당느리가 살롱에 들어와서 태피스트리를 접고는 앙투안을 뚫어
지게 쳐다보며 말했다.

「이곳에 다이아몬드들을 두었던 것이 확실합니까?」

「밤에도 있었죠. 1주일 전에 제가 마지막으로 왔을 때에도 다
이아몬드들은 이곳에 있었습니다. 제가 알기로는 그날 도미니크
마르탱과 로랑스 마르탱은 외출을 했고요」

아를레트는 앞으로 가서 조그맣게 말했다.

「앙투안 씨를 믿으세요. 전 앙투안 씨가 사실을 이야기하고 있
다고 확신해요. 물론 약속도 지켰고요. 그러니 이제 당느리 씨가
약속을 지키세요. 앙투안 씨를 구할 수 있어요」

당느리는 대답하지 않았다. 당느리는 다이아몬드들이 사라지자 당황한 것 같았다. 그는 여전히 웅얼웅얼하며 같은 말을 중얼거렸다.

「이상해……. 전혀 이해할 수가 없어. 범인들이 다이아몬드들을 갖고 있다면 왜 다시 이리로 돌아온 거지……? 범인들은 다이아몬드들을 어디에 숨긴 것일까……?」

하지만 당느리는 이 문제에 더 이상 오래 관심을 두지 않았다. 멜라마르 백작 남매도 아를레트와 마찬가지로 끈질기게 앙투안의 편을 들었기 때문에, 당느리의 표정이 갑자기 바뀌었다. 당느리는 미소를 지으며 그들에게 말했다.

「자! 제가 보기에는 모든 진실이 드러났는데도 파주로라는 사람이 여전히 여러분에게 호감을 불러일으키는 것 같군요. 하지만 파주로라는 사람도 그리 대단치는 않은가 봅니다. 이보십시오, 앙투안 씨, 가슴을 펴십시오! 마치 사형을 선고받은 사람의 표정 같습니다. 베슈 반장이 그렇게 무섭습니까? 불쌍한 베슈 반장! 베슈 반장에게서 어떻게 자유로워지는지, 그 손에서 어떻게 빠져나가는지, 교도소에 가지 않고 어떻게 타협을 봐서 벨기에로 가 좋은 침대에서 잠을 잘 수 있는지를 알려 드릴까요?」

당느리는 두 손을 비비며 말했다.

「네, 벨기에요. 오늘 밤에라도 말이죠……! 계획이 마음에 드십니까? 그러면 제가 세 번을 치겠습니다」

당느리는 발로 마루판을 세 번 쳤다. 발로 세 번째를 치자 갑자기 문이 열리고 베슈 반장이 단번에 나왔다.

「모두 꼼짝 마」

베슈 반장이 외쳤다.

당느리는 농담을 한 것이었지만 신호를 듣고 나타난 베슈 반장의 모습이 당느리에게는 너무도 우습게 보였다. 당느리는 이 모습에 웃었지만 어리둥절한 다른 사람들은 웃지 않았다.

베슈 반장은 다시 문을 닫았다. 이런 순간에는 언제나 그랬다는 듯 근엄하고 엄중했다.

「분명하게 말합니다. 누구도 제 허락 없이는 저택에서 나가지 못합니다」

「적절한 시기군. 난 권위를 좋아하지. 반장이 하는 말은 터무니없지만 그래도 확신을 갖고 말하는군. 파주로 씨, 들었습니까? 산책을 하고 싶다면 우선 손을 들고 반장의 허락을 받아야 합니다」

당느리가 편하게 앉아 반장의 말에 동의했다.

곧장 베슈 반장은 화를 내며 소리를 질렀다.

「농담 좀 작작하게. 우리는 자네가 생각하는 것보다 심각한 문제를 해결해야 해」

당느리가 웃기 시작했다.

「딱한 베슈 반장, 우습군. 왜 이 모든 일을 비극으로 다루나? 그런데 자네의 등장으로 상황이 아주 재미있어졌어. 파주로 씨와 나 사이는 모든 것이 해결되었지. 결과적으로, 자네가 위대한 경찰 행세를 할 필요도 없고 영장을 흔들 필요도 없단 말일세」

「무슨 말을 하는 건가? 대체 무엇이 해결되었다는 건가?」

「모든 것이 말야. 파주로 씨는 우리에게 다이아몬드들을 넘겨줄 수 없지. 하지만 도미니크 마르탱 영감과 그 딸이 정의의 손에 잡혔으니 다이아몬드들은 손에 넣은 것이나 진배없어」

베슈 반장은 뻔뻔하게 말했다.

「그깟 다이아몬드들은 집어치우라고 해!」

242

「무례하군. 숙녀들 앞에서 상스러운 표현을 하다니! 어쨌든 우리는 여기서 합의했네. 다이아몬드 문제는 더 이상 거론하지 않겠어. 그리고 멜라마르 백작님과 백작 부인, 아르레트 양의 간곡한 부탁에 따라 파주로 씨를 관대하게 처리하기로 결정했네」

「어쨌든 자네가 우리에게 저자에 대한 이야기를 모두 하지 않았나? 바로, 당느리 자네가 파주로의 정체를 폭로하고, 그를 완전히 무너뜨린 후에 뭘 관대하게 처리한단 말이야?」

베슈 반장이 비웃었다.

「아무렴 어떤가? 어느 날 파주로 씨는 내 목숨을 구해 줬지. 이점은 절대로 잊지 않아. 게다가 파주로 씨는 악한 사람이 아니지」

「악당이야!」

「오! 기껏해야 악당 기질이 있을 뿐이지. 대단한 정도는 아니지만 영리하고, 천재성은 없지만 기발하며 난관을 극복하려 노력하고 있어. 간단히 말해서 성실하게 될 가능성이 있단 말이지. 베슈 반장, 파주로 씨를 도와주자고. 반 우벵 씨께서 파주로 씨에게 10만 프랑을 주고 난 후 그가 남미 대륙에서 은행 회계원으로 일할 수 있도록 자리를 하나 마련해 주기로 했네」

베슈 반장이 어깨를 올렸다.

「허튼 소리! 마르탱 일가를 모두 유치장으로 데려갈 거야. 내 차에는 아직 두 자리가 남아 있으니까 말야」

「좋군! 그러면 반장에게는 더 좋겠지」

「파주로……」

「파주로 씨에게는 손대지 말게. 아를레트 주변에 이러쿵저러쿵 좋지 않은 소문이 돌 테니까. 난 그렇게 되는 게 싫어. 우리를 내버려두라고」

「아, 나 참! 내 말을 이해하지 못하는군? 마르탱 일가를 태우고도 두 자리가 있다고! 두 자리에 사람을 더 태울 수 있다고」

베슈 반장이 점점 화를 내며 말했다.

「그러니까 결국 파주로 씨를 데려가겠단 말이군?」

「그렇지……」

「그리고 또 누구를 데려가려고?」

「바로 자네」

「나 말인가! 그러니까 날 체포하고 싶다는 건가?」

「그렇지」

베슈 반장이 당느리의 어깨에 거친 손을 올려놓았다.

당느리는 깜짝 놀라는 척했다.

「반장의 머리가 어떻게 됐군! 자네야말로 가둬 버려야겠어. 뭐라고? 날 체포한다고! 난 사건을 모두 해결했어. 아주 힘들게 일했지. 자네에게 내 성의를 최대한 보여 줬고 도미니크 마르탱과 로랑스 마르탱을 넘겨주고 멜라마르 가문의 비밀을 알려 줬지. 자네가 세계적인 명성을 얻게 도왔고 대신 모든 것을 밝혀 냈으며 심지어는 자네가 높은 고속 승진을 이루도록 할 수도 있지. 그런데 그 대가가 고작 이건가?」

멜라마르 백작 남매는 잠자코 듣고 있었다. 그러니까 저 별난 남자는 뭘 어찌겠다는 것인가? 그가 농담을 하고 있다면 그게 다 이유가 있어서 그런 것이 아닐까? 앙투안은 좀 불안감을 던 듯했고 아를레트는 웃음을 참는 모양이었다. 베슈 반장은 과장된 어투로 말했다.

「마르탱 가문의 두 명은 경찰관 한 명과 반 우뱅의 감시를 받고 있지. 반 우뱅 씨는 그들에게서 눈을 떼지 않고 있어. 아래 현관에는 가장 건장한 내 부하들 세 명이 있지! 정원에도 역시 건장한 다른 부하 세 명이 있어! 와서 내 부하들의 모습을 보라고. 내 부하들은 절대 감상적인 젊은이들이 아니라는 사실을 알게 될걸세. 내 부하들은 당느리, 자네가 도망치려 한다면 무차별 사살하라는 지시를 받았지. 또한 지시도 분명히 내려놨지. 내가 호루라기를 한 번 불면 모든 부하들이 내게 몰려와서는 손에 든 권총으로만 자네에게 말을 하게 될 거야」

당느리는 고개를 저었다. 그는 깜짝 놀라 같은 말을 반복했다.

「그래서 결국 날 체포하고 싶다는 거군! 이 당느리라는 신사를, 유명한 항해사를 체포하고 싶다는 거군……」

「아니, 당느리가 아냐」

「그럼, 누구지? 짐 바르네트?」

「더욱 아니지」

「그렇다면?」

「아르센 뤼팽이야」

당느리는 웃음을 터뜨렸다.

「아르센 뤼팽을 체포하고 싶다? 아! 정말 재미있군. 하지만 뤼팽은 체포되지 않아. 당느리나, 엄밀하게 말하면 아마도 짐 바르네트가 체포되겠지. 하지만 뤼팽이라! 반장, 뤼팽이 어떤 사람인지 생각해 봤나……?」

「뤼팽은 다른 사람들과 다를 것이 없어. 그러니까 그에 합당한 대우를 받겠지」

베슈 반장이 외쳤다.

「뤼팽은 그 누구에게도 당하지 않는 사람이야. 더구나 반장 같은 사람에게는 더 더욱 그렇지. 그는 자신의 말만을 따르고 즐거

움을 추구하며, 원하는 대로 살고 정의와 손을 잡고 싶어하되 정
당한 방법으로 잡고 싶어하는 사람이라고. 물러서」

베슈 반장은 얼굴이 시뻘게졌다. 그는 분노로 몸을 떨었다.

「그만 조용히하고 둘 다 나를 따라 와」

「말도 안 돼」

「내 부하들을 불러야 하나?」

「반장 부하들은 이 방에 들어오지 않을 거야」

「한번 보자고」

「이곳이 악당들의 은신처이며 저택에는 비밀 장치가 있다는 사
실을 잊지 않았겠지? 증거가 필요한가?」

당느리는 벽면에 있는 꽃무늬 원형 장식을 돌렸다.

「이 꽃무늬 원형 장식만 돌리면 되지. 자물쇠는 잠겨 있어. 반
장의 방침은 아무도 이 방을 나가지 못한다는 것이지만, 내 방침
은 아무도 들어오지 못한다는 거야」

「내 부하들이 문을 부수고 모든 것을 부술 거야」

흥분한 베슈 반장이 큰 소리로 말했다.

「불러 보시지」

베슈 반장이 주머니에서 호루라기를 꺼냈다.

「반장의 호루라기는 소리가 안 날 거야」

당느리가 말했다.

베슈 반장은 있는 힘을 다해 호루라기를 불었지만 아무런 소리도
나지 않았다. 오직 창문에 부딪혀 돌아오는 바람 소리만 들렸다.

당느리는 더 더욱 재미있어했다.

「이런! 정말 재미있군! 그래도 해 보고 싶나? 반장, 내가 정말
아르센 뤼팽이라면 이런 것에 주의도 하지 않고 경찰관들과 함께

여기에 왔을 거라고 생각하나? 내가 반장의 배신과 배은망덕을 예상하지 못했을 거라고 생각하나? 하지만 다시 한번 말하지만 이 저택은 속임수로 가득하지. 난 이 저택의 구조를 속속들이 알고 있어」

모든 것이 베슈 반장에게 불리했다. 당느리는 베슈 반장의 얼굴에 대고 말했다.

「어리석군! 정신 나간 사람처럼 무작정 일에 뛰어들다니. 주변 사람들을 모아 날 잡겠다고 생각하는군! 아까 말했던 비밀 출구를 알지 않나? 아무도 내가 발견한 라 발네리 저택의 비밀 출구에 대해서는 알지 못해. 파주로 씨조차도. 난 자유롭게 마음대로 나갈 수가 있어. 내가 나가는 것을 막을 수 있는 이는 아무도 없어」

당느리는 베슈 반장과 맞서면서 뒤에 있던 파주로를 벽난로와 창문 하나 사이의 벽까지 밀었다.

「앙투안 씨, 오래된 알코브로 들어가십시오. 오른쪽을 찾아보십시오. 오래된 조각이 있는 판이 있습니다……. 판 전체가 움직입니다……. 됐습니까?」

당느리는 베슈 반장을 조심스럽게 살펴보았다. 베슈 반장은 권총을 사용하려고 했다. 당느리는 반장의 팔을 꽉 죄었다.

「비극은 안 돼! 오히려 재미있어야지. 너무도 희극적이야! 아무것도 예상하지 못했군……. 비밀 출구조차도. 내가 반장의 호루라기를 슬쩍해서 다른 호루라기와 바꿔치기한 사실도 예상 못했고. 자, 여기 반장의 호루라기가 있네. 이제 사용할 수 있지」

당느리는 자리에서 빙빙 돌다가 사라졌다. 뒤쫓던 베슈 반장은 비밀 출구의 벽에 부딪혔다. 베슈 반장이 주먹으로 벽을 쾅쾅 두드리자 당느리는 터져 나오는 웃음소리로 응답했다. 반장은 몹시 당황했을 텐데도 서두르지 않았다. 그는 주먹으로 벽을 두드리며 시간을 낭비하지 않고 호루라기를 있는 힘껏 불며 창가로 달려가 창문을 열고 뛰어내렸다.

정원에서 부하들에게 둘러싸인 베슈 반장은 즉각 호루라기를 불었다. 반장은 외딴 곳에 떨어져 있는 별채에서부터 비밀 통로로 이어져 있으며 사람들의 발길이 뜸한 거리로 달려가면서 또 한번 호루라기를 불렀다. 떨리는 호루라기 소리가 허공을 찢었다.

멜라마르 백작 남매는 창문에서 몸을 숙이고 내다보았다. 아를레트가 한숨을 쉬었다.

「당느리 씨와 파주로 씨를 잡지 못하겠죠? 너무 두려워요」

「물론 그렇죠. 그래요, 어둑어둑해지고 있어요. 두 사람을 잡을 수는 없을 거예요」

질베르트가 감정을 숨기지 않았다.

셋은 정말로 두 남자가 무사하기를 바랐다. 도둑이자 악당인 파주로와 묘한 모험가인 당느리가 무사하기를 바랐다. 그들 당느리의 인격을 전혀 의심하지 않았다. 그래서 경찰보다는 이번에 활약이 대단했던 그의 편을 들 수밖에 없었다.

기껏 1분 정도가 지났다. 아를레트가 다시 말했다.

「두 사람이 잡힌다면 너무 끔찍할 거예요. 하지만 그럴 리는 없겠죠?」

「그럴 리 없죠! 있지도 않은 지하 통로의 출구에서 찾고 있으니 두 사람이 잡힐 리가 없죠」

아를레트 뒤에서 경쾌한 목소리가 들렸다.

오래된 알코브가 다시 열렸다. 그곳에서 당느리와 파주로가 나왔다.

당느리는 여전히 웃고 있었다. 정말 마음에서 우러나오는 웃음이었다!

「비밀 출구는 없습니다. 돌아가는 벽면도 없고요. 잠겨 있는 자물쇠도 없습니다. 그 어떤 오래된 저택도 이 저택보다 단순하지 않을 겁니다. 베슈 반장은 너무 흥분해 펄펄 뛴 나머지 판단력을 잃었던 거죠」

당느리는 아주 침착하게 앙투안에게 말했다.

「파주로 씨, 아시겠습니까. 무대에 오를 때처럼 철저하게 준비한 뒤, 무대가 준비되면 강한 확신을 가지고 밀고 나갈 수밖에 없습니다. 이를테면 베슈 반장은 용수철처럼 튀어 올라 제가 은근히 암시했던 방향으로 번개처럼 달려 나갔고 모든 경찰관들도 우르르 옆집의 마구간으로 몰려갔습니다. 마구간 문을 부술 겁니다. 잔디밭을 달려가는 저 사람들을 보십시오, 파주로 씨. 더 이상 낭비할 시간이 없습니다」

당느리가 침착한 태도로 확신에 차서 말하자 그 주변의 모든 동요가 가라앉은 듯했다. 위험에 대한 불안은 하나도 남지 않았다. 거리를 성큼성큼 걸어가 마구간 문을 부숴 대는 베슈 반장과 경찰들의 우스운 모습만 생각났다.

백작은 당느리에게 손을 내밀고는 물었다.

「제 도움이 필요하지 않으십니까, 당느리 씨?」

「없습니다, 백작님. 일이 분 동안 거리는 한산할 테니까요」

당느리는 질베르트에게 인사했고 그녀도 마찬가지로 손을 내밀었다.

「저희들을 위해서 하신 일에 어떻게 감사드려야 할지 모르겠습니다, 당느리 씨」

질베르트가 말했다.

「저희들의 명예와 가문을 위해 애써 주신 것에 진심으로 감사 드립니다」

백작이 덧붙였다.

「조만간 다시 만날 거야, 아를레트. 파주로 씨, 아를레트에게 작별 인사하십시오. 아를레트가 파주로 씨에게 편지를 쓸 겁니다. 〈부에노스아이레스 현금 출납계원, 앙투안 파주로〉라고 말이죠」

당느리는 서랍에서 고무줄로 묶은 작은 상자를 꺼냈다. 당느리는 이 상자에 대해서는 전혀 설명하지 않았다. 그는 마지막으로 인사를 하고 파주로를 데리고 나갔다. 멜라마르 백작 남매와 아를레트는 멀리서 둘을 배웅했다.

현관은 비어 있었다. 점점 짙어지는 어둠 속에서 안뜰 한가운데 자동차 두 대가 얼핏 보였다. 하나는 경찰차인데 도미니크 마르탱과 딸인 로랑스 마르탱이 결박당한 채 타고 있었다. 반 우벵은 기사 옆에 앉아 권총을 들고 둘을 감시했다.

「승리했습니다! 공범 한 명이 벽장에 숨어 있다가 체포되었는데 그가 바로 다이아몬드들을 훔쳐 갔던 겁니다. 현재 베슈 반장님과 부하들이 그를 심문하고 있습니다」

당느리는 반 우벵 가까이로 가서 말했다.

「그럼 다이아몬드들은요?」

반 우벵이 물었다. 그에게는 이제 의심이 사라졌다.

「파주로 씨가 다시 찾았습니다」

「가지고 있나요?」

「그렇습니다」

당느리가 말했다. 그리고 그는 서랍에서 꺼냈던 상자를 보여 주며 뚜껑을 살짝 열었다.

「세상에! 제 다이아몬드들이군요! 주십시오」

「그러죠. 하지만 우선 앙투안 씨를 구합시다. 조건은 그겁니다. 반 우뱅 씨 차로 우리를 데려다 주십시오」

반 우뱅은 다이아몬드들을 되찾은 이상, 무엇이든 할 준비가 되어 있었다. 셋은 안뜰에서 나와 차에 올라탔다. 반 우뱅은 즉시 차를 출발시켰다.

「어디로 갑니까?」

반 우뱅이 물었다.

「벨기에로요. 시속 100킬로미터로 달려 주십시오」

「좋습니다」

반 우뱅은 당느리로부터 상자를 빼앗아 받았다.

「원하신다면 가져가시죠. 하지만 경찰청에서 전보를 치기 전에 국경을 넘지 못한다면 다이아몬드들을 다시 가져가겠습니다. 분명히 경고했습니다」

주머니에 다이아몬드들이 있다는 생각, 다이아몬드들을 잃을지도 모른다는 두려움, 저항할 수 없는 당느리의 행동, 이 모든 것 때문에 반 우뱅은 정신이 없었다. 반 우뱅은 속도를 최대한으로 유지하고 마을을 지날 때에도 속도를 늦추지 않고 계속 달려서 빨리 국경에 다다라야 한다는 생각뿐이었다.

자정이 지나자 국경에 조금 가까워졌다.

「여기서 멈춥시다. 세관까지는 200미터입니다. 전 파주로 씨가 적적하지 않도록 같이 갈 테니 여기서 한 시간 있다가 만납시다. 곧 파리로 돌아갈 겁니다」

반 우뱅은 한 시간을 기다렸다. 당느리를 기다린 지 두 시간이 되자, 반 우뱅은 그제야 비수처럼 의심이 파고들었다. 반 우뱅은 출발하면서부터 일어났던 모든 상황을 되짚었다. 그는 왜 당느리가 그처럼 행동을 했을까 곰곰이 생각했다. 상자를 빼앗겠다는데, 어떻게 자신이 당느리에게 저항할 수 있었겠는가! 순간 반 우뱅은 상자 속에 다이아몬드들 말고 다른 것이 들어 있을지 모른다는 생각이 들었다. 그는 등대의 불빛 아래서 떨리는 손으로 상자를 열었다. 상자 안에는 열두어 개쯤 되는 세공된 크리스털 조각들이 들어 있었다. 분명 떼어 내었던 그 샹들리에에서 나온 크리스털들이 틀림없었다.

반 우뱅은 올 때와 같은 속도로 곧장 파리로 돌아왔다. 당느리와 파주로에게 속아 넘어간 반 우뱅은 자신이 두 사람을 프랑스 국경 너머로 데려다 주는 데 이용당했다고 생각했다. 그는 다이아몬드들을 되찾기 위해서는 도미니크 마르탱과 로랑스 마르탱의 폭로밖에 기대할 데가 없었다. 하지만 파리에 도착한 그는 전날 저녁에 도미니크 마르탱이 스스로 목을 매었고 딸인 로랑스는 음독 자살을 했다는 신문 기사를 읽었다.

에필로그
아를레트와 장

사람들은 도미니크 마르탱과 로랑스 마르탱의 자살이 일으킨 엄청난 충격을 기억하고 있다. 두 범인의 자살과 함께 비극적인 사건들로 점철된 날이 저물었다. 사건 중 대부분은 대중에게 알려졌지만 나머지 부분들은 온갖 추측이 난무하며 굉장한 호기심을 자극했다. 도미니크 마르탱과 로랑스 마르탱의 자살 소식과 함께 몇 주 전부터 여론의 관심을 한 몸에 받은 사건이 일단락되었으며 지난 100년간 여러 번 소란스러운 상황에서 제기된 수수께끼가 풀렸다. 동시에 운명이 멜라마르 가문에게 가했던 오랜 고통이 막을 내리기도 했다.

배슈 반장은 이날 사기 진작에 있어서나 업무 면에서 이득을 얻을 것 같았으나 그렇게 못했다. 예상 밖이었지만 당연한 일이었다. 모든 관심은 당느리, 즉 아르센 뤼팽에게 쏠렸다. 언론에 뒤이어 경찰이 당느리와 뤼팽이 동일 인물이라고 생각했기 때문이다. 아르센 뤼팽은 일약 사건을 해결한 대단한 영웅이 되었다. 그는 역사적인 수수께끼를 풀어 냈고 똑같은 두 저택의 비밀을 밝혔으며 라 발네리의 모든 이야기를 공표했고 멜라마르 백작 남매를 구한 뒤 범인들을 넘긴 인물이었다. 베슈 반장의 역할은 단지 단역이나 뤼팽의 우스꽝스런 졸개에 지나지 않았으며, 뤼팽에게 망신을 당한 인물 취급을 받았다. 베슈 반장은 그리 호감을 주지 않는 반 우벵과 마찬가지로 어리석게도 뤼팽과 파주로가 벨기에 국경으로 도주할 수 있는 모든 조건을 마련해 준 사람이었다. 하지만 대중은 언론과 경찰보다 한 발짝 더 나아가, 사라진 다이아몬드들이 아르센 뤼팽에게 있다고 생각했다. 뤼팽이 모든 것을 준비하고 모든 것을 성공했다면, 그가 모든 것을 가져간 것이 분명하다. 베슈 반장도, 반 우벵도, 멜라마르 백작도 예상하지 못한 점이었지만 대중은 이 사실을 즉각 받아들였다. 그리고 논리적으로 그러했다. 사건의 결말로 마지막 순간의 속임수만큼 재미있는 것은 없기 때문이다.

베슈 반장의 분노는 극에 달했다. 하지만 그는 총명했기 때문에 자신에게 통찰력이 부족하다는 사실을 인정했다. 그는 단 한 순간도 대중이 주장한 진실을 외면할 생각은 하지 않았다. 그는 오히려 반 우벵의 집으로 가서 그에게 비난과 조소를 퍼부었다.

「자, 제가 처음부터 얘기하지 않았습니까! 그 악마 같은 작자가 다이아몬드들을 다시 찾을 거라고요. 하지만 반 우벵 씨는 제 말을 주의 깊게 듣지 않았습니다. 언제나 그랬듯이 우리의 노력은 오직 그 작자에게만 좋은 일을 시킨 겁니다. 그는 경찰과 협력해서 모든 지원을 받았고 탈출구를 마련해 놓았습니다. 결론적으로 말하자면, 그자는 그 덕에 목적을 달성하자 재간을 부려서 다이아몬드들을 갖고 도망친 겁니다」

병이 나 초췌한 모습으로 자리에 들어 누운 반 우벵은 중얼거렸다.

「그래서…… 다 끝났다는 겁니까? 다이아몬드들을 찾으려고 더 이상 고생할 필요도 없다는 거냐고요?」

베슈 반장은 낙담했다는 사실을 인정했고 기품 있는 태도로 공손하게 말했다.

「이제 체념할 수밖에 없습니다. 그자에게는 대항할 방법이 없으니까요. 그는 계획을 실행할 때에 독창적이고 무궁무진한 효과적인 방법들을 씁니다. 그는 마르탱 가문의 저택에서 간단히 제게 비밀 출구가 있다는 생각을 심어 주었고 저를 한쪽으로 나가게 한 다음 자신은 다른 쪽으로 나갔죠. 그 방법만 봐도 그는 천재입니다. 그와 싸운다는 것 자체가 무의미합니다. 전 손 뗐습니다」

「그렇지만 저는 아닙니다!」

반 우벵이 자리에서 벌떡 일어나며 외쳤다.

「한마디만 하겠습니다. 반 우벵 씨. 반 우벵 씨는 다이아몬드들을 잃어버려서 완전히 파산한 겁니까?」

「아닙니다」

반 우벵이 솔직하게 말했다.

「그렇다면 남아 있는 것에 만족하십시오. 그리고 절 믿으십시오. 다이아몬드 생각은 더 이상 하지 마십시오. 다이아몬드들을 절대로 다시 볼 수는 없을 테니까요」

「제 다이아몬드들을 포기한다고요? 다이아몬드들을 다시 볼 수 없을 거라고요? 가증스러운 생각이군요! 그런데 경찰은 계속 수사를 합니까?」

「적극적이지는 않습니다」

「반장님은요?」

「전 더 이상 이 일에 개입하지 않습니다」

「예심판사는요?」

「예심판사는 곧 사건을 매듭 지을 겁니다」

「가증스럽군요. 무슨 권리로 말입니까?」

「마르탱 일가는 죽었습니다. 파주로에 대한 증거도 없고요」

「뤼팽을 끈질기게 추적하면 됩니다!」

「뭐 하려고요?」

「뤼팽을 다시 찾으려고요」

「뤼팽을 다시 찾을 수는 없습니다」

「그러면 아를레트 마졸 양 쪽을 통해 찾으면 되겠군요. 뤼팽은 그녀에게 애정을 갖고 있으니까요. 그자는 분명 그녀의 집 주위를 맴돌 겁니다」

「그 생각도 했습니다. 경찰들이 지키고 있죠」

「그저 지키기만……?」

「하지만 아를레트 마졸은 이미 도망쳤습니다. 프랑스 국경을 넘어 뤼팽을 따라간 것 같습니다」

「이런, 난 운도 지지리 없군!」

반 우벵이 외쳤다.

아를레트는 도망치지 않았다. 뤼팽을 따라가지도 않았다. 충격적인 사건 끝에 지친 그녀는 의상실로 다시 돌아갈 수 없어 파리 근처의 멋진 빌라에서 휴식을 취하고 있었다. 빌라 주변에는 숲이 있었고 정원은 꽃으로 가득한 테라스를 통해 센 강변까지 이어져 있었다.

사실, 어느 날 아를레트는 레진 오브리에게 퉁명스럽게 행동했던 것을 사과하기 위해 그녀를 만나러 갔다. 이미 너무나도 유명해진 레진 오브리는 초대형 버라이어티쇼에서 수다스런 여자 역을 맡아 연습하고 있었다. 아를레트와 레진은 서로 포옹했다. 레진은 아를레트가 창백하고 수심에 차 있음을 알아차렸지만 더 이상 묻지 않고 그녀에게 자신의 빌라에 가서 쉴 것을 권유했다.

아를레트는 곧바로 제안을 받아들이고 어머니에게 이 사실을 알렸다. 다음날, 아를레트는 멜라마르 백작 남매에게 작별 인사를 하러 갔다. 아를레트의 눈에 비친 백작 남매의 모습은 행복하고 활달했으며, 장 당느리가 무시무시한 비밀의 그림자를 몰아낸 덕분에, 무기력하게 굴복해야 했던 과거에서 해방된 듯했다. 백작 남매는 위르페가에 있는 오래된 저택을 새롭게 단장하고 활기를 불어넣기 위한 계획을 이미 마련했다. 그날 저녁 아를레트는 아무도 모르게 차를 타고 떠났다.

무미건조하고 조용한 2주가 흘렀다. 아를레트는 고요하고 적막한 레진의 빌라에서 원기를 회복했다. 그리고 7월의 눈부신 태양 빛을 받으며 안색을 되찾았다. 아를레트는 믿을 수 있는 하인들의 시중을 받으며 정원 밖으로는 전혀 나오지 않았고 센 강가에서 꽃이 핀 참나무들이 주변에 가득한 벤치에 앉아 몽상에 잠겼다.

연인들로 가득한 보트 하나가 때때로 센 강을 따라 지나갔다.

거의 매일 나이 지긋한 농부 한 명이 작은 배를 타고 들렀다. 물에 흠뻑 젖은 바위들 가운데 있는 인근 둑에 배를 묶어 놓고 농부는 낚시를 했다. 아를레트는 작은 파도를 따라 춤추듯 움직이는 낚시찌를 보면서 그와 얘기를 하거나 아니면 종 모양의 큰 밀짚모자를 쓴 농부의 얼굴, 매부리코, 짚처럼 무성한 턱수염을 재미있게 바라보곤 했다.

어느 오후, 아를레트가 그 농부에게 다가가자 그는 조용히하라는 신호를 보낸 다음 가만히 그녀 곁에 앉았다. 긴 낚싯대 끝에 박힌 낚시찌가 요동을 치며 다시 올라왔다. 물고기 한 마리가 문 것 같았지만 완전히 물지는 않은 듯했다. 낚시찌는 다시 움직이지 않았다. 아를레트가 쾌활하게 농부에게 말을 걸었다.

「오늘은 잘 안 잡히네요, 그렇죠? 성과가 없네요」

「오히려 반대로 즐거운 낚시입니다, 아가씨」

그가 중얼거렸다.

「하지만 아무것도 못 잡으셨잖아요」

아를레트가 비탈 위에 놓인 빈 망태를 가리키며 다시 말했다.

「아뇨, 잡았습니다」

「그러면 무엇을 잡으셨는데요?」

「아주 아름다운 아를레트죠」

아를레트는 처음에는 이해하지 못하고 그가 〈아블레트(불어로 잉어의 일종——옮긴이)〉를 아를레트로 발음한 것으로 생각했다. 그가 자신의 이름을 알 리가 없지 않은가?

하지만 오해는 오래가지 않았다. 그가 같은 말을 반복했기 때문이다.

「아름다운 아를레트가 와서 낚시 바늘을 물었습니다……」

그녀는 순간 알아차렸다. 바로 장 당느리였다! 그가 나이 지긋한 농부와 합의해서 하루만 그의 자리를 빌려 달라고 부탁한 것이 틀림없었다.

아를레트는 당황해서 중얼거렸다.

「당신! 당신! 어서 가세요⋯⋯. 오! 제발 가 주세요」

그는 큰 종 모양의 밀짚모자를 벗으며 웃었다.

「아를레트, 어째서 내가 가 버리기를 바라지?」

「전 두려워요. 제발⋯⋯」

「무엇이 두렵다는 거야?」

「당신을 찾고 있는 사람들이오⋯⋯! 파리의 제 집 주변을 서성이는 사람들이오!」

「그래서 종적을 감춘 거야?」

「그래요⋯⋯. 전 너무 두려워요! 당신이 저 때문에 함정에 걸려드는 것이 싫어요. 어서 가세요!」

아를레트는 눈물을 흘리면서 당느리의 손을 잡았다. 그러자 당느리가 아를레트에게 부드럽게 말했다.

「진정해. 누구도 날 알아보기 힘들 뿐더러 찾지도 못할 거야」

「제 근처에 계시면 찾을 거예요」

「왜 네 근처에서 날 찾는다는 거지?」

「왜냐하면 알려지기로는⋯⋯」

아를레트의 얼굴이 새빨개졌다. 그가 말을 끝맺었다.

「왜냐하면 모두 내가 너를 사랑하기 때문에, 너를 보지 않고는 살 수 없다고 알고 있으니까, 안 그래?」

아를레트는 뒤로 물러가 벤치로 갔다. 그녀는 당느리의 침착한 태도에 조금 안심을 했다.

「조용히⋯⋯ 하세요. 그렇게 말씀하시지 마세요. 그렇지 않으면 가 버릴 거예요」

당느리와 아를레트는 서로 쳐다보았다. 아를레트는 당느리의 예전보다 훨씬 젊어진 모습을 보고는 깜짝 놀랐다. 나이 지긋한 농부의 헐렁한 옷 속으로 목의 맨살이 보였는데 기껏해야 자신의 나이밖에 되지 않는 것 같았다. 당느리는 자신을 뚫어지게 쳐다보는 아를레트의 진지한 눈빛에 갑자기 수줍어져서 머뭇거렸다. 그녀는 무슨 생각을 하는 걸까?

「무슨 일이야, 아를레트? 날 만난 게 반갑지 않은 것 같군?」

그녀는 대답하지 않았다.

그러자 그가 계속 말했다.

「말해 봐. 우리 사이에 석연치 않은 뭔가가 있어. 어서 얘기해 봐!」

아를레트는 심각한 목소리로 말했다. 평소의 그녀 목소리가 아니라 좀더 생각에 잠기고 방어적인 여성의 목소리였다.

「한 가지 질문이 있어요. 왜 오신 거죠?」

「널 만나려고」

「분명 다른 이유가 있어요」

얼마 후 당느리가 고백했다.

「그래, 아를레트, 다른 이유가 있어……. 바로 이거야. 넌 이해하지 못할 거야. 내가 파주로의 정체를 밝혔기 때문에 좋은 일을 하려고 했던 너의 계획, 용감한 여성으로서 네가 가진 대단한 계획을 모두 망쳤잖아. 그래서 네가 계속 노력할 수 있도록 방법을 알려 주는 거야말로 내가 해야 할 일이라 생각했어……」

아를레트는 멍하니 듣고 있었다. 그의 이야기는 그녀의 예상을 빗나갔다.

마침내 아를레트가 물었다.

「당신이 다이아몬드들을 가지고 있는 거군요, 그렇죠?」

당느리가 웅얼거리며 말했다.

「아! 그 생각에 관심이 있군, 아를레트? 왜 내게 그런 말을 하지 않았지?」

당느리는 약간 알 수 없는 미소를 지었다. 그 미소에서 그의 천성이 다시 드러났다.

「사실 내가 갖고 있어. 전날 밤 샹들리에서 발견했지. 난 다른 사람들이 눈치 채지 못하기를 바랐고 혐의가 마르탱 일가에게 쏠리기를 바랐지. 이번 사건에서 내가 할 일은 분명하니까. 내가 보기에는 대중들이 진실을 알아맞히리라고는 생각하지 않았어……. 이 진실은 네게는 언짢을 테니까. 그렇지 않아, 아를레트?」

아를레트가 말을 이었다.

「그런데 이 다이아몬드들을 돌려줄 건가요?」

「누구에게요?」

「반 우벵 씨에게요」

「반 우벵에게? 절대 그런 일은 없을 거야!」

「하지만 다이아몬드들은 반 우벵 씨 것인데요」

「아냐」

「그렇지만……」

「반 우벵은 몇 년 전 여행할 때 이 다이아몬드들을 콘스탄티노플에 사는 한 늙은 유태인에게서 훔쳤어. 내겐 그에 대한 증거가 있어」

「그러니까 다이아몬드들은 그 유태인 것이군요」

「그 유태인은 절망에 빠져 세상을 떠났지」

「그렇다면 다이아몬드들은 그의 가족 것이겠네요」

「그에게는 가족이 없어. 그의 이름, 출생지를 아는 사람도 없고」

「그러니까 결국은 당느리 씨가 다이아몬드들을 보관하게 된 거군요?」

당느리는 웃으면서 이렇게 대답하고 싶었다.

「물론이지! 그러니까 내게 다이아몬드들에 대한 어떤 권리가 있지 않을까?」

하지만 그는 이렇게 대답했다.

「아를레트, 내가 이번 사건에서 추구한 건 오직 진실과 멜라마르 가문이 고통에서 해방되는 것, 앙투안의 패배였어. 특히 널 앙투안의 곁에서 떼어 내고 싶었지. 다이아몬드들은 네 사업에 쓰일 거야. 너의 사업에 대해 내게 모두 말해 주겠지?」

아를레트는 머리를 흔들고는 말했다.

「싫어요……. 아무것도 원하지 않는다고요……」

「왜지?」

「모든 계획을 포기했기 때문이죠」

「그럴 리가? 절망한 거야?」

「아뇨, 하지만 곰곰이 생각해 봤어요. 제가 너무 서둘렀다는 사실을 깨달았죠. 전 몇 가지 작은 성공에 도취되었어요. 시작만 하면 성공할 것 같았죠.」

「그런데 왜 생각이 바뀐 거지?」

「전 너무 젊어요. 우선은 일을 해서 자선 사업을 할 수 있을 만한 자격을 갖춰야죠. 제 나이에는 아직 자격이……」

장 당느리가 가까이 다가왔다.

「아를레트, 거절하는 이유는 이 돈이 싫어서지. 날…… 비난하고 있기 때문이야. 네가 옳아. 너처럼 바른 천성을 가진 사람에게는 나에 대한 몇 가지 말들이 기분 좋지는 않겠지……. 부인하지는 않겠어」

262

아를레트가 크게 외쳤다.

「제발…… 아무 말씀 마세요. 전 아무것도 몰라요. 아무것도 알고 싶지 않고요」

분명히 장 당느리의 비밀은 아를레트를 괴롭히고 고통을 주었다. 그녀는 진실이 몹시 알고 싶었지만 두려웠던 비밀을 파헤치고 싶지 않다는 마음이 더 강했다.

「내가 누군지 알고 싶지 않아?」

당느리가 말했다.

「당신이 누구인지 알아요, 장」

「내가 누구지?」

「당신은 어느 날 저녁 저를 집까지 바래다 주고 제 볼에 입을 맞췄던 사람이죠. 당신의 입맞춤은…… 너무도 부드러워서 잊을 수가 없었어요」

「무슨 말이야, 아를레트?」

당느리가 떨리는 목소리로 물었다.

아를레트의 얼굴은 다시 빨개졌다. 하지만 그녀는 시선을 떨어뜨리지 않고 대답했다.

「숨길 수 없는 사실을 말하는 거예요. 제 생활을 지배하고 있는 것에 대해 말하고 있어요. 하지만 고백한다고 부끄럽지는 않아요. 사실이니까요. 제 삶을 지배하는 건 당신이에요. 나머지는 중요하지 않아요. 당신은 장이에요」

당느리가 중얼거렸다.

「그러니까 날 사랑하는군, 아를레트?」

「예」

그녀가 말했다.

「넌 날 사랑해⋯⋯. 넌 날 사랑해」

당느리가 그녀의 고백에 당황한 듯이 같은 말을 계속 반복했다. 그리고 그녀가 한 말의 의미를 이해하려는 듯했다.

「날 사랑한다⋯⋯. 혹시 이것이 너의 비밀이야?」

「어머! 그래요. 멜라마르 가문에 관한 대단한 비밀이 있었죠⋯⋯. 그리고 당신이 부른 대로 수수께끼의 아를레트라고 불린 여자의 비밀이 있어요. 모두 단순히 사랑의 비밀이었어요」

아를레트가 웃으면서 말했다.

「그런데 왜 고백한 적이 없지⋯⋯?」

「당신을 믿을 수가 없었어요. 그리고 당신이 레진 양에게 너무 다정한 것 같아서요⋯⋯! 백작 부인에게도요⋯⋯. 특히 레진 양에게 그랬죠. 전 레진 양에게 너무 질투가 났어요. 하지만 자존심과 슬픔 때문에 입을 다물었죠. 딱 한번 레진 양에게 아주 차갑게 대했지만 그녀는 그 이유를 알지 못했어요⋯⋯. 그리고 당신도요, 장」

「하지만 난 레진 양을 사랑한 적이 없어」

당느리가 외쳤다.

「전 당신이 레진 양을 사랑한다고 믿었고 너무 마음이 아파서 앙투안 파주로 씨의 구애를 받아들였어요⋯⋯. 원통하고⋯⋯ 화가 나서요. 게다가 앙투안 씨는 당신과 레진 양에 대해 제게 거짓말을 했다고요. 당신을 멜라마르 가문의 저택에서 보았을 때 조금씩 앙투안 씨의 말이 거짓말이었다는 것을 알아차렸지만 말이죠」

「내가 널 사랑한다는 사실을 알았군, 아를레트?」

「예, 그런 느낌을 여러 번 받았어요. 당신이 멜라마르 백작님과 백작 부인께 저를 사랑한다고 말했을 땐 정말인 것 같았어요.

그리고 당신이 노력과 위험을 무릅쓴 이유가…… 저 때문인 것 같았죠. 앙투안 씨에게서 벗어나는 길이 당신을 얻는 길이었죠. 하지만 너무 늦었어요……. 저보다도 강한 사건들이 저를 끌고 갔어요」

너무도 애정 어리고 다정한 그녀의 고백 한마디한마디에 장 당느리의 감정은 더욱 북받쳐 올랐다.

「이젠 내가 두려워질 차례군, 아를레트」

「뭐가 두렵다는 거죠, 장?」

「내 행복이 두려워……. 그리고 네가 불행해질까 봐, 아를레트」

「왜 제가 불행해질 거라는 거죠?」

「왜냐하면 난 네게 필요한 것을 아무것도 줄 수 없으니까, 아를레트」

그는 아주 낮은 목소리로 중얼거렸다.

「아무도 당느리와 결혼하지 않으니까……. 아무도 바르네트와 결혼하지 않으니까……. 그리고 아무도……」

아를레트가 그녀의 손을 당느리의 입술로 가져갔다. 그녀는 아르센 뤼팽이란 이름을 듣고 싶지 않았다. 바르네트란 이름도 거슬렸다. 당느리라는 이름조차도 그런 것 같았다. 그녀에게 그의 이름은 장이었다. 더 이상은 없었다.

그녀가 또박또박 말했다.

「아무도 아를레트 마졸과 결혼하지 않죠」

「아니, 그렇지 않아. 넌 내가 본 여성 중에 가장 멋진 여성이야. 나는 너의 인생을 망칠 자격이 없어」

「당신은 제 인생을 망치지 않아요, 장. 앞으로 제가 어떻게 되느냐는 중요하지 않아요. 아뇨, 미래에 대해 말하지 마세요. 어느 순간 이상은 보지 마세요……. 우리가 우리 주변에 그릴 수 있는 원 이상은 보지 마세요……. 우리의 우정에 대해서도 말하지 마세요」

「우리의 사랑에 대해서는 말하고 싶겠지」

하지만 그녀는 계속 간청했다.

「우리의 사랑에 대해서도 말하지 마세요」

「그러면 무엇에 대해 이야기해야 하지? 무엇에 대해 말해야 할까? 나에 대해 말하고 싶은 거야?」

장 당느리가 초조한 미소를 지으며 말했다. 아를레트가 하는 말이라면 사소한 말이라도 당느리를 괴롭힐 수도 행복하게 할 수 있기 때문이었다.

아를레트가 작은 소리로 말했다.

「우선 하고 싶은 말은, 저에게 더 이상 말을 놓지 마세요」

「재미있는 생각이군!」

「네, 반말 투는 친근하기는 하지만 제가 바라는 건……」

「아를레트는 우리가 서로 거리를 두기를 바라는군」

당느리가 가슴을 조이며 말했다.

「오히려 그 반대죠. 서로 가까워져야 하니까요, 장……. 하지만 서로 말을 놓지도 않고 서로 말을 놓을 권리도 없고, 앞으로도 서로 말을 놓을 만할 권리가 없는 친구들처럼요」

당느리는 한숨을 쉬었다.

「내게 어려운 일을 부탁하는군! 넌, 아니 당신은 더 이상 저의 아름다운 아를레트가 아닌가요? 어쨌든 노력해 보겠습니다. 또 뭘 원하시죠, 아를레트?」

「실례가 되는 것 하나요」

「말씀해 보십시오」

「몇 주간 당신이 함께 있어 주셨으면 좋겠고……. 2개월…… 3개월간 마음껏 살아 보고 자유를 누리고 싶어요. 불가능하겠죠……? 두 친구가 함께 아름다운 고장들을 여행하는 것 말이에요! 제 휴가가 끝나면 다시 일을 하러 돌아갈 거예요. 지금 제게는 그런 휴가가 필요해요……. 그런 행복이 필요해요……」

「사랑스런 아를레트……」

「웃지 않으세요, 장? 전 두려웠어요……. 제가 부탁드리는 것이 너무 하찮고 쓸데없죠! 그렇지 않나요? 당신은 달밤과 일출 앞에서 저와 변함없는 우정을 나누는 일로 시간을 낭비하시지는 않겠죠?」

당느리는 창백해졌다. 그는 아를레트의 촉촉한 입술, 발그레한 볼, 둥근 어깨, 유연한 허리를 바라보았다. 달콤한 희망을 포기해야 하는가? 당느리는 아를레트의 맑은 눈 속에서 연인들 사이에서는 이루어질 수 없는 순수한 우정에 대한 아름다운 꿈을 보았다. 하지만 그는 또한 느꼈다. 아를레트가 너무 깊이 생각하고 싶어하지 않으며 앞으로 어떤 일에 처하게 될지에 대해서도 그리 알고 싶어하지 않는다는 것을. 부탁을 하는 아를레트가 너무 진지하고 순진해서 당느리도 가까운 미래의 신비로운 장벽을 걷어내려고 하지 않았다.

「무슨 생각을 하세요, 장?」

아를레트가 물었다.

「두 가지를 생각했습니다. 우선 다이아몬드들을 생각했죠. 제가 다이아몬드들을 가지고 있다면 기분이 좋지 않으시겠죠?」

「상당히요」

「다이아몬드들은 베슈 반장에게 보내겠습니다. 그래야 반장이

다이아몬드들을 찾음으로써 이득을 보겠죠. 반장에게 이런 보상
은 반드시 해야죠」

아를레트는 감사하다는 말을 했고 계속 말을 이었다.

「또 하나 생각하신 건 뭐죠, 장?」

그는 심각하게 말했다.

「두려운 문제입니다, 아를레트」

「그게 뭐죠? 당황스럽군요. 장애물이라도?」

「아뇨. 정확히 장애물은 아니지만 해결하기 어려운 문제입니
다……」

「무엇에 관한 건데요?」

「우리의 여행에 관해서입니다」

「무슨 말씀을 하시는 거죠? 우리의 여행이 불가능한가요?」

「아뇨, 하지만……」

「오! 제발 말씀해 주세요!」

「좋습니다, 아를레트. 복장은 어떻게 할 건가요? 전 플란넬 셔
츠에 푸른색 멜빵 바지를 입고 있고 밀짚모자를 쓰고 있는데
요……. 아르레트 양 당신은 퍼케일 천으로 만든 주름진 드레스
를 입고 있군요」

아를레트는 크게 웃으며 안도했다.

「오! 장, 그 점이 제가 당신에게서 좋아하는 점인걸요……. 당
신의 농담 말이에요! 간혹 사람들이 당신을 관찰하고는 이렇게들
생각하죠.〈그는 모호하고 복잡해!〉그래서 당신이 두려움을 주는
거예요. 그리고 당신의 미소는 모든 것을 해소해 버리죠. 예상하
지 못한 농담에서 당신의 전부가 나타나요」

당느리는 그녀에게 고개를 숙이고는 존경의 의미로 그녀의 손

끝에 입을 맞췄다. 그러고는 말했다.

「사랑스러운 친구 아를레트, 당신은 여행이 시작되었다는 것을 알고 있어요」

아를레트는 실제로 꽃나무들이 자신들 쪽에서 미끄러지듯 움직이는 모습을 보고 당황했다. 당느리는 그녀가 알아채지 못하는 사이에 닻줄을 풀었다. 보트는 물결을 따라 움직였다.

「오! 어디로 가는 거죠?」

아를레트가 물었다.

「아주 멀리요. 훨씬 멀리 가죠」

「하지만 안 돼요! 제가 돌아오지 않으면 사람들이 뭐라고 하겠어요? 그리고 레진은요? 이 보트는 당신 것이 아니잖아요……?」

「아무 걱정하지 마십시오. 그냥 흘러가는 대로 사세요. 당신이 조용히 눈에 띄지 않고 살고 있다는 사실을 말해 준 건 바로 레진 양입니다. 전 보트, 종 모양 모자, 그리고 헐렁한 옷을 샀죠. 모든 일이 잘 풀릴 겁니다. 왜냐하면 아르레트 양이 휴가를 바라니까요. 왜 지체하십니까?」

아를레트는 더 이상 아무 말도 하지 않았다. 그녀는 몸을 위로 젖혀 하늘을 보았다. 당느리는 노를 잡고 있었다. 한 시간 후 당느리와 아를레트는 큰 거룻배에 다다랐다. 그곳에서 나이 지긋한 여자가 둘을 맞았다. 당느리가 나이 지긋한 여자를 소개했다.

「빅투아르입니다. 제 유모죠」

잘 손질된 거룻배 안에는 방이 두 개 있었는데 밝고 예뻤다.

「여기가 당신이 지낼 곳입니다, 아를레트」

둘은 함께 저녁 식사를 했다. 그리고 장 당느리는 닻을 올리라는 지시를 했다. 엔진 소리가 요란하게 울렸다. 하천과 운하를 따라 프랑스의 오래된 마을과 아름다운 풍경이 있는 장소로 갔다.

밤늦게 아를레트는 혼자 갑판에 누웠다. 그녀는 밤하늘에 박힌 별들과 떠오르는 달에게 달콤한 생각과 무한하고도 차분한 기쁨으로 가득 찬 꿈을 털어놓았다…….

옮긴이 | 이주영

숙명여자대학교 불어불문학과 졸업하고 한국외국어대학교 통번역대학원 한불과를 수료했다. 「로트렉」, 「빨간 모자 소녀」, 「멋진 게임」, 「골든 걸」 등의 영화와 『어린 왕자』, 『순수한 열정』, 『마음의 마술』 등의 책을 우리 말로 옮겼다.

아르센 뤼팽 전집 17
비밀의 저택

1판 1쇄 펴냄 2003년 6월 12일
1판 5쇄 펴냄 2014년 7월 31일

지은이 | 모리스 르블랑
옮긴이 | 이주영
발행인 | 김세희
펴낸곳 | 황금가지

출판등록 | 2009. 10. 8 (제2009-000273호)
주소 | 135-887 서울 강남구 신사동 506 강남출판문화센터 5층
전화 | 영업부 515-2000 **편집부** 3446-8774 **팩시밀리** 515-2007
홈페이지 | www.goldenbough.co.kr

ISBN 978-89-8273-434-2 04860 (17권)
ISBN 978-89-8273-417-5 (set)

㈜민음인은 민음사 출판 그룹의 자회사입니다.
황금가지는 ㈜민음인의 픽션 전문 출간 브랜드입니다.